UNIVERSALE
ECONOMICA
FELTRINELLI

LORENZO
MARONE

Un ragazzo normale

Prima edizione ne "I Narratori" febbraio 2018
Prima edizione nell'"Universale Economica" aprile 2019

Stampa Nuovo Istituto Italiano d'Arti Grafiche - BG

A Giancarlo,
e a tutti quelli che fanno la cosa giusta.

A mia moglie,
se fossi un supereroe,
la mia unica missione sarebbe proteggerti.

La cattiveria è degli sciocchi,
di quelli che non hanno ancora capito
che non vivremo in eterno.

Alda Merini

Giancarlo

A dodici anni sono diventato amico di un supereroe.

Non uno di quelli classici, della Marvel per intenderci, che indossano mantello, maschera e tuta lucente, saltano da un luogo all'altro della città e volano fra i palazzi. No, il mio supereroe non aveva tuta e mantello, non volava, e non era di Gotham City, ma di Napoli, che per certi versi era anche più pericolosa di Gotham, perché da noi di benefattori se ne contavano davvero pochi.

Aveva venticinque anni, abitava nel mio condominio, e se ne andava in giro con una strana auto decappottabile verde, un'agenda e una biro. Si chiamava Giancarlo e, nonostante le mie insistenze, diceva di non essere per niente un supereroe. E forse, con il senno di poi, aveva ragione, perché i veri supereroi non muoiono mai, nemmeno se crivellati di colpi.

O forse no, forse si sbagliava e avevo ragione io, perché i supereroi alla fine rinascono sempre.

In ogni nuova storia.

Trenta mattonelle

L'agente immobiliare è già sotto il palazzo, lo riconosco da lontano e sollevo la mano per fargli capire che sto arrivando. Non mi sfiora neppure il pensiero che possa non essere lui: indossa un completo blu sotto un cappotto dello stesso colore, ha delle goffe scarpe da ginnastica ai piedi, una brutta cravatta verde fosforescente che gli si staglia al centro della trachea, il colletto della camicia inamidato che punta verso il basso, i capelli, né corti né lunghi, pieni di gel, una cartellina pure questa verde in una mano, il cellulare nell'altra, e lo stesso sorriso spaesato di tanti giovani. Avrà una ventina d'anni, anche se cerca di conquistarne qualcuno in più ostentando sicurezza.

"Russo? Piacere," dice venendomi incontro, e mi allunga la mano.

Ricambio la stretta e accenno un sorriso, lui estrae un mazzo di chiavi dalla tasca e cerca di capire quale sia quella giusta. Sono le tre del pomeriggio di un giorno di febbraio, manca poco a Carnevale e ci troviamo in una strada chiusa dietro piazza Leonardo, al limitare del Vomero, un quartiere collinare di Napoli, e la casa che sto per visitare è una casa che non posso permettermi. Ma questo, ovvio, non lo dico. Fa un freddo cane e le previsioni parlano di probabili nevicate, anche se la neve a Napoli non si vede da una vita.

Mentre l'agente mi dà le spalle e continua la ricerca della

chiave del portone, un gatto rosso che mi fissa dal tettuccio di un'auto mi ruba un sorriso malinconico. Di fronte a me svetta, silenzioso e immobile, il grande murale che parla di Giancarlo Siani, su quella parete che un tempo accoglieva anche il mio nome, il muro che ha visto tutto. Poco più in là una volta c'era il vecchio negozio di lingerie di Nicola Esposito, al suo posto ora c'è un meccanico, e nell'angolo dove si sistemava sempre donna Concetta per vendere le sigarette di contrabbando adesso è affisso un annuncio funebre con tanto di soprannome del defunto. Il pensiero corre veloce a quegli anni della mia infanzia, quando, fra le tante cose assurde, collezionavo anche gli avvisi mortuari.

La saracinesca di quella che una volta era la salumeria di Angelo, invece, è abbassata, mentre su quella del mitico Alberto, il parrucchiere, oggi campeggia un segnale di passo carrabile. Qualcuno ha pensato bene di comprare il locale e infilarci l'auto, d'altronde la via è stretta e i posti per i residenti sono pochi. Negli anni ottanta, al contrario, non esistevano le strisce e la gente posteggiava a spina di pesce, anche se così la strada si restringeva ancora di più. Ma in fondo, a pensarci, le auto allora erano più piccole e non era poi così complicato venirne fuori. Ricordo che Angelo, il papà di Sasà, il mio migliore amico, spesso parcheggiava in seconda fila ed era costretto a uscire in fretta e furia dalla sua salumeria per spostare l'auto; si lanciava imprecando nella Fiat Centoventotto e si faceva tutta la strada correndo in retromarcia, come se si trovasse in un circuito. Era bravo a guidare, in effetti, ma vorrei vederlo oggi, con un ingombrante Suv, come farebbe a sfrecciare all'indietro senza beccare qualche pedone, anche perché noi ragazzini eravamo sempre lì, appostati dietro a un'auto, a rincorrerci o a inseguire un Super Santos.

Una volta mio padre inchiodò la macchina in mezzo alla carreggiata dopo che un pallone ci aveva tagliato la strada. Mamma cacciò un urlo per lo spavento, lui, invece, si girò tranquillo verso di me (che avevo sì e no dieci anni), rannicchiato sul sedile posteriore, e sentenziò: "Mimì, ricordati: aropp' 'o pallone, vene semp' 'o guaglione!".

Neanche dieci secondi dopo, un ragazzino attraversò la strada senza guardare, alla ricerca del suo Super Santos. Se papà non avesse frenato in tempo, lo avremmo investito di sicuro.

"Prego," dice il giovane agente, che è riuscito infine ad aprire.

Il meccanico, un uomo con i baffi e la tuta sporca di grasso, fuma appoggiato a un'auto e non fa nulla per dissimulare l'interesse. Gli sorrido e mi accorgo che il bagliore oleoso del pomeriggio si riflette sulla sua fronte bagnata di sudore.

L'atrio del palazzo è più buio e mesto di un tempo. È che non si dovrebbe tornare a guardare le cose che si sono amate, una volta cambiato lo sguardo. Ma è stato più forte di me: quando ho saputo della casa in vendita, non ho potuto resistere.

"L'appartamento, come le dicevo al telefono, è al settimo e ultimo piano," sta spiegando il giovane imbalsamato mentre schiaccia il pulsante per chiamare l'ascensore.

Forse è una questione di luce, ai miei tempi c'erano due applique alle pareti che illuminavano l'ambiente; sarà il riverbero lattiginoso che proviene dal neon appeso al soffitto a rendere l'aria asettica e a mostrarmi una stanza più scura e modesta.

La casupola del portiere non c'è più, però restano impressi sulle riggiole i binari dove il legno si è retto per decenni. È strano pensare che queste tre strisce perpendicolari che seguono il pavimento abbiano circoscritto lo spazio dove mio padre ha consumato per tanti anni le sue giornate. L'ascensore non è ancora arrivato, perciò ho il tempo di contare il numero di mattonelle che rientrano in quel vuoto una volta recintato dal legno e ora solo dalla polvere che lascia il tempo quando smette di scorrere: trenta. Le riconto velocemente perché la cabina si è fermata con un *clang*. Sì, proprio trenta.

E in quei trenta piccoli quadrati papà ha trascorso gran parte della sua vita. Io stesso ci ho passato molti pomeriggi.

Trenta mattonelle che stanno lì a ricordare l'essenza della mia infanzia: chiuso nel mio piccolo mondo, in una piccola casa, una piccola portineria, soffocato e tuttavia, allo stesso tempo, protetto, combattevo ogni giorno alla ricerca di un po' di spazio vitale.

Papà imparò presto a farsi bastare quelle trenta mattonelle.

Io già allora sapevo che me ne sarebbero servite molte, ma molte di più.

Inverno

La grande nevicata dell'ottantacinque

"Uagliò, vammi a prendere la videocamera, fa ambress'," disse mio padre.

"E dove sta?" chiesi serafico, mentre addentavo un Doemi che mi si sbriciolava sul maglione e si mischiava ai nippoli.

Papà non mi guardava, le mani a lisciarsi i baffi e il volto incollato al vetro della finestra al di là della quale si scorgeva la neve che cadeva copiosa.

"È sul mobile in camera da letto, sali su una sedia e..." mi scrutò un attimo e proseguì: "Vado io, non sia mai cadi da là 'ncopp e si scassa la videocamera...".

Quindi si staccò dalla finestra della cucina e strusciò le pantofole di feltro fino alla stanza da letto, l'unica della casa. Mi avvicinai al vetro sul quale erano ancora impresse le impronte delle sue dita e vi poggiai la punta del naso. Non avevo mai visto la neve, se non in televisione, nei film, mai dal vivo, perché a Napoli, nei miei primi dodici anni, non era mai nevicato. La miriade di fiocchi che si rincorrevano silenziosi sotto la luce del lampione mi ricordava le farfalline bianche che spesso incontravo al mare e che volavano in coppia per superarsi a vicenda. La città, d'improvviso, appariva ovattata e mi sembrava di non sentire nemmeno più i clacson o le urla di donna Concetta seduta dietro al suo bancariello di sigarette che litigava con qualche automobilista proprio davanti alla nostra finestra.

Quella sera di gennaio del 1985 vidi la mia città sotto la neve come, ho poi saputo, non accadeva dal cinquantasei e come non sarebbe più accaduto per tanto ancora, e rimasi ad addentare i biscotti e a osservare distrattamente i miei, papà con un occhio nell'obiettivo della sua supertecnologica telecamera che aveva "regalato alla famiglia" grazie alla tredicesima di Natale, e mamma con la bocca aperta e tutte e cinque le dita sul vetro ancora umido del mio alito. Me ne restai lì, nelle retrovie, insieme ai nonni, finché non bussarono alla finestra della camera da letto che affacciava sulla via: era Sasà, un ragazzetto che da un po' di settimane mi ronzava attorno senza mai, però, venire a parlarmi. Indossava il solito giubbino malconcio e un berretto calato sulla fronte che gli copriva metà palpebre. Sorrideva mostrandomi le mani violacee che racchiudevano un mucchietto di neve appena raccolto dal marciapiede. Se chiudo gli occhi posso ancora vedere nitidamente la sua figura, lo sguardo furbo, posso sentire la sua voce e il freddo portato dal vento.

Sasà mi guardò e disse solo: "Mimì, hai visto? Nevica neve!".

Nevica neve, proprio così disse. Non potei fare a meno di sorridergli, e l'attimo seguente ero per strada con lui, un ragazzino strambo che di lì a breve sarebbe diventato il mio amico del cuore, a lanciarci le palle di neve tra le auto in sosta finché non ci ritrovammo fradici di acqua, risate ed entusiasmo.

Allora non potevo saperlo, ma in seguito ho capito che le cose straordinarie, quelle che resteranno per sempre nella tua vita, arrivano spesso in punta di piedi e all'improvviso, senza tuoni e particolari avvisaglie.

Proprio come una nevicata.

Le espadrillas color pistacchio

Nel dicembre dell'ottantacinque (dodici mesi dopo la famosa nevicata e alla fine della storia che sto per narrare) la famiglia Russo contava sette individui: mio padre, che di nome fa Rosario e all'epoca era il portiere dello stabile del Vomero nel quale abitavamo, mia mamma Loredana, che aveva lavorato fino a poco tempo prima come segretaria di un vecchio avvocato grassoccio del quartiere, mia sorella Bea (di quasi sei anni più grande di me), che si era diplomata con scarso successo al Mazzini, l'istituto magistrale al centro del Vomero, nonno Gennaro e nonna Maria, e Beethoven, che non era il musicista, ma un cane arrivato da poco, una specie di pastore maremmano costretto ad accontentarsi di due stanze. E poi c'ero io.

Vivevamo in un bilocale con cucina abitabile al pianterreno, e siccome di spazio in casa non ce n'era poi tanto io dormivo nella stanza con i miei, in una brandina che papà si era fatto regalare da un condomino. Beatrice, invece, dormiva in soggiorno, in un'altra branda che durante il giorno riposava piegata dietro la porta, mentre i nonni la sera erano costretti ad aprire il divano letto. Non era una vita comoda la nostra, eppure nessuno di noi sembrava davvero soffrirne, anche perché con il tempo i nostri movimenti si erano sincronizzati e perfino gli accessi al bagno erano regolati con ordine certosino dalle donne di casa.

La finestra della camera da letto, come ho detto, affacciava proprio sulla strada, perciò c'era sempre qualcuno lì fuori: una vicina che chiedeva di mamma, il fruttivendolo che si fermava ogni mattina alle otto con la sua Ape per consegnare la spesa del giorno alla nonna, Criscuolo, l'amministratore del palazzo, che veniva per una chiacchierata sul Napoli con il nonno, una delle tante stupide amiche di Bea che la chiamavano a gran voce per commentare insieme l'ultimo pettegolezzo, o qualche amico di papà corso a fargli un favore. Lui era pieno di amici ai quali poter chiedere un favore; si rompeva la lavatrice? Un suo caro amico l'avrebbe riparata per poco o niente. Il tagliando dell'auto? Un compagno di infanzia gli garantiva che avrebbe pagato solo le spese.

Papà era molto attento alle finanze di casa, fin troppo, e questo era uno dei perenni motivi di litigio con mamma, la quale a volte se ne fregava e rientrava con un regalo per me e Bea acquistato sulle bancarelle di Antignano. Una sera d'estate si era presentata con un gran sorriso e con in mano un paio di espadrillas verdi pistacchio, come piacevano a me, io che da sempre ero abituato a portare degli orribili ed enormi sandali. Le avevo viste qualche giorno prima ai piedi di Sasà, il ragazzino "scostumato e manesco", come dicevano tutti, figlio unico di Angelo, il salumiere della strada, che un giorno mi aveva mostrato fiero le sue nuove scarpe prima che ci mettessimo a tirare calci al pallone contro una saracinesca chiusa. La nostra era una strada poco trafficata, perciò noi ragazzini potevamo organizzare molti giochi sotto il palazzo, anche se alla fine sempre con la palla fra i piedi ci ritrovavamo!

Oltre alla salumeria di Angelo, c'era il magazzino di Alberto (che era il parrucchiere di mamma e della signora Filomena, la madre di Sasà), uno vestito sempre di tutto punto e profumato "comm' 'a 'na zoccola", diceva il nonno, e il vetusto e ormai chiuso negozio di Nicola Esposito, un amico di papà che aveva fatto la fame per una vita vendendo mutande alle vecchie della strada finché un giorno il figlio (che, si diceva, era stato a Londra per un anno) lo aveva convinto ad aprirsi una videoteca in piazza fornita anche di un bel reparto di fumetti. Per me era stata una manna; ero, infatti, un patito di fumetti, che leggevo in genere il pomeriggio dopo pranzo, l'unico momento tranquillo della giornata, quando i nonni e papà riposavano, mamma doveva ancora tornare dal lavoro e Bea guardava *DeeJay Television* alla tv. Adoravo soprattutto Flash Gordon, perché riguardava la fantascienza e io ero un patito anche di quella; il mio sogno era diventare un astronauta e a casa, sulla parete sopra il letto, dopo ripetute insistenze con i miei, soprattutto con papà, che nemmeno sapeva di cosa stessimo parlando, ero riuscito ad attaccare il poster di Neil Armstrong.

"E questo chi è?" aveva chiesto lui.

"L'uomo che per primo è andato sulla luna," avevo risposto fiero.

"Pensa a stare con i piedi per terra piuttosto che con la testa sulle nuvole," aveva ribattuto, "'a luna è sulo fummo..." e si era allontanato senza aggiungere altro.

Il nonno, invece, era rimasto a lungo con le braccia intrecciate dietro la schiena a guardare l'immagine recuperata in una delle riviste che ogni tanto mamma portava a casa (le prendeva dalla sala d'aspetto dello studio nel quale lavorava), e alla fine aveva così commentato: "Uagliò, impara: gli americani nun so' buoni, dovevi mettere il poster di Gagarin, il primo uomo a volare nello spazio. I russi, quelli sì che so' gente seria!".

"Papà, lascia stare Mimì, è piccolo e di politica che vuoi che se ne freghi," era intervenuta mamma.

Oltre ai fumetti e allo spazio amavo anche i libri. A dodici anni già avevo letto una serie infinita di classici per ragazzi, qualcuno grazie alla scuola, molti grazie a mamma, anzi, grazie al suo titolare, l'avvocato Mastrangelo, che aveva deciso di volersi liberare dei troppi tomi e a ogni festa ne regalava uno alla sua segretaria preferita. "Accussì ti diventa un letterato tuo figlio!" le aveva detto una volta e lei si era compiaciuta della cosa tanto che, spesso, questa parola faceva capolino nelle discussioni con le signore del vicinato o con qualche vecchia zia. "Mi sa che se continua così," andava dicendo, "da adulto mi diventa un letterato!"

"Loredà," aveva obiettato mio padre un giorno, "ancora con questi libri? Nun ce sta spazio, dove ce li mettiamo?"

"Rosà, statt' zitt'," aveva risposto lei in malo modo, "'o guaglione ce piacciono i romanzi e addà leggere. Li mettiamo sotto al letto."

Da quel giorno avevo iniziato ad accumulare storie sotto la mia brandina. La sera mi bastava infilare la mano laggiù per ritrovare la pagina lasciata a metà il giorno prima. Ogni tanto, però, la nonna passava la scopa e urtando il libro mi perdeva il segno. Una volta avevo provato a lamentarmi e lei aveva risposto stizzita: "Ué, Mimì, capisco che i libri sono importanti, ma mica putimm' campà dentro alla zozzimma?", perciò la mia ribellione era morta sul nascere.

Il problema è che fra un regalo e l'altro passavano mesi, perciò avevo il tempo di rileggere la stessa storia più volte. In breve avevo cominciato a ripetere a memoria i passi di alcuni romanzi e giravo per casa recitando le pagine che più mi colpivano. Nella vita di tutti i giorni, inoltre, parlavo in modo forbito, utilizzando spesso paroloni assurdi che andavo a cercare sul dizionario credendo così di fare bella figura e lasciare di sasso i miei interlocutori. Invece papà mi guardava come se fossi un pazzo e Bea una volta mi aveva bloccato per un braccio dicendo: "Tu non scoperai mai, fattene una ragione".

Ma io non l'avevo ascoltata e avevo proseguito ad accumulare libri e parole, e alla fine dell'adolescenza sotto il letto avevo più di cinquanta romanzi. Quei libri sono stati il mio primo mattone, la struttura sulla quale ho poggiato la costruzione della mia vita, la mia pietra angolare. È merito di quei cinquanta volumi se sono diventato ciò che sono, merito di quelle sere passate con gli occhi infilati nelle pagine.

Devo un grazie allora all'avvocato Mastrangelo ma, soprattutto, un grazie a quei grandi uomini: Barrie, Carroll, Kipling, London, Salgari, Verne, Stevenson, Twain, De Amicis, Saint-Exupéry e tanti altri.

Anzi, il grazie più grande lo devo a una donna.

Mia madre.

La filastrocca di Rodari e il sasso di Dirceu

Insomma, ero in fissa con i romanzi, con i superpoteri e gli eroi, e sognavo ogni giorno di emularli, di vivere un'avventura alla Jim Hawkins, il protagonista de *L'isola del tesoro*, o di diventare come il ragazzino di *Karate Kid*, che con grande sforzo e impegno era riuscito a evadere dalla grigia quotidianità. Solo che io non avevo accanto nessun maestro Miyagi che mi aiutasse a tirar fuori le mie qualità, alcun esempio che meritasse davvero di essere seguito o imitato.

Tranne Giancarlo.

Giancarlo Siani era un ragazzo di venticinque anni che viveva nel mio palazzo, nella scala opposta. Faceva il giornalista a "Il Mattino", il quotidiano più importante della città, e scriveva fatti di cronaca, soprattutto sulla malavita organizzata. Me ne parlò Sasà alcuni giorni dopo la nevicata del gennaio ottantacinque, dato che ci eravamo imbattuti in lui, dicendomi che quel giovane era "uno con le palle", testuali parole, perché non aveva paura di lottare contro i camorristi, "che sono i più forti di tutti".

"Giancarlo sfida la criminalità?" avevo chiesto con occhi luccicanti.

"Così dice mio padre," aveva risposto il mio nuovo amico ed era tornato a palleggiare con il Super Santos non accorgendosi del sorriso che mi si era aperto sul viso.

Avevo trovato il mio esempio da seguire.

Il sabato mattina successivo attesi il giornalista vicino alla sua auto, una specie di jeep, ma più in stile cartoon, con il tettuccio removibile di tela e la carrozzeria di plastica verde. Non era bella come la Batmobile, ma aveva un suo perché.

"Giancarlo", e gli corsi incontro per dargli il cinque.

Lui rimase un po' spiazzato poiché, in effetti, non è che avessimo questa intimità; gli amici si danno il cinque e noi amici non lo eravamo di certo.

"Ciao. Sei il figlio di Rosario, giusto?" rispose con un bel sorriso mentre apriva lo sportello dell'auto.

"Sì, sono Mimì. Ma non ti infreddolisci a camminare lì dentro?" provai a domandare per non farlo andare via subito. Il mio piano, infatti, era quello di diventare suo amico, un amico vero, di quelli ai quali si dà il cinque, per l'appunto. Solo così avrei potuto, un giorno, chiedergli di insegnarmi a diventare un eroe.

Lui rise e disse: "Disagi da sopportare pur di avere un'auto speciale..." e mi strizzò l'occhio.

"Già, sì, hai ragione."

Stava per chiudere lo sportello, ma lo fermai in tempo. "Comunque mi piace molto..."

"L'auto?"

Annuii, e allora lui rispose: "Semmai un giorno ci facciamo un giro insieme".

"Wow..." riuscii solo a dire prima che inserisse la retromarcia e sparisse in fondo alla strada.

Tornai a casa saltellando per la contentezza. Il mio piano per diventare amico di un eroe si stava rivelando vincente.

In attesa che il progetto si realizzasse (Giancarlo faceva orari strani ed era difficile incontrarlo), tornai alla mia vita fatta di Sasà e di fumetti. Tutti i pomeriggi mi recavo nel reparto di fumetteria della videoteca in piazza, mi sistemavo in un angolo e iniziavo a sfogliare piano le pagine per non farmi sentire da Nicola, che altrimenti sarebbe arrivato per dirmi che i giornaletti erano per i clienti e in quel modo li avrei rovinati. Il fatto è che non potevo acquistarli perché non avevo i soldi, e poi sotto il letto già c'erano i libri e i pochi fumetti regalatimi nelle ricorrenze dalla famiglia, oltre agli annunci funebri. Già, sì, fra le tante stranezze della mia adolescenza, come detto, c'era anche quella di accumulare i messaggi di morte. In realtà il motivo della raccolta non aveva nulla di macabro, anche se all'inizio i miei si preoccuparono parecchio. Fu la nonna ad accorgersene.

"Ma che devi fare co' 'sti cosi?" chiese allibita.

"Li colleziono," fu la mia pacata risposta.

Lei strabuzzò gli occhi e ribatté: "Uh, Gesù mio, tu sì pazz', ma come, collezioni i defunti? Questo è un peccato assai grave!".

La sera fui chiamato a spiegarmi dinanzi all'intera famiglia schierata.

"Si può sapere che vai facendo, Mimì? Foss' asciut' pazz'?" chiese papà.

"Cosa te lo fa pensare?" domandai innocentemente.

"Tua nonna ci ha detto che sotto il letto c'hai gli annunci delle persone morte!"

"Eh..."

"Perché, Mimì," intervenne mamma, "perché fai così?"

"Spiegati. Ora," ribadì papà con lo sguardo severo che riservava solo nei casi estremi.

"Nulla..." mi discolpai, "quando trovo un manifesto che mi piace, lo scollo dal muro con una spugnetta e una spatola. Ultimamente mi aiuta anche Sasà."

Papà sbuffò, come sempre accadeva quando trovavo il modo per non rispondere alle sue domande.

"Ma che te ne fai?" chiese, invece, mia madre sull'orlo del pianto.

"È un disadattato, mà, questo da grande diventa un serial killer," commentò Bea senza guardarci, con un piede appoggiato al bracciolo della poltrona del nonno, intenta a smaltarsi le unghie.

"Statt' zitt' tu!" urlò papà, sempre più nero in volto.

"Ti attraggono i morti?" domandò mamma con tono più morbido.

"Non provo alcuna attrazione morbosa verso i defunti e i cimiteri, credo che i morti siano solo morti e il paradiso non esista. Mi piacciono, semplicemente, i soprannomi che avevano in vita queste persone. Li trovo istruttivi, perché i dialetti e i detti popolari ci aiutano a comprendere meglio la nostra storia, il nostro passato."

I miei si guardarono straniti e papà si portò una mano al volto.

"Ve l'ho detto che è pazzo!" incalzò Beatrice.

Mi alzai e corsi in camera da letto, dalla quale tornai con gli annunci ben ripiegati sotto il braccio. Ne aprii uno e lo mostrai alla platea.

"Mimì," intervenne il nonno fino ad allora rimasto in silenzio, "chiudi chella cosa, che porta male!" e sollevò l'indice e il mignolo per eseguire il segno delle corna.

"Gennà," stavolta toccò alla nonna infuriarsi, "non fare quel gesto in casa, ché il Signore si stizza", e tirò fuori dalla manica del maglione la catenina per il rosario, che spesso recitava sottovoce con una nenia che in famiglia eravamo ormai abituati ad ascoltare.

Presentai gli annunci uno dopo l'altro con un sorriso compiaciuto. I morti avevano i soprannomi più assurdi: Antonio detto Mustafà, Pasquale detto Hitler, Salvatore detto Cape 'e vacca, e poi, ancora, 'o Cinese, 'a Zitella, Marlon Brando, e via così.

Bea fu la prima a scoppiare a ridere (e la cosa mi lasciò interdetto, perché a me non facevano ridere per niente e di certo non li collezionavo per scopi di pura ilarità, ma scientifici) mentre il nonno cedette al terzo manifesto. "'A paposcia!" ripeteva dalla sua poltrona mentre indicava l'ultimo nomignolo della serie. Il gesto fece da apripista perché anche papà si sentì in diritto di farsi contagiare dall'allegria generale e commentò: "L'altro giorno ho visto una che si chiamava 'a chiatta!".

Mamma fu l'ultima a mollare la presa e in breve tutti ridevano come matti, tutti tranne me, che assistevo alla scena ammutolito, e la nonna, che li guardava come se fossero dei diavoli appena spuntati nella sua cucina. Appoggiata al lavello, con gli occhi di fuori e la mano al rosario, ripeteva senza sosta quest'unica frase: "Gesù, perdonali, non sanno quello che fanno...".

Nonostante fossimo tanto diversi, Sasà e io ci integravamo alla perfezione. Il suo carattere esuberante e prepotente si conciliava bene con la mia pacatezza e il naturale istinto ad adattarmi al volere degli altri. Non che avessi una personalità debole, è che non trovavo interessante perdere del tempo dietro questioni inutili e perciò spesso lasciavo scegliere a lui come occupare la giornata. Il calcio non mi appassionava più di tanto, non di certo come al nonno, a papà e a tutti i maschi che mi circondavano, nondimeno trascorrevo ogni pomeriggio con Sasà per strada dietro a un pallone, perché avere un amico come lui, che sapeva come difendersi e non si faceva mettere i piedi in testa da nessuno, era per me motivo di orgoglio. E anche perché di giorno in casa non ci potevo stare, quindi tanto valeva passare il tempo con Sasà.

Prima che diventassimo amici, il pomeriggio spesso mi rifugiavo nella portineria da papà a sfogliare riviste pseudoscientifiche (che mi procurava, come sempre, mia madre) o a leggere qualche fumetto, finché a un certo punto la mamma e la nonna, preoccupate nel vedermi sempre solo, senza mai un amico, mi avevano vietato di restarmene chiuso dentro quella casupola di legno e mi avevano gettato, è proprio il caso di dirlo, per strada. Da lì all'amicizia con Sasà il passo era stato breve, anche se il primo approccio, come ho raccontato, era stato merito suo e della famosa nevicata.

Eravamo più simili di quanto credessimo, e a unirci in quel contesto per lo più borghese erano proprio le nostre famiglie "popolari". Ci accomunava, insomma, lo stesso passato e l'uguale presente, con pochi spiccioli nelle tasche ed esigua attenzione da parte degli adulti. Erano gli altri coetanei della strada a essere molto diversi da noi. Nel nostro stabile, per esempio, al settimo piano c'erano altri due ragazzi della nostra età, un maschio e una femmina – che tra l'altro frequentavano la nostra stessa scuola – gemelli eterozigoti, figli di Saverio Iacobelli, un pilota dell'Alitalia. Lui, Fabio, era grassottello e vestiva alla moda, si considerava un paninaro doc, sempre con grossi felponi addosso e le fibbie delle cinte grandi quanto la sua testa. Ogni tanto si intratteneva con noi giù al palazzo, ma non giocava mai a calcio altrimenti avrebbe rovinato le sue Timberland impomatate. In realtà credo invidiasse il nostro modo di trascorrere le giornate all'aperto, senza dover stare lì a preoccuparci di consumare jeans e scarpe, ma era troppo intento a recitare il ruolo per accorgersi del suo malumore. Lui invidiava la nostra libertà, noi la sua *ColecoVision*, una console di videogiochi di ultima generazione. A quei tempi erano in pochi a potersi permettere una sala giochi in casa e Fabio Iacobelli era uno di questi; ce lo aveva riferito mia sorella Beatrice, che ogni tanto portava giù il loro barboncino a fare i bisogni. Da quel momento, l'obiettivo primario di Sasà era diventato farsi amico Fabio, così da essere invitato a casa sua. Ci riuscimmo grazie a un arguto piano, ma di questo parlerò poi.

La sorella di Fabio, invece, che si portava appresso il nome più bello del mondo, Viola, aveva lunghi capelli scarlatti che incorniciavano un viso minuto, un corpo esile che non aveva ancora conosciuto le fattezze di donna e un'esplosione di lentiggini sul viso, tanto che d'estate sembrava quasi che qualcuno le avesse soffiato in faccia un mucchietto di sabbia. Ogni volta che la incrociavo, sentivo un formicolio salirmi lungo le braccia e mi facevo rosso in viso.

Un giorno pensai bene di attirare la sua attenzione recitando la filastrocca della primavera di Gianni Rodari: "*Oh, prima viola fresca e nuova, beato il primo che ti trova, il tuo profumo gli dirà, la primavera è giunta, è qua*", ma lei non dovette cogliere il senso della dedica o, forse, non conosceva Rodari, perché mi sfilò davanti senza dire una parola e senza voltarsi. Fatto sta che non vidi partire il calcio di punizione di Sasà (che in quel periodo aveva preso la fissa con Dirceu, uno che tirava sassi al posto dei palloni) e fu così che tornai a casa con la maglietta insozzata di sangue, l'occhio gonfio e la montatura degli occhiali (per i quali papà stava ancora pagando le rate) deformata.

Ero mezzo cieco da sempre, e da svariati anni portavo le lenti, che mamma aveva preteso essere tonde perché si adattavano bene al mio visino, così diceva. Un giorno ormai lontano, avevo da poco iniziato le elementari, i miei mi avevano condotto da Eugenio, un ottico amico di papà che si trovava a piazza Medaglie d'Oro, e lì mi ero innamorato di un paio di occhiali rossi con i quali avrei fatto morire d'invidia i miei compagni di classe. Il problema, scoprii presto, era che quel modello costava un botto, perciò alla fine fui costretto a scegliere un paio di occhiali banali (ma non per questo a buon mercato per noi) che per di più mi rendevano il volto ancora più buffo. Uscii sconsolato dal negozio nonostante mamma e papà continuassero a spendersi in parole di elogio per convincermi che quello era davvero il modello adatto ai miei lineamenti. A sei anni avevo già imparato che la povertà spesso è costretta ad andare a braccetto con le bugie.

Perciò quel giorno, rientrato in casa dopo la pallonata, la nonna mi portò subito in bagno per sottrarmi alle grinfie di mamma, la quale avrebbe iniziato a urlare come una matta più per gli occhiali che per il viso. Il nonno, invece, rimase davanti alla televisione perché c'era Pertini e, quando parlava lui, il mondo doveva zittirsi.

Per una settimana me ne andai in giro con l'occhio gonfio, ma ai miei non dissi che era stato per colpa di Viola, accusai Sasà e i suoi idoli del cacchio che nascevano ogni giorno alla velocità con cui ci spuntavano i peli sul pube.

A scuola, prima che diventassi il pupillo di Sasà, qualcuno si era permesso di soprannominarmi "Quattrocchi" e io avevo fatto spallucce: non ero bravo a difendermi e nemmeno mi interessava esserlo. Poi, una mattina, Sasà mi aveva preso sottobraccio e mi aveva costretto a fare il giro del cortile insieme a lui, per mostrare agli altri che ora ero amico suo e nessuno mi avrebbe potuto toccare. Avevo anche tentato di staccarmi dicendo qualcosa tipo: "Non ti preoccupare, nella vita bisogna imparare a camminare con le proprie gambe...", ma lui mi aveva dato un buffetto sulla mano e aveva risposto: "Statt' zitt'".

Da allora nessuno si era più permesso di mancarmi di rispetto, anche se i compagni mi tenevano comunque in disparte perché mi giudicavano "pesante"; e poi non ero bravo a giocare a calcio e, soprattutto, come detto, parlavo in modo strano. E strano, a pensarci, lo ero davvero: a dodici anni ero un aspirante, seppur virtuale, collezionista di tutto, avido lettore, spettatore attento di *Quark* e del *Mondo di Quark*, che andavano in onda il pomeriggio. Perfino la mia famiglia mi considerava un tipo bizzarro e mi prendeva in giro, anche se mamma, in realtà, credo fosse fiera di quel figlio sì strano, ma acculturato e pieno di passioni, e a chi le chiedeva notizie sulla mia carriera scolastica, rispondeva fiera: "Quello Mimì a scuola è 'nu mostro, non so da chi abbia pigliato, ma le insegnanti dicono che ha il futuro assicurato e che lo devo iscrivere al liceo".

Appena c'era un estraneo nei paraggi, lei cercava il modo per inserire nel discorso la mia bravura e il mio futuro certamente radioso. Il luogo preferito per vantarsi della mia intelligenza era il salone di Alberto, il parrucchiere. Qualche volta capitava che entrassi a chiederle cinquecento lire per il gelato Cucciolone e la trovassi a parlare di me a signore che facevano finta di ascoltare con aria annoiata. La pregavo subito di smetterla, ma in realtà un po' mi beavo di quelle parole, del suo orgoglio materno che non faceva nulla per mascherare, del suo essere così sfacciata. Ho capito poi che il bisogno di raccontare a tutti della mia intelligenza e bravura non era altro che un modo per proteggersi e proteggermi dagli sguardi e dal giudizio dei nostri vicini, che io allora non potevo vedere.

Ero considerato un bimbo strano, appunto, magro da far spavento, con quegli occhiali neri e spessi che dopo l'incidente con Sasà si tenevano in piedi grazie a un po' di nastro adesivo negli angoli, i piedi piatti, le mani sproporzionate e, soprattutto, con il mio modo bizzarro di parlare, che per me era del tutto normale ma per chi mi era accanto tanto normale non era. Mi piaceva la lingua italiana e adoravo il vocabolario, e uno dei miei giochi preferiti era sfogliarlo la sera nel letto alla ricerca delle parole più assurde e del loro significato, per poi cercare di utilizzarle l'indomani nel parlato comune. Pertanto capitavano giorni che infilavo in ogni discorso termini tipo "zuzzurellone", con il quale un giorno avevo apostrofato papà (che era scoppiato a ridere, forse non capendo), oppure mi alzavo la sera da tavola commentando soddisfatto il pranzo "luculliano" e mi attiravo gli sguardi straniti dei nonni.

Scemunito

Capivo di essere cotto di Viola, ma non potevo sapere, allora, che quella magnifica e allo stesso tempo paurosa sensazione che mi portavo dentro sarebbe stata una delle emozioni più intense della mia vita. Custodivo in quegli anni un bozzolo di amore purissimo e non potevo confidarlo a nessuno. Mia sorella lo capì per prima e un giorno mi prese in disparte. "Ué, ma ti fossi innamorato?"

"Io? Innamorato? Non dire baggianate...", e arrossii.

"Mi sono accorta di come diventi quando passa quella ragazzina..."

"Di quale ragazzina parli?"

"Quella del settimo piano, la figlia del pilota."

"Ti sbagli..." tentai di replicare, ma lei sorrise e mi abbracciò.

A Sasà non potevo dire nulla, perché a lui Viola non era simpatica e, anzi, sosteneva che se la tirava. "Chi si pensa di essere con quell'atteggiamento snob", diceva spesso. In effetti, non è che Sasà avesse tutti i torti, eppure a me la grazia di Viola, la sua timidezza, persino l'indifferenza che mostrava nei miei confronti mi lasciavano basito.

Un pomeriggio che me ne stavo tranquillo a guardare mamma pulire un polpo con le mani infilate nel lavello, lei spezzò il silenzio ed esordì: "Mimì, ho saputo che ti sei innamorato di Viola, la ragazzina del settimo piano...".

"Chi te l'ha detto?" domandai d'impeto, senza rendermi conto che stavo confessando. "È stata Bea?"

Lei si mise a ridere e replicò: “No, non me l’ha detto lei...”.

“E chi?”

“Ma che t’importa?”

“A ogni modo, è una menzogna...” replicai, cercando di nascondere l’imbarazzo.

“Me l’ha raccontato tuo padre. Dice che quando passa per strada non capisci più niente, fai il buffone, dici frasi senza senso e sembri uno scemunito!”

Poi mi guardò, le mani ancora infilate nell’acqua sporca e la puzza di pesce che iniziava a diffondersi per la casa, e ridacchiò di nuovo. Se non l’avesse fatto, se solo avesse accolto il mio pauroso sentimento con partecipazione, come meritava, io quel giorno le avrei parlato della sensazione assurda che mi covava dentro, le avrei spiegato di come mi faceva sentire bene, nonostante Viola non mi degnasse di uno sguardo. Le avrei confessato che a dodici anni mica puoi sapere come arginare una cosa così immensa.

Le due più grandi forze che i bambini incontrano per prime sul loro cammino sono in genere l’amore e la morte. E davanti a entrambe spesso si mettono a fare gli scemuniti. È un modo come un altro per non dare troppo peso alle cose.

Per non restarne schiacciati.

E poi finalmente mi imbattei di nuovo in Giancarlo, anche se fu solo un rapido incontro e non potei mettere in atto alcun piano perché tra l’altro con me c’era Sasà. Ero seduto sui gradini d’accesso al palazzo, intento ad accarezzare Bagheera, un gatto randagio che assomigliava in tutto e per tutto a una pantera (da lì il nome, perché mi ricordava il felino del *Libro della giungla*), quando il giornalista sbucò dal portone, proprio nell’istante in cui Sasà calciava l’ennesima punizione contro la sua auto.

“Scusatemi tanto...” fu perciò costretto a dire il mio amico, sollevando un braccio, per niente imbarazzato dal fatto che stessimo usando la macchina come barriera.

Giancarlo, le mani ai fianchi e il sorriso stampato sul volto, fece un passo in avanti e recuperò il Super Santos per riposizionarlo nel punto esatto da dove era stato tirato. "Sbagli il movimento del corpo", e agguantò Sasà per la spalla facendolo roteare, "devi metterti quasi perpendicolare al pallone e colpirlo come se volessi fare una piroetta su te stesso, così prende il giro..."

La testolina del signor D'Alessandro sbucò dalla finestra proprio mentre mi alzavo per raggiungere i due, incuriosito dalla spiegazione; del calcio, infatti, non me ne fregava nulla, ma la fisica mi entusiasmava. Il signor D'Alessandro era un inquilino del primo piano, un settantenne pensionato delle Ferrovie dello Stato che per l'intera esistenza aveva riparato i binari di notte e ora trascorreva le giornate affacciato al balcone per succhiare un po' di vita da quella degli altri.

Sasà agguantò il pallone e provò a calciare senza nemmeno attendere che Giancarlo terminasse di spiegare; lui era fatto così, l'aiuto lo riteneva quasi un'offesa, come se non avesse bisogno di soluzioni e potesse fare sempre tutto di testa sua. Il Super Santos si alzò di mezzo metro e colpì di nuovo la Mehari (così si chiamava la Batmobile di Giancarlo, scoprii).

"Mannaccia..." si lasciò scappare il mio amico, "scusatemi di nuovo."

"Ué, quella è di plastica, si scassa!" esclamò con un sorriso il giornalista prima che sfilassi il pallone dalle mani di Sasà per provare.

Quest'ultimo scoppiò a ridere e commentò: "Mimì, ma se tu tiri solo con la punta...".

Mi posizionai di fianco al Super Santos, il corpo in perpendicolare, come aveva detto il mio nuovo eroe dalla faccia simpatica, e chiusi gli occhi. "Come volessi fare una piroetta su te stesso," mi ripetei mentre calciavo la palla, la quale superò con un balzo il tettuccio dell'auto verde e si infranse con un tonfo contro la saracinesca che fungeva da porta.

"E bravo Mimì!" commentò Giancarlo. "Hai un futuro

da calciatore... e per oggi la mia povera Mehari è salva", quindi strizzò l'occhio a entrambi e si tuffò in auto.

"Uagliò," ci chiamò donna Concetta dall'altro lato della strada, "ma a vuie chella machina nun ve pare 'na pazziella?", e scoppiò a ridere mostrandoci due soli denti in bocca.

"Già, sì, è proprio 'na schifezza..." sibilò Sasà, quindi girò i tacchi senza degnarmi di uno sguardo e si avviò verso la salumeria del padre. A metà strada tirò un calcio a un sampietrino saltato e urlò: "Hai avuto mazzo, Mimì, solo mazzo!".

Tutta la vita familiare dei Russo si svolgeva in cucina, l'unica stanza abitabile nella quale non vi erano letti; perciò nessuno si era mai permesso di parlare di animali, tranne Bea, che un giorno aveva chiesto un criceto.

"Uuh, che schifo!" aveva risposto mamma, "quelli so' come i topi!"

"Non è un topo," aveva ribattuto lei.

"Ah, no? E che è, sentiamo!"

"Appartiene alla famiglia dei cricetidi..." ero intervenuto io, "il suo nome scientifico è Phodopus sungorus."

Mamma si era girata. "E ti pareva che non interveniva Piero Angela. Ma come fai a sapere queste cose, a conoscere 'sti termini assurdi?"

"Seguo i documentari, e sono curioso. La curiosità è il motore che muove i miei passi..." avevo risposto, e mi ero aggiustato gli occhiali che, dopo la pallonata di Sasà (in arte Dirceu), mi scivolavano ogni due per tre dal naso.

La mia ricercata risposta, però, non aveva suscitato chissà quali reazioni, non di certo come l'intervento del nonno, che aveva risolto la questione con una delle sue massime mentre masticava lentamente un pezzo di pane (gli mancavano parecchi denti in bocca). "Cricetidi o non cricetidi," aveva sentenziato, "semp' zoccole rimangono!"

E il dibattito "animali" in casa Russo era morto sul nascere.

Fino a una certa età la mia vita non ha avuto nulla di super. Trascorrevo ore a rileggere gli unici due volumi di Spider-Man in mio possesso, con loro facevo colazione, ripassando sempre le solite tavole mentre inzuppavo i biscotti nel latte, andavo al bagno e ci restavo finché le gambe iniziavano a formicolarmi o finché arrivava il nonno che in quei mesi faceva di continuo la spola dalla poltrona al gabinetto. Insomma, il mio mondo interiore era caotico, coloratissimo, magico e popolato da supereroi, personaggi buoni e cattivi che arricchivano le tante ore che pure passavo da solo, ma la vita reale era ben altra cosa. Nella mia vita di ragazzino nato in una famiglia povera, in una casa che era un buco, da genitori non di certo acculturati, la più grande missione era farmi accettare per come ero da chi mi vedeva solo come un tipo strambo, senza particolari doti e alcun fascino.

E le cose, se possibile, peggiorarono pure. Un pomeriggio ero in porta, come sempre pronto a parare il bolide di Sasà (che se non sbaglio da poco si era messo in testa di essere Zico), quando vidi sopraggiungere dal fondo della strada Viola. La fine del giorno sbucava dietro i palazzi e colpiva la sua schiena, facendola apparire in tutto il suo splendore, come sospinta da un'aura magica. Su una spalla portava lo zaino Invicta a strisce orizzontali bianche e rosa che richiamava le Converse ai piedi dello stesso colore (che indossava tutti i giorni nonostante il freddo polare di quell'inverno), e camminava con passo felpato, quasi fosse una modella a una sfilata. Anche la mattina a scuola arrivava con l'andatura aggraziata, i talloni a due centimetri da terra, e procedeva fra la gente come un'ombra silenziosa, senza degnare di uno sguardo i tanti ragazzi ammirati. Per i corridoi non la incontravo mai, anche se, per la verità, non è che fossi il tipo che se ne stava troppo fuori dall'aula, come faceva Sasà, per intenderci, che passava metà mattinata nel bagno a raccontare storie inventate a quelli del primo anno, i quali lo ascoltavano estasiati neanche stesse parlando il messia.

Ma dicevo di quando vidi sbucare Viola e di come il cuore iniziò a pompare più forte. Siccome la filastrocca di Rodari non aveva riscosso successo, ero già pronto a richiamare la sua attenzione con qualcosa di più macho, e stavo per partire con "Quindici uomini sulla cassa del morto", il canto piratesco dell'*Isola del tesoro* di Stevenson. All'ultimo, però, mi ricordai del discorso di mia madre di qualche giorno prima e di quella specie di aggettivo, scemunito, che mi aveva attribuito papà, perciò mi feci forza e decisi di restare in silenzio.

Viola era a pochi metri dal portone quando due ragazzini sbucati da chissà dove, due muccusi, come li apostrofò poi Angelo, la affiancarono e le strapparono lo zaino dalla spalla per poi fuggire a piedi verso piazza Leonardo. Lei urlò e donna Concetta, nonostante la mole, si alzò a fatica dalla sua seggiulella per cacciare una sfilza di parolacce contro i due mariuoli. Mio padre allora uscì di scatto dalla portineria e corse dietro agli scippatori, Sasà, invece, si unì al coro e puntellò le volgarità della vecchia contrabbandiera con altre più moderne, mentre io decidevo di soccorrere la mia amata. Era lì, a pochi passi da me, impaurita e indifesa di fronte alle brutture della vita, e aspettava soltanto che qualcuno la abbracciasse e le desse conforto. E l'avrei fatto, lo giuro, avrei infine superato la mia timidezza per portarla in salvo e farle sentire un po' di calore se solo fra me e lei non ci fosse stata quella maledetta catenella con la quale il signor D'Alessandro recintava il suo posto auto. Me ne accorsi all'ultimo istante e tentai di saltarla, ma fu un disastro: il piede sinistro si aggrovigliò agli anelli e ruzzolai per terra.

Mi ero rotto il braccio, lo capii subito. Eppure non fiatai, non dissi nulla mentre Angelo e Sasà mi superavano e andavano incontro, loro sì, a Viola. Non dissi nulla nemmeno quando papà si riunì a noi dopo che il tentativo di inseguimento si era rivelato inutile o quando sollevai lo sguardo e vidi il signor D'Alessandro che mi fissava. Sfilai dentro l'androne a testa bassa, cercando di non mostrare alcuna smorfia, nonostante mi sentissi svenire dal dolore.

Superman è un pagliaccio

Per quarantotto ore non uscii di casa. Avevo paura di incontrare Viola e non riuscire a reggere il suo sguardo, paura che lei mi scoppiasse a ridere in faccia. E poi con il gesso sembravo ancora più imbranato del solito, la mano destra era fuori uso e non riuscivo a mangiare, non potevo sfogliare i fumetti, per lavarmi ero costretto a chiedere aiuto a mia madre, la quale una sera commentò: "Che sfizio, mi sembra di essere tornata indietro nel tempo, a quando eri piccirillo e tenevi bisogno di me!".

Provavo un certo imbarazzo a farmi toccare da lei, perciò con la spugna non le permettevo di scendere al di sotto dell'ombelico. Poi mi sedevo sul bidè e tentavo di lavarmi con la sinistra, anche se non riuscivo a coordinare i movimenti e il sapone mi scivolava continuamente dalla mano. Avrei avuto bisogno di una vasca, ma in quel bugigattolo di bagno non c'era spazio che per una doccia striminzita.

Furono giornate difficili e ben presto sprofondai in una crisi senza ritorno e quando Sasà, all'alba della terza mattina, bussò alla finestra della camera da letto per chiedere se andavo a scuola, risposi che non mi sentivo bene. Lui sembrò dispiacersi, ma non disse nulla. A cena mamma affrontò il discorso: "Mimì, domani torni in classe, mò nun è che per un braccio rotto puoi stare un mese a casa!".

"E come?" chiesi indispettito. "Non posso neanche scrivere!"

"E allora vuol dire che ascolterai. A scrivere so' buoni tutti, ad ascoltare quasi nisciuno!", e guardò papà che, però, non raccolse la provocazione, intento a inzuppare il cozzetto del pane dentro la zuppiera dell'insalata.

Chinai il capo e non dissi una parola. Fu Beatrice a interrompere il silenzio. "Comunque rompersi un braccio ha il suo perché, puoi farti ricoprire il gesso di scritte colorate. Saresti molto figo!"

Bea aveva diciassette anni e forme prorompenti (come nostra madre del resto, che era ancora una donna avvenente e gli uomini si voltavano a guardarla, anche se io fingevo di non accorgermene), aveva la quarta di reggiseno e se ne andava sempre in giro con magliette scollate che mettevano in risalto la sua dote, e quelle poche volte che mi ritrovavo per strada con lei mi rendevo conto che non c'era ragazzo che non infilasse gli occhi nel suo décolleté. Anche a scuola era una delle ragazze più invidiate dalle compagne, lo sapevo perché me lo aveva confidato Sasà, che aveva una cugina al Mazzini. Io mi ero risentito e lui aveva risposto placido: "Mimì, non te la devi prendere, Beatrice ai maschi fa proprio sangue", una di quelle frasi strane che chissà da chi e dove aveva sentito e che però tendeva a ripetere come un pappagallo. Fatto sta che mia sorella, per la sua avvenenza e per il carattere aperto, non era una che passava inosservata. Lei sembrava compiacersi di tutte quelle attenzioni, e già da un po' la vedevo tornare sempre in moto dietro a un ragazzo, uno più grande che la lasciava all'inizio della strada.

Assomigliava un po' a Cindy Lauper, portava i capelli arruffati pieni di lacca, il chewingum perennemente in bocca, e aveva una miriade di braccialetti colorati al polso. Era fissata con il film *Il tempo delle mele*, che mi costringeva a guardare almeno tre volte l'anno, ascoltava tutto il giorno proprio Cindy Lauper e anche Madonna, e leggeva "Cioè" e fotoromanzi uno dietro l'altro, come del resto tutte le sue amiche. La differenza con loro era nei dettagli: le altre avevano le cartelle della Naj Oleari o il Jolly Invicta, Bea, invece, uno zaino di seconda qualità. Loro giravano con jeans tappezzati con marchi famosi, lei, al più, poteva cucirsi la faccia di Paperino sulla tasca posteriore. Ciononostante, Beatrice sembrava crescere felice e spensierata, di certo molto più di quanto lo fossi io, che con i miei mille pensieri astrusi nemmeno mi rendevo conto che, da qualche parte, invidiavo la sua serenità e sicurezza, la capacità di essere amata e circondata da amici. Credevo di essere superiore a tutto questo ed ero convinto che il mio ruolo fosse un altro. Perciò, quando dopo cena lei si accovacciò ai piedi del divano a leggere uno di quegli odiosi fotoromanzi, inorridii e decisi di intervenire: "Perché perdi il tuo prezioso tempo con queste letture superficiali?" chiesi.

Masticava la gomma con la bocca aperta ed era assorta nelle pagine.

"Potresti spendere meglio le tue giornate... potresti tentare di farti una cultura..." insistetti.

"Uffa," disse infine, spostando lo sguardo dal giornaletto, "come sei noioso, Mimì! Dovresti crescere una buona volta, la vita è questa qua, fratellino, proprio questa che stiamo vivendo noi adesso, in un giorno del cacchio. Non è quella che sta nella tua testa, non sono i film, i fumetti e i libri di persone morte secoli fa, tutte quelle cose con le quali ti credi uno buono."

Rimasi in silenzio, offeso, lei per tutta risposta si mise a sedere sul divano, allungò la mano verso la piccola scrivania accanto e afferrò il portapenne dal quale cacciò un Uniposca. Quindi mi prese il braccio e lo tirò a sé. "Adesso avrai qualche chance in più con Viola..." aggiunse mentre scriveva sul gesso. Poi chiuse il pennarello e mi restituì l'arto. Sul calco bianco splendeva una scritta rossa contornata da tanti cuoricini: *Così sei ancora più carino*. E una firma: *Debora*.

"Chi sarebbe Debora?" chiesi subito.

Beatrice fece una smorfia divertita. "È quella che ti renderà più attraente agli occhi di Viola e dei tuoi amici pippaioli."

"La menzogna è sinonimo di debolezza," commentai indispettito.

"Mimì," ribatté sottovoce, "ma la vuoi smettere di parlare come un vocabolario? Puoi far divertire mamma e nonna perché so' ignoranti, ma per tutti gli altri sei patetico!"

Chinai il capo. Lei mi si abbarbicò addosso e mi schioccò un bacio sulla guancia, quindi sorrise prima di concludere: "Se ti dico queste cose è per il tuo bene. Altro che fumetti e supereroi, per rendere davvero speciale la tua vita c'è un unico modo, senti a me: dire un sacco di bugie!".

La mattina dopo tornai a scuola con il gesso e la scritta colorata attorniata dai cuoricini. Il primo a notarla fu, manco a dirlo, Sasà, che mi guardò incuriosito e commentò: "E chi foss' mò 'sta Debora?".

Eravamo seduti su un muretto con due compagne, in attesa di entrare in classe. Frequentavamo la seconda media, anche se in sezioni diverse, e Sasà era ripetente, essendo stato bocciato l'anno prima. Arrossii e mi tornarono alla mente le parole di Beatrice. "Non esiste alcuna Debora," risposi però, "è solo una trovata stucchevole di mia sorella..."

Il mio amico mi fissò incredulo e le ragazze scoppiarono a ridere, perciò non trovai più il coraggio di chiedere loro di firmarmi il gesso. L'avevo promesso a Bea, che la mattina in bagno, mentre si preparava nemmeno dovesse andare a una festa, aveva detto: "Quando torni da scuola, voglio vedere il braccio pieno di scritte, ok?", e aveva strizzato l'occhio.

Di conseguenza rincasai con il morale sotto i tacchi, ancor più depresso di quando ero uscito, con il gesso bianco che rifletteva la squallida bugia di mia sorella e la mia incapacità di vendermi agli altri. Bea ebbe la premura di non dire nulla, o forse nemmeno si accorse del calco lindo, presa com'era dalla discussione con nostro padre che l'aveva "beccata" dietro la moto.

"Ma chi è 'stu guaglione?" le aveva chiesto, e lei si era limitata a rispondere: "Un ragazzo...".

"Be', dici al tuo ragazzo che se ti vuole continuare a vedere, facesse la persona educata e si presentasse..."

"Papà, ma dove siamo, nel medioevo?" aveva ribattuto lei, e se non si era presa un rimbrotto serio è perché proprio in quel momento aveva telefonato il signor Criscuolo, l'amministratore del condominio, che aveva sempre qualcosa di urgente da riferire.

Dopopranzo ero seduto al tavolo della cucina, il volto affondato nell'incavo del braccio (quello buono), mentre nonna preparava il caffè e il nonno russava sulla poltrona, quando Sasà sbucò fuori alla finestra. "Mimì," iniziò a chiamarmi donna Concetta, che spesso fungeva anche da citofono, "c'è Sasà."

Andai nella stanza da letto e me lo trovai davanti, dall'altra parte del muro. "Ti ho portato un film, accussì ti passa il nervoso...", e mi mostrò una videocassetta.

Mi destai del tutto e risposi meravigliato: "Un film? Che film?".

"Aprimi," rispose e sparì dietro l'angolo.

Quando fu in casa, si sedette con un sorrisetto marpione al tavolo della cucina e sussurrò con enfasi: "Un porno".

Strabuzzai gli occhi e rimasi a fissarlo incredulo mentre nonna attendeva che la caffettiera sul fuoco cessasse di borbottare.

"Un porno?" bisbigliai quindi. "E dove lo hai preso?"

Per tutta risposta infilò una mano nella tasca e cacciò una chiave.

"Cos'è?"

"La chiave per il paradiso..." rispose soddisfatto e mi fece dondolare l'oggetto sotto agli occhi.

"Dai..." lo esortai, e lui aggiunse, stavolta serissimo: "La chiave della videoteca di Nicola Esposito".

Il mio viso dovette subire una notevole trasformazione perché Sasà non seppe trattenersi e scoppiò a ridere sonoramente.

"Ma sei pazzo!" quasi urlai, "Come hai fatto?"

Il trambusto, nel frattempo, aveva svegliato il nonno, che si sedette a tavola con noi in attesa che la moglie gli porgesse la tazzina di caffè.

"Ué, Sasà," disse mentre sbadigliava, "comme stai? Te stai facenn' gruoss', eh?"

Sasà sorrise.

"Che film hai portato?" chiese il nonno guardando la videocassetta nelle mani del mio amico.

Una vampata di calore mi colorò le guance e mi spinse a rispondere per primo: "Nulla di che, un film per ragazzi...".

Ma tanto nonno Gennaro neanche ci ascoltava più e aveva gli occhi puntati sulla copia de "Il Mattino" mentre sorseggiava il caffè. Feci un segno a Sasà per dirgli di alzarsi, ma lui, che si divertiva sempre a mettermi in imbarazzo, non mi guardò nemmeno e se ne uscì con questa frase: "Don Gennà, pensavamo di vedere il film adesso, possiamo o vi diamo fastidio?".

Il nonno rispose senza sollevare il capo: "Ma quale fastidio, giuvinò, facite chello che vulite...".

Sasà si alzò e infilò la videocassetta nel registratore che papà aveva acquistato usato da Nicola dopo le innumerevoli preghiere mie e di Bea. Iniziai a sudare freddo e incenerii il mio amico con lo sguardo. Mi domandavo dove volesse arrivare.

"Io nun capisco perché stu guaglione debba mettersi a scrivere queste cose..." proruppe di nuovo il nonno coprendo il rumore del nastro che si riavvolgeva.

"Quale guaglione?" chiese la nonna.

"Il ragazzo che abita qui, il giornalista con quella macchina strana che ha un fratello più grande. Un bravo giovane, con gli occhiali, abitano nella scala opposta..."

"Nun aggio capito chi è..."

"E figurati... è uno che scrive cose pericolose sul giornale."

"Pericolose?" domandò la nonna e si portò le mani al viso rubicondo.

"Già, sì," intervenne Sasà, "Giancarlo Siani. Noi lo conosciamo, è simpatico, ma c'ha un'auto troppo brutta. Anche papà dice che è un pazzo perché scrive cose che non si dovrebbero scrivere..."

Ascoltavo a stento quei discorsi, attento soltanto al nastro che stava rallentando la sua corsa all'indietro e a breve si sarebbe fermato. Davanti agli occhi non avevo che l'immagine di due corpi che si accoppiavano fra gemiti e sussulti nella nostra cucina.

Dovevo fare qualcosa.

Mi alzai di scatto per spegnere il videoregistratore, ma Sasà fu più veloce e premette play. Trattenni il fiato e guardai con la coda dell'occhio la famiglia: nonno leggeva ancora l'articolo, nonna lavava la tazzina. Poi sullo schermo apparve Superman, con la tuta e il mantello rosso, e io tornai a respirare mentre Christopher Reeve e Margot Kidder si abbracciavano. Rivolsi a Sasà uno sguardo truce che non dovette impressionarlo, perché scoppiò a ridere.

"A me 'stu Superman nun me piace..." commentò dopo un po' la nonna, "uno che se ne va in giro vestito comme 'a nu pagliaccio..."

"Ma nonna, è un supereroe!"

"Mimì, ma quale supereroe, quello è un film. Su questa terra di eroi nun ce ne stanno, ce sta chi ogni tanto fa 'na cosa bona e poi torna a essere uno qualunque, comme a tutti quanti."

Le avrei voluto rispondere e, se non ricordo male, qualcosa stavo per dire, ma il nonno mi rubò la scena, lui che nemmeno aveva ascoltato i nostri discorsi. "Fa proprio tutti i nomi e i cognomi di quella gente..." intervenne, sempre più preso dall'articolo. "Sto ragazzo o è un pazzo o è un eroe!" aggiunse infine.

Guardai entrambi, il nonno e la nonna, con l'espressione più arcigna che mi uscì, e dissi: "È un eroe! È un ragazzo che non ha paura di combattere contro la criminalità per migliorare le cose!".

Sasà mi fissò stranito e nonna Maria abbozzò una specie di sorriso che mi fece arrabbiare ancora di più. "Io, al contrario di voi che non credete più in nulla se non nel padreterno, credo negli uomini. Giancarlo è uno che non ha paura. Dovreste essere fieri di lui. Il mondo ha bisogno di eroi."

Fu il nonno a stoppare la conversazione. Tirò giù l'ultimo sorso di caffè con un risucchio e disse spazientito: "Mimì, ricorda: chi se 'mpiccia resta 'mpicciato. C'è bisogno di eroi, è vero, purché non abitino nel nostro palazzo".

Professor X

Dovemmo aspettare il sabato seguente per intrufolarci nel "paradiso", come lo aveva chiamato Sasà. Era arrivato febbraio e il freddo non sembrava volerci risparmiare. Quella sera dissi ai miei che sarei rimasto fuori con gli amici; mamma rispose che dovevo rientrare alle ventidue, ma per fortuna papà si intromise: "Loredà, lascia stare, sta qua fuori, che po' succedere... poi ti lamenti che il ragazzo è sempre solo...".

Il signor Esposito abbassò la saracinesca alle ventuno, perciò fummo costretti a restare per strada, seduti sul gradino di marmo della salumeria di Angelo, ad attendere il momento giusto, nonostante il vento ci costringesse a indugiare con il viso affondato per metà nei giubbini. Una parte di me ancora sospettava che Sasà mi stesse riempiendo di balle, perciò approfittai dell'attesa per tornare sull'argomento.

"Ti ho detto che le chiavi me le ha date Carmine, il figlio del portiere. Il negozio ha un'entrata laterale dal palazzo. E suo padre ne ha una copia in portineria."

"E per quale motivo le ha consegnate a te?"

"Ancora, Mimì? Ma fai sempre le stesse domande? Perché gli devo prendere dei film..."

"Vuoi rubare? Non fare cose di cui potresti pentirti, Sasà, se attraversi il guado non torni più indietro..." esclamai sbigottito.

Lui scoppiò a ridere. "Comm' sì pesante! Mimì, int' 'a vita

c'è chi nasce pe' murì e chi nasce pe' campà, tu da che parte vuoi stare?"

Le domande filosofiche mi affascinavano, e il fatto poi che una simile frase provenisse da Sasà, non certo un pensatore, contribuì a farmi restare senza parole.

"Faccio solo un favore a Carminiello, che non ha il coraggio di entrare perché, se lo becca il padre, lo scomma di mazzate con la cinghia," proseguì lui. "Perciò mi sono fatto avanti e gli ho detto che ci sarei andato io. Lui non era convinto, se metteva paura, così ho dovuto promettergli che gli avrei portato tutti i film che voleva."

"E che film desidera?" chiesi.

"I porno."

"Addirittura! Non comprendo tutta questa passione per delle pellicole senza trama!" sbottai.

Lui mi guardò divertito, prese fiato e chiese: "Né, Mimì, ma tu foss' ricchione?".

A quel punto mi alzai e mi allontanai nero in volto. Ero nervoso, certo, impaurito per le conseguenze nel caso ci avessero scoperto, ma, soprattutto, ero deluso perché nel pomeriggio avevo visto Viola tornare a casa con un ragazzo più grande, uno con il ciuffo alla Nick Kamen (che spopolava in tv soprattutto grazie allo spot della Levi's nel quale si sfilava i jeans in una lavanderia e si sedeva tranquillo a leggere il giornale, incurante degli sguardi delle donne al suo fianco). Si erano fermati sotto il portone e lui l'aveva fatta ridere più volte, mentre io li osservavo da lontano, meravigliandomi che esistesse qualcuno sulla terra in grado di strappare un sorriso a quella musa triste e bellissima. Non avevo speranze contro di lui, era troppo più di me. Perciò il pomeriggio ero caduto in una crisi profonda.

"È ora. Andiamo," disse Sasà e cacciò una nuvola di fumo dalla bocca.

Sulle spalle aveva un piccolo zaino all'interno del quale c'erano le famose chiavi e un paio di torce rubate dal cassetto degli attrezzi del padre. La piazza ancora non era attraversata dalle auto che salivano dal centro di Napoli, dirette, come ogni sabato sera, ai tanti locali e discoteche del Vomero.

"Possiamo scegliere fra centinaia di film, che sballo!" commentò mentre procedevamo a passo svelto verso la videoteca. Ci infilammo nel palazzo e arrivammo davanti all'entrata secondaria del locale. Sasà si guardò attorno come un ladro provetto, infilò le chiavi nella serratura e mi fece segno di entrare. Dentro era buio pesto e fummo costretti ad accendere subito le torce. Il mio amico iniziò a girovagare fra gli scaffali dei film e a sfilare le vhs dai contenitori. Mi bloccai subito e lo guardai accigliato, cosicché lui precisò: "Li prendo solo in prestito".

Avrei potuto ribellarmi, ma ero troppo preso dalle centinaia di fumetti a portata di mano. Per una decina di minuti fui completamente rapito, vagavo da uno scaffale all'altro, leggevo copertine, sfogliavo le pagine con l'unica mano funzionante senza trovare il coraggio di prendere nulla. Poi mi imbattei in un manichino che indossava il costume di Spider-Man e dovetti emettere un qualche strano verso di stupore perché Sasà si avvicinò senza che me ne accorgessi, incantato com'ero ad ammirare il blu intenso della stoffa intervallato dal rosso fuoco tatuato con lo stemma del ragno sul petto. Sporsi il collo per guardare il cartellino e sgranai gli occhi: centotrentamila lire!

"Perché non lo prendi?" chiese Sasà.

Mi girai di soprassalto.

"Sei fissato con l'Uomo Ragno, no?"

Tornai a guardare di nuovo il costume, disorientato, e per un attimo pensai di dargli ascolto. "Non posso, sarebbe un furto..." riuscii a dire invece.

"Un prestito, Mimì, un prestito..." precisò lui.

Un tonfo sordo interruppe la nostra conversazione.

"C'è qualcuno..." commentò Sasà, tendendo l'orecchio. Si portò l'indice al naso e mi fece segno di zittirmi. Non ebbe neanche finito di parlare che una spranga si infilò sotto la saracinesca e la sollevò per metà. Spalancai gli occhi e avrei urlato se Sasà non avesse fatto un salto e mi avesse acciuffato per il braccio sano, trascinandomi verso l'uscita laterale. In meno di due secondi eravamo fuori, all'interno del cortile. Ci calammo i berretti in testa e uscimmo per strada. La saracinesca del negozio era divelta in un angolo, ciononostante dall'esterno era quasi impossibile accorgersi della presenza dei ladri.

Quando giunsi sotto casa avevo il cuore a mille e la canotta fradicia di sudore. Sasà disse che si sarebbe liberato delle chiavi, ché era troppo pericoloso, e poi sarebbe corso a infilarsi nel letto. E disse pure che dovevo mantenere i nervi saldi e non dire niente a nessuno di quello che era successo.

"Da bravi cittadini avremmo l'obbligo di avvertire le forze dell'ordine," balbettai, una volta nell'androne del mio palazzo. Sasà abitava, invece, un paio di fabbricati più su, lungo la strada.

"Ma quale polizia, accussì s'accorgono che stavamo là dentro e ci portano dietro le sbarre a Nisida!" rispose sottovoce spingendomi contro il marmo della parete. "Mimì, mantieni la calma, nun fa' strunzate e statt' zitt', che andrà tutto bene."

"E la refurtiva?" mi venne spontaneo chiedere.

Lui sospirò e rispose: "Non c'è nessuna refurtiva, non ho avuto il tempo di prendere nulla".

Quindi mi diede un buffetto affettuoso sulla guancia e uscì di nuovo in strada. A tredici anni Sasà già era in grado di vedersela da solo, ragionava e si comportava come un adulto; mi dovevo fidare di lui e non dire una parola. Io, invece, sarei mai cresciuto? Avrei mai fatto ridere una ragazza come Nick Kamen faceva ridere Viola? Non ebbi tempo di rispondermi perché quando tentai di sfilare il giubbino mi accorsi che in mano avevo un fumetto arrotolato che nella foga mi ero dimenticato di posare. Per un attimo pensai di uscire di nuovo per disfarmene, poi guardai meglio la copertina e decisi d'istinto: no, lo avrei tenuto per me.

Fu il mio primo atto d'insubordinazione.

Trascorsi un'ora in cucina, in piedi sotto la flebile luce della cappa, a consumare con avidità ogni singolo riquadro, attento a non svegliare la famiglia, e più andavo avanti nella lettura, più mi convincevo che la storia fosse venuta a cercare proprio me, che mi stesse parlando al cuore e volesse donarmi la chiave per aiutarmi a cambiare vita, ad agguantare infine ciò che desideravo. Sì, era solo un fumetto che parlava di supereroi, ma uno di loro, che di nome faceva Professor X, non era dotato dei soliti poteri – l'invisibilità, la forza, il volo – ma possedeva un dono vero, reale, qualcosa alla mercé di chiunque, anche di una persona normale come me: la telepatia. Con il solo potere della mente riusciva a controllare il pensiero altrui, a entrare in contatto con le persone. Fu una folgorazione. Nessuna diavoleria, niente forza fisica, solo capacità di controllo e concentrazione, volontà e fermezza. Tutte cose in cui eccellevo.

Più volte durante la lettura mi fermai a riflettere, con la bocca aperta, lo sguardo all'orologio sopra la finestra e i piedi scalzi a contatto con le piastrelle gelate, su come avrei potuto fare mio quel potere, come sviluppare e apprendere la capacità telepatica. La cosa, in realtà, non nacque dal nulla; qualche mese prima, infatti, mi ero imbattuto in un documentario sulla trasmissione del pensiero e ne ero rimasto affascinato. Quel fumetto, a mesi di distanza, era tornato a rinverdire il mio interesse.

Mi infilai nel letto con i piedi ghiacciati e il sorriso sulle labbra, chiusi gli occhi e mi persi in mille congetture, ipotetiche teorie matematiche attraverso le quali avrei sviluppato la forza, su come avrei potuto utilizzarla, finché, a un certo punto, mi feci prendere dall'entusiasmo e la riflessione scientifica lasciò il passo a fantasticherie su Viola, che sarei riuscito a conquistare proprio grazie alla telepatia. Mi addormentai alle prime luci dell'alba, distrutto ma felice, quando papà si girò infine su un lato e smise di russare.

Il segreto per dormire con lui nella stessa stanza era, infatti, addormentarsi per primi; lo sapeva bene mia madre, che la sera si preparava una tisana e alle dieci meno un quarto era già sotto le coperte. Papà, invece, si attardava davanti alla tv, il sabato con i soliti varietà e durante la settimana cambiando in continuazione fra i canali nazionali e quelli regionali, tanto che il nonno spesso si infastidiva e se ne andava a dormire borbottando. E le cose peggiorarono quando gli venne la fissa per *Quelli della notte*, che andava in onda alle ventitré e trenta, cosicché veniva a letto sempre più tardi. Le sere in cui mi lasciavo rapire un po' più a lungo dai libri, già immaginavo che poi sarei rimasto sveglio per ore. Mentre ero sull'*Hispaniola* a cantare insieme al resto della ciurma, lui se ne stava seduto nel suo piccolo mondo in cucina, l'unico che conosceva, sulla solita sedia di paglia mezza sfondata, le gambe appoggiate al tavolo, a spassarsela come un bambino per le battute di Nino Frassica, con i nonni che dormivano a pochi metri di distanza e la brandina di Bea già aperta e pronta per quando sarebbe tornata da una delle sue uscite. Una volta infilato nel letto, gli bastavano pochi minuti per iniziare a russare, così a me non restava che trascorrere la notte a fantasticare di essere davvero su quella nave, alla ricerca del tesoro, o di trovarmi nel ventre di una balena, o nel cono del famoso vulcano islandese insieme a Otto Lindenbrock, a sudare per raggiungere il centro della terra.

Quelle poche volte che, al contrario, era mamma a infilarsi per ultima nel letto, allora nasceva un serio problema. Quando, per esempio, papà si beccò la varicella a causa di Beatrice, fu un calvario: si lamentava tutto il giorno e la sera andava a dormire prestissimo. Mamma trascorreva le ore a sbuffare e a tirargli dei pizzicotti sul braccio per costringerlo a girarsi su un lato. Dopo un paio di nottate in bianco, fu deciso che Beatrice (che era stata la causa di tutto) dovesse espiare le sue colpe immolandosi per il bene comune, così lei fu costretta a dormire con papà e noi, invece, ce ne stavamo tutti insieme in soggiorno, mamma sulla brandina e io su un materassino. In realtà anche il nonno non scherzava mica, perciò dopo un paio di sere mamma si ribellò.

"Ma tu come fai?" chiese alla nonna.

"E chi 'o sente cchiù!" rispose quest'ultima.

L'unica arma a disposizione della povera nonna era stata quella di imparare a convivere con il russare del marito, fino a cancellarlo dalla sua mente. Ho sentito spesso dire che tra i pregi e i difetti di chi ti è accanto scompaiono sempre e solo i primi. Nonna Maria, invece, era capace di far svanire anche i secondi.

A ogni modo, questa è stata la mia infanzia, la mia vita da adolescente: uno stare tutti insieme, il respiro di uno sulla guancia dell'altro, senza alcuna possibilità di avere un momento e un luogo che fossero davvero miei. Fu proprio quella situazione di eterna condivisione a spingermi a isolarmi, a farmi rifugiare in un mondo solo mio che viveva di vita propria, e in quel mondo, in quei frangenti, imparai a non avvertire più il russare di papà, a non sentire le telenovele della nonna, i dibattiti politici del nonno o il ruminare rumoroso con il quale Bea masticava il solito chewingum.

Il giorno che pensai di diventare un supereroe, non sapevo che, in realtà, io supereroe in parte già lo ero.

Ne avrei voluto subito parlare con Giancarlo, l'unico, a mio avviso, che mi avrebbe potuto capire e, semmai, aiutare. Siccome però lo incontravo di rado, nonostante la sera cercassi di trattenermi sempre un po' più a lungo per strada mentre la testa di mamma sbucava ogni due minuti dalla finestra per avvertirmi che era pronto in tavola, fui costretto a dirigere le mie attenzioni verso Sasà. È che avevo bisogno di una persona fidata, qualcuno che non mi prendesse in giro o, peggio, mi reputasse un pazzo. Sasà era prepotente, a volte manesco, come detto, aveva sempre un giudizio stupido su ogni cosa, raccontava molte bugie, però di fronte ai miei discorsi scientifici non batteva ciglio e mi ascoltava paziente.

L'avevo coinvolto una prima volta nella ricerca delle micrometeoriti, dopo essermi imbattuto in un interessante articolo che spiegava come raccogliere frammenti di roccia spaziale. All'inizio lui se n'era uscito con una frase del tipo: "Mimì, ma chi te le dice ste strunzate?", poi, però, di fronte alla mia caparbietà aveva iniziato a cedere. Per convincerlo ad aiutarmi l'avevo dovuto promuovere al ruolo di assistente: si sarebbe occupato lui di raccogliere l'acqua piovana con una bacinella. Avevamo sistemato il catino sul terrazzo di copertura del palazzo (che papà mi aveva aperto solo dopo svariate insistenze) e avevamo dovuto attendere che il tempo alternasse un giorno di pioggia a uno di sole, cosa in verità non particolarmente difficile in quel periodo dell'anno. Quando eravamo saliti lassù in un bel pomeriggio sereno e avevamo trovato la bacinella con un basso strato di acqua piovana sul fondo, Sasà si era messo a ridere entusiasta, strofinandosi le mani sui jeans logori e schioccando di continuo la lingua sotto il palato, in preda a un'eccitazione che non pensavo potesse provare per la scienza. Io, invece, ero riuscito a mantenere un comportamento più consono a uno studioso ed ero rimasto per tutto il tempo in silenzio, cercando di dare risalto a ogni mio più piccolo movimento, così da far crescere la tensione del momento. Si trattava di raschiare il fondo della bacinella con un ago; sulla punta dell'ago, lo avevo rassicurato, ci sarebbero state le tracce delle meteoriti che in quei giorni erano transitate sulla Terra. Lui sembrava folgorato dall'ipotesi e se ne stava accucciato al mio fianco in silenzio, emozionato perché in cuor suo avrebbe potuto davvero toccare una meteorite. Perciò, quando ero stato costretto a svelargli che, in realtà, i frammenti si sarebbero visti solo grazie all'aiuto di un microscopio e che avremmo dovuto trovare, quindi, il modo di procurarcene uno, non aveva creduto alle sue orecchie e mi aveva guardato con aria sbalordita.

"Mimì, ma tu hai detto che avremmo visto le meteoriti!" aveva sbottato.

"Certo," era stata la mia risposta, "con l'aiuto di un microscopio, pensavo fosse ovvio."

"Ma quale ovvio, Mimì, m'hai fatt' sulo perdere tiempo, tu e sti sfaccimm' d'esperimenti!"

Quindi si era alzato ed era corso via.

"Le meteoriti sono ovunque, Sasà, anche sulla tua testa forse, fra i tuoi capelli," avevo tentato un'ultima carta per convincerlo a restare, ma lui era sparito all'interno della tromba delle scale. Lo avevo ritrovato poco dopo davanti al portone, di nuovo sorridente, dimentico già dell'esperimento. "Mimì, guarda qua che c'ho", e aveva estratto dalla tasca una figurina Panini.

Nessuno dei due possedeva l'album, ma entrambi collezionavamo le figurine dei calciatori che riuscivamo a raccattare in giro, soprattutto a scuola.

"E chi è?" avevo chiesto innocente.

Lui si era spazientito di nuovo e mi aveva piazzato l'immagine sotto il naso. "Come chi è? Costanzo Celestini, un giocatore del Napoli!"

"Del Napoli? Wow," avevo ribattuto con il solito piglio, anche se, per la verità, non avevo idea di chi fosse quel calciatore. Quindi, archiviata per sempre la possibilità di scovare tracce di meteorite sui nostri balconi, avevo domandato a Sasà della figurina di Maradona, quella che tutti avrebbero voluto possedere.

"Maradona?"

"Eh..."

"E chi l'ha mai vista la figurina di Maradona! Pur di averla fra le mani, ti ammazzerei subito..." aveva risposto con espressione seria.

Non ho mai creduto a quella frase. L'ho detto, Sasà era un bugiardo.

Impiegai parecchio tempo ed energie per persuaderlo a partecipare al mio nuovo esperimento: la trasmissione del pensiero. È che lui sì, mi ascoltava, ma non mostrava mai un reale interesse né curiosità per ciò che, invece, muoveva me. A Sasà piacevano solo il calcio, le ragazze e le moto, anzi non tutte le motociclette, solo le Harley. Aveva pochi interessi, solo qualche idolo calcistico, e nessun mito da imitare, se non Arthur Fonzarelli, in arte Fonzie, quello di *Happy Days*, che se ne andava in giro con il giubbino di pelle nero, il pollice alzato e la sua inseparabile motocicletta, appunto.

Avevo assistito a un incontro di Sasà con una Harley quando un tizio con il pizzetto lunghissimo e gli stivali aveva fermato la moto proprio di fronte alla salumeria di Angelo. Il suo arrivo, in realtà, era stato preceduto da un rombo che aveva invaso l'intera strada, tanto che D'Alessandro si era affacciato e donna Concetta si era messa a imprecare contro i giovani, anche se il tizio giovane non lo era più da tempo.

Sasà non credeva ai suoi occhi, una Harley luccicante a pochi metri da lui; eppure era rimasto immobile, con il pallone fra le mani, ad ammirare il suo sogno senza trovare il coraggio di fare un passo in avanti.

"È la moto di Fonzie?" avevo chiesto io.

"Una delle prime moto di Fonzie," aveva precisato, "prima di passare alla Triumph...", e aveva poggiato una mano sulla sella. Non sapevo neanche cosa fosse una Triumph e Fonzie non mi era particolarmente simpatico.

"Perché non provi a sederti?"

"Sei pazzo, mi ammazzerebbe!"

Così era rimasto fermo accanto alla motocicletta finché il tipo era tornato e si era allontanato con un ruggito.

A ogni modo, mentre cercavo di portarlo dalla mia parte, studiavo anche i passi da seguire ed ero persino tornato nella videoteca di Nicola alla ricerca di qualche documentario che affrontasse l'argomento della trasmissione del pensiero, ma del negozio di un tempo restava poco: i ladri si erano sgraffignati quasi tutto (tra le cose rimaste c'era il costume di Spider-Man, che mi procurava fitte lancinanti allo stomaco ogniqualvolta me lo ritrovavo davanti) e il povero signor Esposito cercava di tenere botta con gli esigui titoli scampati al furto. Di documentari sulla telepatia neanche l'ombra, perciò dovetti fare da solo. Decisi che avrei tentato una prima trasmissione base di pensieri: saremmo dovuti essere solo Sasà e io, nella calma assoluta, uno di fronte all'altro, con gli occhi chiusi. Provammo dapprima a rifugiarci nella portineria, un pomeriggio in cui papà era intento a raccogliere i sacchetti della spazzatura sui pianerottoli, ma nemmeno riuscimmo a iniziare che arrivò Criscuolo, il quale esordì: "Né, guagliuncè, e che ci fate qua dentro? Siete i nuovi portieri? Iamme ià, andate a giocare fuori..." e sbatté le mani che emisero uno schiocco sordo.

Sgattaiolammo all'esterno e il mio amico rispose con il gesto dell'ombrello all'uomo di spalle. La seconda volta provammo nella salumeria di Angelo, in un orario morto. A casa di Sasà era vietato salire – anche se lui non me lo disse mai apertamente, era una cosa che avevo capito io, credo che i genitori non volessero gente fra i piedi, qualcosa del genere –, perciò pensammo alla salumeria, che da un po' restava spesso vuota il pomeriggio in quanto la mamma di Sasà non scendeva più a lavorare dietro alla cassa e Angelo, soprattutto dopo pranzo, si sedeva su una cassetta di legno all'esterno del magazzino, la sigaretta fra le dita e una biro infilata dietro all'orecchio, a guardarci giocare a calcio finché non si appisolava. Angelo era un tipo un po' burbero, e non capivo mai quando scherzava, perché sapeva celare bene una battuta dietro quel volto impassibile che in alcune occasioni incuteva anche un certo timore. Qualche volta veniva a prenderci a scuola con la sua centoventotto Coupé verde anno 1972 con gli interni di pelle rossa, e in quei casi me ne restavo tutto il tempo a scrutare lo specchietto retrovisore dal quale pendevano un rosario attorcigliato e la foto di un calciatore.

"Mimì, sai chi è quello?" mi chiese un giorno, notando la mia curiosità.

Feci di no con la testa.

"Rudi Krol è stato un giocatore del Napoli, uno dei liberi più forti al mondo!"

Avrei voluto chiedergli cosa fosse il libero, ma mi avrebbe preso troppo tempo e, soprattutto, avevo paura di perdere la stima di Sasà, che una simile ignoranza non me l'avrebbe perdonata tanto facilmente. Così desistetti, anche perché, di lì a poco, l'immagine del libero più forte del mondo fu sostituita da quella del giocatore più forte del mondo, un uomo con i capelli ricci e scuri.

Comunque, il motivo per il quale la madre di Sasà non scendeva più in negozio è che aveva scoperto di avere un tumore al cervello. Sentii i miei genitori parlarne una sera in bagno, il luogo deputato dalla famiglia per confidenze e segreti. Ogni tanto capitava che mamma e papà si intrufolassero di soppiatto nel gabinetto: allora, quando potevo, quando i nonni erano distratti e Bea non era in casa, li seguivo con passo felpato, avvicinavo l'orecchio alla porta e ascoltavo. Inizialmente avevo anche preso l'abitudine di infilare la pupilla nella serratura, abitudine che mi era passata subito dopo aver assistito, a nemmeno otto anni, a un allora per me indecifrabile groviglio fra i loro corpi nudi.

Non avevo potuto comprendere la gravità della situazione, ovvio, ma dai termini oscuri usati dai miei quella sera e, soprattutto, dallo strano risucchio che fece mamma con la bocca quando papà le comunicò la notizia, capii che si trattava di qualcosa di pesante. Eppure, a vedere Sasà, nulla era cambiato e lui continuava a essere quello di sempre. Almeno con me, almeno nei primi tempi. Quel pomeriggio mi venne vicino e disse: "Mimì, è il nostro momento, mammà non si sente bene neanche oggi e papà è in giro per consegne...".

Le consegne a domicilio erano un compito che spettava spesso a Sasà durante l'estate, appena finita la scuola, ma in quel periodo Angelo era solito sbrigarsela da solo. Aspettammo il momento giusto e ci sedemmo uno di fronte all'altro. Non avevamo a disposizione chissà quanto tempo perciò cercai di non perdere la concentrazione, ma non avevo nemmeno chiuso gli occhi quando nel magazzino sbucò Viola. Ancora una volta una vampata di calore mi si arrampicò sul viso mentre lei roteava le pupille verso di me un solo istante prima di rivolgersi al mio amico: "Avrei bisogno di due etti di prosciutto crudo... tuo padre non c'è?".

Sasà rispose con un breve inchino e si infilò in silenzio dietro al bancone, dal quale tirò fuori, con non poca fatica, la coscia di maiale. "Mio padre è fuori per consegne, ci sono io," rispose quindi, e posò il prosciutto sul tagliere.

Se c'era una cosa che faceva imbestialire Angelo era quando Sasà si metteva a giocherellare con il tagliere, perciò mi alzai d'istinto per fermarlo, ma lui mi dedicò uno sguardo che non ammetteva repliche. Viola ci guardava confusa.

"Forse dovremmo aspettare tuo padre..." tentò lei.

Rimasi a fissarla senza dire una parola, nella solita posa da scemunito, con la testa incassata nelle spalle, gli occhiali storti e la bocca aperta, mentre Sasà si affaccendava con il tagliere alla stregua di un salumiere provetto.

"Che ti sei fatto?" chiese allora lei, rompendo il silenzio. Guardava me.

"Cosa?"

"Al braccio..."

Portai solo un attimo lo sguardo al gesso e sollevai subito gli occhi. Viola, vedendo che non rispondevo, incalzò. "Come te lo sei rotto?"

Cosa mai avrei potuto dire? Che stavo correndo da lei per portarla in salvo ed ero incespicato? Che quel calco bianco stava lì a ricordarmi ogni giorno quanto l'amassi e quanto fossi un inetto? D'altronde, bugie non le sapevo raccontare e la mia moralità mi impediva di dirne, perciò stavo per riportare la storia della famosa catenella di D'Alessandro che mi aveva agguantato la caviglia quando Sasà si intromise nella discussione con una frase a effetto.

"Se l'è rotto il giorno che quei due fetenti ti hanno scippato, ha tentato di fermarli, ma quelli gli hanno dato un calcio!"

Viola strabuzzò gli occhi e trattenne il respiro. "Davvero? Non ricordo..." esclamò poi.

"A essere sincero..." tentai di abbozzare, ma Sasà fu ancora una volta più lesto di me.

"Davvero, davvero, tu eri sotto choc perciò non ricordi, ma quello Mimì tene 'nu poco 'a capa spustata. È fissato con la giustizia e gli eroi. È vero, Mimì?"

Mi girai a guardare il mio amico con espressione inebetita.

"Oh..."

"Eh..."

"È vero che sei fissato con i supereroi?"

"Sono sempre dalla parte dei più deboli, certo e..."

Per fortuna Angelo rientrò prima del previsto, rivolse un'occhiataccia al figlio e con modi bruschi gli ordinò di correre a casa dalla madre.

"Alla vostra età credete ancora nei superpoteri e negli eroi?" domandò Viola, una volta fuori.

"Io non credo a nessun supereroe, se è per questo," si affrettò a rispondere Sasà, punto nell'orgoglio di maschio, "è Mimì a essere fissato con 'ste storie..."

"Tutti noi necessitiamo di credere in qualcosa di superiore," mi uscì d'impulso, "di amare qualcuno di grande, di avere un esempio da seguire. Non hai un mito, tu?" chiesi a Viola.

"No... perché tu ce l'hai?"

"Certo," risposi impettito, "ne ho tanti. Neil Armstrong, per esempio."

"E chi è?"

"Il primo uomo che ha messo piede sulla luna. Un eroe."

Lei si zittì.

"Un eroe ce l'ho anche come amico," aggiunsi allora, gasato dalla piega che stava prendendo la discussione.

"E chi sarebbe?"

"Giancarlo."

"Chi è Giancarlo?"

"Il giornalista che vive nel nostro palazzo e che con le sue parole combatte la camorra. È mio amico..."

Lei fece un sorrisetto che sapeva di sfottò e disse: "Ma che c'entra con gli eroi? È il suo lavoro, lo pagano...".

"Da quando in qua sei amico di quello?" si intromise Sasà.

Iniziai a sudare non sapendo come dare una sterzata alla conversazione, così alla fine fu lei a concludere: "Certo che sei proprio strano. A ogni modo non mi piacciono i miti, e nemmeno gli eroi", e si allontanò senza salutare.

"Scommetto che in camera hai il poster di Simon Le Bon invece," urlò allora Sasà.

Lei tornò indietro. “No, ti sbagli,” ruggì con una smorfia, “sul letto ho la foto di Vasco Rossi. Non è un eroe, non ha fatto nulla di straordinario, però mi rende la vita più piena. Conoscete anche lui? Sapete almeno chi è? O vedete ancora *Bim Bum Bam*?”

Poi scappò via sul serio. Restammo per un po’ a guardarla allontanarsi, poi Sasà si girò e disse: “E certo che conosco Vasco Rossi, con chi crede di avere a che fare quella viziata?”.

Ma io nemmeno l’ascoltavo, preso com’ero dall’impulso di correrle dietro per spiegarle che ero diverso dal mio prepotente amico.

“Perché le hai raccontato tutte quelle bugie?” gli chiesi quindi infastidito. “Non mi piace ingannare il prossimo.”

“Certo che facevano proprio bene a chiamarti Quattrocchi a scuola, sei troppo stupido a volte. Lo sai di chi è sorella quella?” replicò lui indicando con il pollice il punto dove poco prima c’era Viola.

“Certo, di Fabio.”

“No, ti sbagli, non di Fabio e basta. Di Fabio Iacobelli, quello con la sala giochi in casa”, e mi strizzò di nuovo l’occhio.

“E allora?”

“E allora... se facciamo colpo su di lei e diventiamo suoi amici, potremmo diventarlo anche di lui.”

Sbuffai e mi sgranchii le dita della mano che uscivano dal gesso, poi ebbi un moto di ribellione: “Sasà,” dissi serio, “questo non è un valido motivo per prendere in giro le persone, se mai ce ne fosse uno”.

“Ma dai, l’ho fatto per una buona ragione,” ribatté sorridendo.

“Non vedo propositi nobili nella tua azione, mi dispiace. E poi non è vero che non credi ai supereroi e ai miti. Non hai un poster di Fonzie a casa?”

“Che c’entra, lui mica è un eroe...”

“Non sarà un eroe, ma è il tuo mito. E io non mi sognerei mai di delegittimarlo...”

“Mimì, senti, ma che vuoi da me? Io manco ti capisco quando parli...”

“Sto cercando di dirti che d’ora in avanti non sarai più il mio assistente.”

Lui ciondolò il capo verso destra e sembrò pensarci un attimo, infine rispose: “Ah, sì? E allora da oggi non siamo più amici!”, e mi lasciò sul marciapiede.

Avrei voluto richiamarlo, in fondo era l’unico amico che avevo, ma in quel momento i miei pensieri erano tutti indirizzati a una sola persona: Vasco Rossi, il semieroe che mi avrebbe condotto dalla mia amata.

Vita spericolata

Il sabato seguente fu proprio Giancarlo a venire in mio soccorso. Ero nella portineria con mio padre, il quale non riusciva a liberarsi dalla morsa di Criscuolo, e riflettevo sulla assenza di Sasà, che dal litigio di qualche giorno prima non si era fatto più vedere, quando il giornalista sbucò dall'ascensore salutandomi con un cenno prima di scomparire all'esterno. Non potevo non andargli dietro, il mio piano non doveva attendere oltre: dovevo diventare un supereroe per conquistare Viola e dare una svolta alla mia vita. Perciò saltai fuori di corsa dalla casupola di legno, solo che quando giunsi in strada Giancarlo era già nella Mehari, pronto a mettere in moto. Feci due passi e provai a chiamarlo, ma non dovette sentirmi perché partì in tutta fretta. Restai a fissare il didietro verde di quella specie di Batmobile che si allontanava chiedendomi quando sarei riuscito a parlare con lui e a rivelargli le mie intenzioni, nella speranza che mi aiutasse nell'esperimento per sviluppare il pensiero telepatico.

Trascorsi la restante parte della giornata ad aspettare il mio nuovo amico e a fantasticare su Viola, appoggiato a un muro dove una scritta rossa fatta con una bomboletta spray recitava "*ama*". Quando finalmente i fari della Mehari illuminarono la stretta via sotto casa, erano ormai le nove di sera e mamma era già uscita a chiamarmi un paio di volte. Corsi dietro all'auto reggendo con la mano sinistra gli occhiali che mi ballavano sulla gobba del naso e attesi che Giancarlo parcheggiasse.

Lui si voltò di scatto e mi vide. "Ciao," disse quindi.

"Ciao," risposi, e non aggiunsi altro, rimanendo come un deficiente.

Nonostante avessi trascorso il pomeriggio a ripetermi il discorso da fare, ora che lui era lì non riuscivo a trovare le parole adatte e mi sembrava che tutto quello che avevo da dirgli si riducesse a cavolate da ragazzini. Poi dallo stereo dell'auto mi raggiunse improvvisa la voce di Vasco Rossi che cantava *Vita spericolata*, e rimasi folgorato. Con Viola, dopo l'incontro inaspettato in salumeria, tutto si era arenato. Avevo passato molto tempo davanti alla radio nella speranza che qualche emittente trasmettesse una canzone del cantautore emiliano; il mio piano, infatti, era registrare un'audiocassetta con le sue canzoni migliori e regalarla alla mia amata. Ma fino a quel momento ero riuscito a registrare tre sole canzoni, e una nemmeno per intero, perché quando era iniziata *Albachiara* mi trovavo davanti alla porta del bagno in attesa che il nonno mi facesse entrare.

Non poteva essere un caso che proprio dall'uomo che avevo innalzato a mito, a esempio da seguire, stesse arrivando l'aiuto insperato per la realizzazione di un piano che, pur riguardando cose più terrene rispetto al diventare un eroe, mi stava ugualmente a cuore.

Stavo perciò per chiedergli se fosse un patito di Vasco, ma lui mi anticipò. "Dov'è il tuo amico?" disse mentre apriva lo sportello.

"Non è presente..."

Giancarlo scese dall'auto e afferrò un'agenda rossa dal sedile del passeggero, poi tornò a guardarmi. "Avete imparato a calciare le punizioni?"

"Il calcio non ha il potere di smuovere le mie emozioni," risposi serio.

Lui mi offrì uno sguardo divertito e aggiunse: "Credevo che ti piacesse, il calcio intendo...".

"Simulo interesse per non dare un dispiacere a Sasà."

A questo punto scoppiò a ridere e si chinò verso di me, le mani alle ginocchia e il viso a un palmo dal mio. "Che hai fatto al braccio?"

"A volte la vita ti coglie impreparato..." mi venne in mente di dire.

"Parli sempre di più come un vecchio nobiluomo del secolo scorso... ma quanti anni hai adesso?"

"Dodici..."

"Dodici... di già! Ricordo quando eri così", e simulò l'altezza mettendo una mano a mezz'aria. Poi aggiunse: "In ogni caso a dodici anni già conosci il valore dell'amicizia. Complimenti!".

"È assodato. Credo nell'amicizia e nella generosità... e negli eroi!"

Giancarlo rimase a scrutarmi domandandosi, forse, se fossi pazzo, perciò ne approfittai per lanciarmi: "Ti posso chiedere un favore?".

"Dimmi."

"Avrei bisogno dell'audiocassetta del cantautore che stai ascoltando in auto, quel certo Vasco Rossi."

Giancarlo si voltò d'istinto verso la Mehari. "Vasco? Ti piace Vasco?"

Avrei potuto annuire e passare oltre, ma di bugie, come detto, non ne avevo mai una di scorta.

"Non so mentire, perciò mi vedo costretto a confessare la verità: lo conosco appena... ma a Viola piace tanto!"

Lui sembrò interessarsi alla conversazione.

"E chi sarebbe questa Viola?"

"È la figlia del signor Iacobelli, il pilota d'aerei al settimo piano..."

Il giornalista sembrò dubbioso, allora presi fiato e aggiunsi: "Ok, te la descrivo, non puoi non ricordarla, è la ragazzina più bella del mondo: ha gli occhi blu cobalto come gli elfi, i capelli color del rame come le fate, e la pelle lucente come le sirene".

Giancarlo mi guardò strabiliato e scoppiò di nuovo a ridere. "Sei davvero un bel tipo tu, lo sai?" disse poi.

Stavolta annuii.

"E sei innamorato di questa sirena..."

Feci di sì con la testa e aggiunsi: "Per lei mi sono rotto il braccio...".

Non so se è perché avevo un bisogno disperato della sua cassetta, ma per la prima volta nella vita mi sentii libero di sviscerare le verità che non avevo mai osato raccontare a nessuno. Credo fosse per via dell'energia che emanava quel ragazzo pieno di vitalità; aveva un sorriso così coinvolgente e sereno che con lui quasi ti sentivi in obbligo di parlare solo di cose belle.

Quando mi poggiò la mano sulla spalla per dirmi che avrebbe registrato personalmente la cassetta per me, fui sul punto di abbracciarlo dalla contentezza. Lui forse se ne accorse, ma non disse nulla.

"Anche la mia ragazza ama Vasco, sai?" precisò poi.

Lo guardai come se mi avesse rivelato un grandissimo segreto.

"E anch'io le ho fatto una cassetta con le mie canzoni preferite. È un gran bel gesto, molto romantico..."

"Sì, già," commentai fiero.

"Però dovresti prepararti. Che fai, le regali una cassetta piena di canzoni che nemmeno conosci?"

Spalancai gli occhi. In effetti, questo era un problema.

Lui sorrise prima di replicare: "Non ti preoccupare, semmai ce le ascoltiamo insieme qualche volta..."

"Davvero?"

"Ora, però, fammi andare..."

"Giancarlo..."

"Eh..."

Ero in piedi davanti a lui, con la t-shirt rossa spiegazzata di Flash Gordon che spuntava da sotto il giubbino, le mani lungo i fianchi e il capo sollevato a cercare il suo sguardo. "Tu combatti la criminalità, è vero?" trovai il coraggio di chiedere infine.

Lui aggrottò la fronte e non rispose.

"Combatti o no contro i cattivi?"

"In un certo senso..." rispose poi.

"Già, lo so. Sei una specie di supereroe," aggiunsi e stavolta lo vidi ridere di gusto.

"Non sei un po' grande per credere ai supereroi? Mi dispiace deluderti, ma non esistono i supereroi, Mimì," rispose e si infilò lo stereo portatile sotto l'ascella.

"Io, invece, credo che esistano, e sono in mezzo a noi." Mi sistemai gli occhiali e lo guardai dritto negli occhi.

"Ah, sì?"

"Sì, e tu ne sei un esempio."

Ci fu solo un istante di imbarazzante silenzio, poi lui replicò: "Ma che dici, non ho nulla dell'eroe, guarda", e alzò il braccio a mostrarmi i bicipiti, "non ho neanche i muscoli!"

"Non c'è bisogno di muscoli per essere degli eroi..." ribattei subito.

Giancarlo allora divenne serio e disse solo: "Devo andare, ti citofono quando ho la cassetta".

Fece due passi, poi si girò e, nel vedere la mia faccia delusa, tornò indietro. "Senti, io non so che idea ti sia fatto di me, o se qualcuno ti abbia raccontato delle fesserie, io sono solo un giornalista abusivo che tenta di fare bene il suo lavoro. Ti assicuro che non ho superpoteri, altrimenti li userei per farmi assumere con un contratto definitivo dal giornale", e tornò a sorridere.

Solo che io non ridevo per nulla, così mi poggiò di nuovo una mano sulla spalla e aggiunse: "Gli eroi sono altri, Mimì...".

"Gli eroi sono quelli che non hanno paura di niente," risposi deciso.

"Faccio solo il mio dovere," ribadì e si diresse verso l'ascensore. Gli andai dietro. L'androne era vuoto e i suoi passi rimbombavano sul marmo.

"Avrei bisogno del tuo aiuto," riuscii a dire prima che arrivasse la cabina.

"Per cosa?"

"Un esperimento," risposi e le mie parole furono ricoperte dal *clang* con il quale l'ascensore si era fermato.

"Che esperimento?", e aprì la porta.

Avevo creduto e sperato che mi ascoltasse con più attenzione, che quasi fosse sedotto dalle mie parole e non facesse come tutti gli altri, che quando parlavo di scienza e magia ridevano sotto i baffi. Giancarlo non stava ridendo, aveva solo fretta.

"Un esperimento per la trasmissione del potere telepatico."

A quella frase anche il mio eroe si lasciò scappare un risolino e poi rispose: "Mimì, mi dispiace, te l'ho detto, non credo nei superpoteri. Dovresti parlarne con Sasà, con i ragazzi della tua età, io sono un po' troppo grande, non credi?".

"Sasà non capisce un tubo di esperimenti e scienza, e ai ragazzi della mia età interessa solo il calcio!"

In quel momento mamma aprì la porta di casa. "Ué," disse, "e che stai facendo? Ti stiamo aspettando da dieci minuti, è pronto a tavola!"

"Vai a mangiare," disse Giancarlo, "ne parliamo un'altra volta."

Mi girai solo un attimo a guardare mamma che ci fissava dalla soglia e sussurrai al mio amico: "Prometti che ci pensi?".

"A cosa?"

"Ad aiutarmi con l'esperimento..."

"Mi scusi," intervenne mia madre facendo due passi in avanti e acciuffandomi per il cappuccio del giubbino, "Mimì è un gran chiacchierone." Poi guardò me e aggiunse: "Non vedi che il signore deve andare? Su, vieni a mangiare".

Continuai a fissare Giancarlo, e alla fine lui mi strizzò l'occhio. Aveva promesso.

Quando rientrai in casa avevo sul volto qualcosa di molto simile al bel sorriso con il quale lui andava sempre in giro. Lo stesso sorriso che mi accompagnò nei mesi successivi ogni volta che ebbi la fortuna di incontrarlo.

L'ho detto, Giancarlo ti costringeva a essere allegro e a parlare solo di cose belle.

Forse perché nell'altra sua vita, a me estranea, parlava invece solo di cose brutte.

Mi lavai di corsa le mani (mamma su questo punto non ammetteva obiezioni) e mi sedetti a tavola. Sul piccolo schermo Pippo Baudo conduceva quel *Fantastico* che ormai da sei anni intratteneva i sabati degli italiani e che io detestavo con tutto me stesso. Odiavo, a dire il vero, tutti i varietà, a eccezione di *W le donne*, con Amanda Lear. No, nessuna spiegazione pseudointellettuale (come avrebbe detto mia sorella) a sostegno del mio interesse, la questione era molto più profonda: si trattava di donne, per l'appunto.

Mi ero imbattuto nella trasmissione per caso, una sera in cui la nonna era sintonizzata su Canale 5 in attesa che gli spollichini bollissero. E lì avevo conosciuto Sabrina Salerno, la donna che avrebbe invaso la mia adolescenza come un tornado, facendomi compagnia nei momenti più difficili, così come in quelli di gioia. Appena l'avevo vista mi si era arrampicata una vampata di calore dai genitali fino in petto e poi sul viso. Mi sentivo strano, pieno di una energia che non riuscivo a contenere, e mi era venuta voglia di mettermi a correre e saltare per la casa come faceva il personaggio di *Bomb Jack*, il videogioco di una nuova salagiochi del Vomero. Solo che non riuscivo a distogliere lo sguardo da Sabrina, anzi, dal seno di Sabrina; c'era qualcosa che calamitava i miei occhi in quella spaccatura, fra quelle curve sinuose. Mi ero girato a guardare i miei: papà fissava lo schermo con più attenzione del solito e batteva nervosamente il piede a terra, mentre mamma, per fortuna, era indaffarata a piegare le mutande, altrimenti avrebbe capito. Lei capiva sempre tutto.

Perciò avevo lasciato agire l'istinto ed ero corso in bagno per immobilizzarmi davanti allo specchio, alla mia espressione spaurita. Pochi secondi e lo sguardo era sceso verso il basso: avevo il pene duro come mi capitava solo quando dovevo fare pipì, o appena sveglio. Mi ero calato i pantaloni e avevo allungato la mano prima di ritirarla come se avessi sfiorato un fornello ancora fiammante. Allora ero tornato a guardare il mio viso sudato, con la pelle dello stesso colorito di Alberto, il parrucchiere di mamma fissato con l'estetica che ad aprile già aveva la tintarella perfetta perché passava due ore al giorno sul balcone con uno di quei pannelli riflettenti e almeno una boccetta di crema alla carota. Poi avevano bussato alla porta del bagno. Ero convinto fosse il nonno, che trascorreva la sua vita nel gabinetto perché, forse, era già ammalato di tumore, invece era Bea. Avevo tirato su i pantaloni in un istante ed ero sgattaiolato in soggiorno. La notte, però, non avevo chiuso occhio per il forte dolore al basso ventre.

Manco a farlo apposta, due giorni dopo si era presentato da me Sasà, così eccitato da mangiarsi le parole più del solito, lui da sempre abituato a parlare di fretta, come se avesse un'incombenza da fare. Mi aveva trascinato nel bagno (il luogo deputato ai segreti di tutta la famiglia, come ho detto) e aveva tirato fuori "Gin Fizz", un classico per tutti gli adolescenti dell'epoca, un giornaletto pieno di fotografie di donne nude. Di nuovo, imprevista, mi era venuta a far visita la vampata di calore e subito dopo le palpitazioni. Eppure non era la prima volta che ammiravo un giornaletto pornografico, ma era la prima volta che il corpo reagiva in quel modo.

"Bello, eh?" aveva esordito lui, orgoglioso del suo giornale.

Avevo sorriso, impacciato, allora Sasà, come se niente fosse, mi aveva confidato di essersi toccato e di aver provato un incredibile piacere, quindi mi aveva afferrato il braccio e sussurrato: “Mimì, lo devi fare pure tu!”.

Io provavo troppa vergogna per rispondere in modo sensato, e poi temevo che arrivasse qualcuno della famiglia.

“Che c'è, nun sai comme se fa?” aveva domandato, fingendosi un esperto.

Non so perché, la sua ostentazione aveva punto il mio orgoglio, perciò mi ero spinto a confidargli che anche io avevo sperimentato quella strana sensazione, ma che poi era arrivata mia sorella.

“E allora ti sì perso 'o mmeglio! Devi andare avanti...” aveva replicato lui, un attimo prima che, come temevo, giungesse il nonno.

Sasà aveva infilato il giornaletto sotto la felpa ed eravamo usciti.

“In bagno insieme ci vanno le femmine!” era stato il commento contrariato di nonno Gennaro, mentre si chiudeva la porta alle spalle.

“Pensa a Moana,” aveva suggerito il mio amico prima di andarsene.

La sera stessa avevo atteso il momento giusto, poco prima di cena (quando tutti erano indaffarati in qualcosa e il nonno era appena uscito dal gabinetto), per riprovarci e mettere in pratica il consiglio. Non avevo pensato, però, a Moana, ma a Sabrina.

Aveva ragione Sasà, dovevo continuare.

Il gol da calcio d'angolo

Qualche giorno dopo – Carnevale era finito da poco – me ne stavo accartocciato su un lato dello scalino che dava accesso al mio palazzo. Erano le due del pomeriggio di una domenica di fine febbraio e aveva appena smesso di piovere, cosicché il marciapiede era lastricato di pozzanghere che riflettevano gli spigoli dei tetti e il cielo plumbeo. In mano avevo un piattino di carta con i resti del pranzo che mamma mi aveva ordinato di portare a Bagheera, il quale, non so come facesse, ogni santo giorno festivo si piantava sotto la nostra finestra e iniziava a miagolare finché qualcuno non gli prestava ascolto. "'Stu gatto prima o poi lo prendo a calci!" aveva detto una volta papà e la moglie aveva risposto a modo: "E io poi prendo a calci te!".

Mamma era fissata con i gatti e, soprattutto, con Bagheera, e la sera, principalmente durante l'estate, si affacciava dalla finestra della camera da letto per lanciargli del prosciutto e il pesce (di nascosto dal marito però, ché altrimenti avrebbe incominciato a urlare che il cibo costa e non cresce sugli alberi).

"Mamma, c'è un esemplare di Felis catus fuori dalla finestra che ti reclama," le dicevo ogni tanto per prenderla in giro, e lei si voltava sempre con la stessa espressione dubbiosa sul volto. "Ma che è 'stu felis cactus?" mi aveva chiesto la prima volta. "Felis catus, non cactus", e avevo riso, "è il nome scientifico del gatto domestico."

“Uuh, Mimì, con me devi parlare in italiano, lo sai.”

Comunque quel giorno avevo terminato di pranzare, mi ero infilato il costume di Carnevale ed ero sgusciato per strada, così da mostrare a chi se lo era perso (anche se non c’era un’anima sotto il palazzo) il mio ultimo travestimento. A dirla tutta, ero ancora perso dietro il vestito di Spider-Man che non mi potevo permettere ma che avrei potuto sgraffignare quella sera all’interno del negozio, se solo ne avessi avuto il coraggio. Non dico che mi ero pentito, perché sempre di furto si trattava, però non riuscivo a distogliere il pensiero dall’abito con il quale sarei stato davvero un supereroe fichissimo.

Mentre riflettevo su come racimolare il denaro per acquistare l’agognato costume, mamma e nonna erano arrivate in mio soccorso “obbligandomi” a travestirmi da Braccio di Ferro. Secondo loro avrei fatto un figurone, perciò avevano studiato per bene il vestito del personaggio con l’idea di riprodurlo identico. A me in verità Popeye sembrava un vecchio rincitrullito senza lo spessore e il fascino di Spider-Man, loro, però, erano così convinte che alla fine avevo accettato.

Il lavoro si era rivelato mediocre, soprattutto se paragonato a quelli dei miei compagni di scuola che sfilavano con mantelle e maschere di ogni tipo. Se il grembiule aveva e ha il compito di azzerare eventuali differenze sociali fra i ragazzi, il costume di Carnevale, invece, è stato inventato proprio per rimettere le cose a posto, ricchi da una parte e poveri dall’altra. Fra i ricchi c’era, ovviamente, Fabio, che indossava la corazza di un cavaliere medioevale con tanto di mantello, elmo, spada in plastica, maglia di finto ferro, pennacchio (che non mi pare avessero i cavalieri) e guanti. Fra i poveri, invece, svettava Sasà, che nella sua testa si era vestito da calciatore e indossava una maglia pezzotta del Napoli sopra un pantaloncino nero, e ai piedi scarpe da ginnastica bianche. A chi gli aveva fatto notare che il Napoli non vestiva con i pantaloncini neri, lui aveva risposto come suggeritogli dal padre (ero presente alla discussione avvenuta in salumeria), e cioè che il Napoli di Ramón Díaz, in realtà, per una stagione aveva portato proprio i calzoncini neri, come il mitico Uruguay campione del mondo negli anni trenta.

Insomma, Sasà era chiaramente finito tra i poveri, come me d'altronde, che indossavo una calzamaglia rosa imbottita di ovatta per riprodurre gli avambracci del vecchio mangia spinaci, il cappello bianco di papà di quando, da giovane, per un periodo aveva fatto l'aiuto pizzaiolo in un locale del Cilento, un foulard rosso di Bea al collo, e dalla bocca mi pendeva una pipa giocattolo comprata da mamma all'edicola in piazza, una di quelle in cui una piccola sfera di plastica iniziava a roteare sospesa nell'aria quando soffiavi nel tubo.

Me ne stavo lì, sotto casa, sperando che qualcuno di passaggio ammirasse il mio vestito e, nel mentre, pensavo a Viola, che non avevo più incrociato e, soprattutto, a Sasà, che dal battibecco fuori dalla salumeria non mi aveva più rivolto la parola. Non ero abituato a un simile atteggiamento da parte sua, spesso capitava che litigassimo e il giorno dopo per lui era come se nulla fosse successo. A tredici anni giocava a fare il guappo in mezzo alla gente perbene, ma in realtà era solo un ragazzino che cercava di tenere botta a una vita strana e difficile, con una madre malata e un padre che parlava poco. La verità è che crescevamo più in fretta di quanto ci rendessimo conto e lui, forse, ancora più velocemente di me. Nel bel mezzo di quella faticosa e impervia strada che porta dall'infanzia all'adolescenza, infatti, una cosa il mio amico l'aveva già capita: non bisogna dare troppo peso alle parole, bensì ai gesti. Perciò, se anche qualcuno lo mandava a quel paese, Sasà si faceva una risata. La sua scala di valori era un po' diversa dalla mia e me ne resi conto qualche giorno dopo, quando ebbi modo di avvicinarlo e capii che nel suo strano mondo il mio comportamento era stato una grave offesa, una ferita ancora da cicatrizzare.

"Io e te siamo come fratelli, mi puoi anche prendere a

male parole, ma non ti devi permettere di allontanarmi. Non lo fare mai più!" disse in tono greve dopo che gli ebbi chiesto scusa.

Quella volta capii che Sasà sarebbe rimasto per sempre il mio assistente, sarebbe venuto dietro ai miei esperimenti, alle passioni e ai progetti più assurdi, anche non credendoci e fingendo di assecondarmi, solo perché, dove ero io, era lui.

"Ué, Mimì," interruppe la mia malinconia donna Concetta dall'altro lato della strada, che anche di domenica se ne stava lì a vendere le sigarette di contrabbando, "e che è 'sta facciulella triste?"

"Niente di preoccupante, signora, rimuginavo sul valore dell'amicizia e sull'adolescenza," risposi serio guardando verso di lei. In realtà senza occhiali distinguevo solo la sagoma dell'anziana donna, non avevo accesso alle espressioni del viso, tuttavia mi dovevo arrangiare, un Popeye con gli occhiali non si era mai visto.

Lei mi fissò un istante e scoppiò a ridere. "Uagliò, io a te quando parli nun te capisco, sì tropp' difficile per una vecchia comm' 'a me!"

Le sorrisi imbarazzato mentre la voce della radiocronaca arrivava fino a noi. Era il giorno di Napoli-Lazio, partita entrata nella storia perché Maradona per l'occasione realizzò la sua prima tripletta con la maglia azzurra. Non amavo granché lo sport, l'ho detto, ritenevo fosse una perdita di tempo, e poi quel giorno avevo altro cui pensare, ciononostante l'euforia della famiglia non mi lasciò del tutto indifferente. Al primo gol, infatti, papà uscì per strada e disse: "Né, Mimì, che fai lì tutto solo, vieni che fa fridd' e Maradona ha segnato!".

Al secondo aprì la finestra e urlò: "Mimì, Maradò ha segnato con un pallonetto da metà campo!".

"Davvero? Mi sembra a dir poco arduo segnare da così lontano," ripetei mentre entravo in casa a testa bassa.

"Già, proprio accussì," replicò lui, e notai il nonno che

annuiva serio e si portava l'indice al naso per dirci di fare silenzio.

Le domeniche a casa Russo erano un evento che si ripeteva sempre allo stesso modo, come un rituale. Alla mezza eravamo già a tavola e all'una e trenta davanti alla radio, un'ora prima che iniziasse la partita, perché, diceva il nonno, bisognava prepararsi mentalmente, come se anche noi dovessimo scendere in campo. Nonno Gennaro si accomodava come sempre nella sua poltrona beige di velluto, il pacchetto di More, il posacenere sul bracciolo e la sigaretta spenta in bocca (non gli era permesso fumare neppure in quei frangenti) e papà, invece, si appoggiava alla tavola con il "Corriere dello Sport" aperto sulle partite della domenica, la biro pronta per segnare i risultati delle altre squadre e la schedina adagiata in bella mostra. Io, invece, mi sdraiavo in mezzo alle loro poche chiacchiere e mi sentivo in qualche modo protetto.

Prima del fischio iniziale cominciava il solito teatrino, con papà che voleva ascoltare *Tutto il calcio minuto per minuto*, così da avere maggiore controllo sulla schedina, e il nonno che, al contrario, sosteneva che Ciotti e Ameri fossero degli iettatori e pertanto bisognasse ascoltare la sola radiocronaca del Napoli. Io riuscivo a restare concentrato per pochi minuti, poi iniziavo a pensare a tutto fuorché al calcio; è che in televisione c'erano i colori a tenermi incollato, il prato, le maglie, le bandiere, mentre alla radio non c'era nulla e bisognava lavorare di fantasia. Il nonno in questo era un mostro e appena l'azione era finita te la spiegava come se fosse stato lì a vederla, talvolta anche imprecando contro il giocatore che, in quella particolare posizione di campo, avrebbe dovuto passare la palla anziché tentare il tiro.

Io, invece, preferivo profondere le energie nelle materie scientifiche anziché in cose che non ritenevo alla mia portata, e l'immaginazione che mi era stata concessa la utilizzavo solo per ipotizzare la vita da adulto: sarei diventato uno scienziato, o un dottore, come diceva mamma, o ancora un astronauta, e avrei posato il piede su un pianeta sconosciuto, avrei piantato la bandiera dell'Italia in quella terra arida e inospitale e me ne sarei tornato a casa con tante pietre da analizzare, non prima di aver salutato la mia famiglia, ovvio, e Sasà, che sarebbe stato fiero di me. Chissà se anche Viola mi avrebbe visto alla televisione e si sarebbe ricordata di quel "quattrocchi" con la parlata strana che era diventato un eroe.

Stavo pensando a questo quando Maradona siglò il terzo gol personale direttamente da calcio d'angolo e stavolta il nonno cadde a terra insieme alla radiolina, alle More e al posacenere, che si fece in mille pezzi.

Eppure papà aveva sempre fatto di tutto per trasmettere al suo unico figlio maschio la passione per il calcio. Un anno prima, quando si era iniziata a spargere per i rioni della città la notizia che il più grande calciatore del mondo aveva appena firmato con il Napoli, nessuno osava credere alle proprie orecchie. Mi hanno raccontato che la gente si guardava incredula, senza capire la reale portata della notizia, e continuava a ripetere che bisognava aspettare e non lasciarsi andare a facili trionfalismi. Fra questi c'era il nonno che, disilluso da sessant'anni di amore non sempre corrisposto, non poteva credere all'incredibile.

A ogni modo io già dormivo quando era stata confermata la notizia, mentre papà e nonno Gennaro erano davanti alla tv a cambiare vorticosamente canale in attesa che qualcuno si prendesse la briga di comunicare l'ufficialità. Alle ventitré e trenta una scritta era apparsa in sovraimpressione su tutte le emittenti locali: Maradona è un giocatore del Napoli! Il nonno era scoppiato in lacrime, liberandosi dell'enorme tensione accumulata in un mese, da quando era iniziata la trattativa con il Barcellona; papà, invece, era saltato dalla sedia, aveva cacciato la bottiglia di Asti che conservava per le occasioni buone ed era venuto da me con il bicchiere ancora pieno.

"Mimì, sveglia, papà t'adda fa vedé 'na bella cosa!"

Mia madre dietro di lui, con le mani sui fianchi e le sopracciglia corrugate, s'era intromessa: "Rosà, ti sembra il caso? Poi non prende più sonno...".

"Nun fa niente, 'o guaglione addà partecipà alla festa, all'evento storico! Sai che emozione per lui!"

Detto ciò, mi aveva caricato in spalla per scendere in strada e assistere ai festeggiamenti. Con noi era venuta tutta la famiglia, tranne nonna Maria, che ci aveva salutato dalla finestra ciondolando il capo in segno di disapprovazione. Mamma, invece, dopo l'iniziale malcontento si era fatta prendere dal delirio popolare, come Beatrice che, seppur assonnata, era sempre felice di partecipare al casino. Ci eravamo infilati nella Simca di famiglia e avevamo raggiunto a fatica piazza del Plebiscito già invasa da centinaia di tifosi. Il nonno sedeva accanto a papà, aveva gli occhi lucidi e ogni tanto si girava verso di me e diceva: "Hai visto, Mimì, che bello? Anche tu potrai guardare Maradona allo stadio! È 'nu miracolo!".

Caroselli di motorini dappertutto, auto gremite di persone che agitavano vessilli, sciarpe, e gridavano cori indecifrabili, via Toledo era una fiumana di gente che saltava, cantava, si abbracciava. Giunti in piazza Trieste e Trento, papà aveva cacciato una bandiera fino allora rimasta nascosta chissà dove e il nonno si era lanciato con il busto fuori dal finestrino per cantare come un invasato, mentre stringeva mani e sorrideva alla gente che si faceva il bagno nella fontana.

"Forse vedrò uno scudetto primma 'e murì!" aveva sentenziato tornando a casa.

Ci è andato molto vicino.

Morla

Si fece marzo e la mia vita non cambiò di una virgola, se non per il fatto che tolsi il gesso senza che nessun altro, a parte la fantomatica Debora, me lo avesse firmato. Provai anche con Sasà, ma rispose che erano cose da femmine. Con il mio amico il rapporto era tornato quello di sempre, ci vedevamo il pomeriggio e parlavamo di tutto, ci scambiavamo le solite figurine e nuovi sogni. Lui aveva sempre un progetto da rincorrere e in quel periodo aveva preso una brutta fissa con il wrestling, che era appena sbarcato dall'America e del quale io non sapevo nulla. Ogni tanto mi saltava sulle spalle e mi cingeva il collo con il braccio fingendo di soffocarmi, e mi costringeva a mantenere gli occhiali con una mano altrimenti sarebbero rovinati per terra, mentre con la voce imitava la telecronaca di un pazzo che si gasava a ogni mossa.

"Ué, ué," urlava allora donna Concetta dall'angolo della strada, "accussì ve facite male!", ma nessuno prestava ascolto alle sue rimostranze.

A Sasà, come detto, non dispiaceva certo usare le mani e il suo cartone animato preferito era *L'Uomo Tigre*, che io trovavo noioso e poco colorato. Ogni mattina rischiavamo di arrivare tardi a scuola perché lui, mentre faceva colazione, doveva guardarsi per intero la puntata che davano su un canale regionale. Ricordo anche che fu uno dei primi a parlarmi di un certo Hulk Hogan, che capii solo in un secondo momento essere uno dei personaggi di spicco di *Rocky III*, film che avevo molto amato soprattutto perché nella figura di Mickey, l'allenatore, avevo riscontrato, forse senza nemmeno rendermene conto, la stessa dolcezza celata dietro l'espressione burbera che contraddistingueva il nonno.

Insomma, le cose procedevano allo stesso modo di sempre, ma di Giancarlo e Viola nemmeno l'ombra. Lei ormai la vedevo solo da lontano a scuola, il pomeriggio non scendeva mai, lui, invece, era sempre per strada. "Dove stai andando?" gli avevo chiesto un pomeriggio. "A Torre Annunziata," aveva detto senza fermarsi, "lavoro lì." Poi, un attimo prima di infilarsi nella Mehari, si era girato e aveva aggiunto: "Non mi sono dimenticato della cassetta".

Perciò attendevo, e nel frattempo ero tornato a smanettare con la radio nel tentativo di registrare qualche pezzo che passavano di Vasco. D'altronde in casa di vinili ce n'erano pochi, e di Vasco Rossi neanche uno. Nostra madre non era una grande intenditrice di musica: durante il precedente Natale mi aveva chiesto di accompagnarla a comprare il regalo a Bea, la quale aveva espressamente richiesto un'audiocassetta di Madonna. Mamma si era dovuta annotare il nome su un foglio, perché neanche sapeva chi fosse questa Madonna.

"È il disco del momento," le aveva spiegato il commesso mostrandole le fotografie della cantante. Lei aveva fatto una faccia stranita e aveva commentato a denti stretti: "Ma tu guarda chesta, pare 'na zoccola!".

Bea adorava Madonna e la emulava, come tutte le sue compagne, del resto. Loredana Russo, invece, all'inizio andò giù pesante con Lady Ciccone, sostenendo che avrebbe portato i ragazzi su una cattiva strada. Poi, però, a furia di ascoltare i pezzi che la figlia metteva a ripetizione, iniziò a canticchiarli senza accorgersene e in breve tempo divenne anche lei una fan, lei che ascoltava solo le canzoni di Baglioni, soprattutto *Questo piccolo grande amore*, che una volta mi aveva svelato essere stata la canzone dei primi anni con papà.

A volte sostavo in soggiorno davanti alla foto in bianco e nero di loro due appoggiati a una vecchia auto targata Na, con il sole che tagliava a metà la strada, mentre si abbracciavano guardandosi con occhi carichi di amore e speranza. Mamma aveva il volto picchiettato di lentiggini e i boccoli biondo rame ad avvolgerle il viso; era bellissima nella sua camicetta che lasciava il passo a una gonna larga che si apriva sulle ballerine chiare. Lui, invece, indossava un paio di jeans a zampa d'elefante e una camicia con il colletto smisurato, e aveva l'aria del macho che si sente fiero per la bellezza che ha accanto.

Studiavo con attenzione i dettagli dell'immagine e pensavo al fotografo che aveva visto scaturire quell'abbraccio dal nulla, mi domandavo se anche lui, all'epoca, si fosse accorto che sul volto dei due era già annidato l'amore futuro che li avrebbe uniti, se avesse notato che in una piega del sorriso di mamma sembrava già essere scritto il suo destino, la mia presenza e quella di Bea, se sotto gli occhi di papà accecati dal sole avesse intravisto la consapevolezza di un uomo che sa che quella sarà la compagna della sua vita.

Me ne stavo lì a chiedermi, infine, se anche ai miei era capitato di pensare che il magico momento del loro incontro non fosse stato solo frutto del caso, se anche loro ogni tanto non si fossero lasciati rapire dal pensiero che l'universo avesse iniziato a ruotare proprio in quel preciso istante.

La monotonia di quelle giornate era stata in parte interrotta dalla novità delle visite alla casa degli Scognamiglio, un condomino ex ammiraglio della Marina in pensione che aveva deciso di mettere in vendita il suo appartamento per raggiungere la figlia primogenita che si era trasferita a Palermo. In quei mesi dell'ottantacinque, perciò, i coniugi Scognamiglio erano soliti, ogni tre settimane circa, chiudere casa e lasciare le chiavi a mio padre per imbarcarsi sulla prima nave che li avrebbe condotti sulla grande isola ai piedi dello Stivale per trascorrere qualche giorno in compagnia delle nipoti. In loro assenza papà aveva il compito di salire ogni sera al tramonto per innaffiare le piante (il terrazzo con affaccio diretto sulla piazza ne era stracolmo) e controllare che tutto fosse a posto.

Appena saputa la notizia, mi ero fatto avanti per accompagnarlo nelle visite; la verità era che al settimo piano, proprio di fronte alla porta degli Scognamiglio, viveva la famiglia Iacobelli. Viveva Viola. La prima volta dovetti attendere che papà terminasse di ascoltare la pedante ramanzina dell'amministratore Criscuolo (il quale sosteneva che i sacchetti della spazzatura non dovevano essere lasciati a marcire sul pianerottolo fuori dell'orario stabilito) prima di potermi recare lassù, con un'agitazione dipinta sul viso che a stento riuscivo a camuffare e con il fiatone nemmeno fossimo saliti a piedi. In realtà non capitò mai in quei mesi che la porta della casa di Viola si aprisse, ma io continuai imperterrito ad andare dietro a mio padre per tutto l'inverno e poi, da solo, durante l'estate, perché quella casa si rivelò un grande tesoro, il più prezioso dono che la vita mi potesse fare.

L'ammiraglio era un avido lettore e nel corridoio faceva bella mostra di sé una libreria zeppa di romanzi, soprattutto classici. La prima volta ero rimasto a fissarli a bocca aperta, finché papà mi aveva spintonato dicendo: "Ué, Hemingway, non stare lì come uno stoccafisso, aiutami a innaffiare il terrazzo".

Lo avevo seguito sul grande balcone dove, fra le tante piante, viveva una tartaruga di terra, e non avevo potuto fare a meno di lasciarmi andare a un sorriso mentre mi accovacciavo a fianco dell'animale.

"Mimì, lascia stare a chella che se succede quaccosa, chi lo sente a Scognamiglio!" aveva esordito papà.

"Come si chiama?"

"Chi? Scognamiglio? Edoardo..."

"No, no Scognamiglio, la Testudo hermanni..."

Lui mi aveva guardato perplesso prima di rispondere: “Ah. Mamma mia, Mimì, uno a te ti deve sempre decifrare, ma nun può parlà italiano? Comunque non lo so, non gliel’ho mai chiesto, non è il mio tipo... la tartaruga, intendo”, e si era messo a ridere.

“La chiamerò Morla,” avevo esclamato allora.

“Morla? E che nome è?” aveva replicato lui di spalle, intento a innaffiare un bel vaso di lavanda.

“La tartaruga del romanzo di Ende, *La storia infinita*, si chiama così. Non ricordi? L’abbiamo visto al cinema. La vecchissima e gigantesca tartaruga che vive nelle Paludi della Tristezza. ‘L’essere millenario’ lo chiamano nel film, perché lì è maschio...”

“Una tartaruga maschio?” era stata l’unica notizia a interessarlo.

“Certo, secondo te le tartarughe sono solo di sesso femminile?”

“No?” aveva domandato lui divertito prima di attaccare “*Catarì, Catarì, pecchè me dici sti parole amare...*” i versi di *Core ’ngrato* che talvolta fischiettava anche all’interno della sua piccola casupola di legno.

Il film era tratto da uno dei miei romanzi preferiti ed eravamo andati a vederlo perché papà aveva avuto in omaggio dei biglietti proprio da Scognamiglio, che avrebbe dovuto portarci le nipotine se la loro nave dalla Sicilia non fosse stata fermata dal maltempo. Perciò un sabato pomeriggio eravamo saliti in macchina con destinazione Ariston, su a San Martino. Prima di entrare nella sala papà aveva comprato una pizzetta alla moglie e il gelato Bomboniera a me. Sembrava orgoglioso di aver portato la sua famiglia al cinema, sebbene si fosse innervosito con Bea che non era voluta venire.

“Una volta tanto che facciamo una cosa tutti insieme...” aveva detto mamma, e Beatrice aveva risposto: “Ecco, appunto, una volta tanto. Non mi ci avete portato da bambina al cinema, volete che venga oggi a guardare un film per ragazzini?".

E, in effetti, la sala era stracolma di famiglie e ragazzi della mia età e tutti parlavano prima che iniziasse il film. La mamma era felicissima, si era truccata e aveva indossato il vestito rosso delle grandi occasioni che a papà non piaceva molto perché "si vede tutt' cose".

"Ué, Rosà, io questo tengo, e questo mi metto!" aveva precisato lei, e la discussione era finita sul nascere.

Papà non era un tipo allegro, non sorrideva spesso e non faceva quasi mai una battuta, come invece capitava qualche volta ad Angelo, eppure su quel terrazzo si trasformava, afferrava la pompa e andava avanti e indietro con il sorriso sulle labbra e l'espressione libera. Terminato di innaffiare, se ne restava con la sigaretta in bocca (fumava poco, ma sul balcone degli Scognamiglio sempre), le mani bagnate ai fianchi e lo sguardo perso all'orizzonte per qualche secondo, poi si affacciava e finiva di fumare guardando la piazza sotto di lui, che da quell'altezza sembrava perdere tutta la sua arroganza e ci appariva ovattata, con le auto grandi quanto l'unghia del mignolo e il frastuono che arrivava come un'eco lontana e sommessa.

Non disse mai una parola in quei frangenti e sul suo viso non vidi mai alcuna invidia, semplicemente aveva premura di utilizzare il poco tempo a disposizione per assaporare quella bellezza che non gli apparteneva, una boccata d'aria prima di immergersi di nuovo nel mondo di sotto, l'unico che conosceva, forse l'unico che, in fondo, sentisse davvero suo.

La prima crepa

L'agente immobiliare mi fa spazio e mi invita a entrare, poi si chiude la porta alle spalle. L'appartamento è buio e silenzioso e nell'aria c'è odore stantio. Le case disabitate le riconosci subito, hanno addosso il profumo dell'abbandono. Sì, sono la muffa e la polvere ad arrivare per prime alle narici, ma subito dopo i più attenti si accorgeranno anche di quella zaffata antica pregna di vita vissuta, di ricordi.

Forse non è vero niente, forse è la mia immaginazione, forse la muffa è solo muffa e i ricordi non hanno aroma, eppure nella penombra mi sembra quasi di sentire quel profumo di terreno bagnato che si espandeva per casa dopo che papà aveva innaffiato le piante, e poi avverto l'odore della pioggia estiva, quel misto di catrame, asfalto e scirocco che trovavamo quando, dopo uno dei tanti acquazzoni, salivamo a controllare che Morla e le piante stessero bene. E ancora, e questo è più facile, sento l'odore dei grandi mobili antichi del soggiorno che ai miei occhi di bambino sembravano vecchi e maestosi alberi, e quasi mi sembra di rivedere l'immensa libreria nel corridoio e il pianoforte in camera da letto.

Sarà che l'appartamento era colmo di piante di ogni tipo, ma la sensazione, varcata la soglia, era proprio quella di entrare in una giungla, una foresta esotica, un luogo incantato fatto di odori e colori e giochi di luce, nel quale un piccolo raggio di sole riusciva a colpire con precisione quella grande foglia sul muretto di marmo che separava la sala da pranzo dal corridoio. Era un luogo di magia, insomma, e non solo per le piante. Perciò sono tornato, per vedere se ne è rimasta ancora un po', perché di magia c'è sempre bisogno: ti permette di non credere troppo al mondo là fuori, che ci mette un attimo a sbiadirti l'anima.

Il giovane agente si affretta a correre verso la finestra del soggiorno, spalanca le ante e tira su la tapparella. Il riverbero ferroso del cielo di febbraio colora la stanza di grigio e spazza via gli odori annidati nel buio. È sempre stata la luce a dare vita alla casa; ricordo che l'ordine per papà era quello di non abbassare mai la serranda, ché le piante avevano bisogno di sole, appunto. Una volta lui tentò di obiettare che era pericoloso, che qualcuno avrebbe potuto calarsi dal tetto e a quel punto avrebbe dovuto solo rompere i vetri per entrare in casa, ma il signor Scognamiglio aveva sbuffato rispondendo: "Ma va, Rosà, ma che vai a pensare! E poi tu sei sempre qui, no? Chi vuoi che entri nel palazzo...".

"La casa è luminosissima, come può vedere, nonostante oggi non ci sia il sole. Questa è la zona giorno, un bel salone doppio con le finestre che danno sull'ampio balcone, che è più un terrazzo a livello, se vogliamo. Ma il terrazzo lo vediamo per ultimo."

Il mio Virgilio blatera, ma io non lo ascolto.

Un giorno con noi venne pure Sasà, purtroppo. Gli presentai Morla e lui se la rigirò fra le mani dandole dei piccoli colpetti sul carapace mentre diceva: "Ehi, c'è qualcuno?", e rideva come un imbecille.

Gli sfilai di mano la mia piccola amica in malo modo e gli indirizzai uno sguardo risentito, tentando di spiegargli che in inverno le tartarughe vanno in letargo, e si muovono e mangiano pochissimo; Sasà, però, si mise a ridere e passò a visitare la casa, e a ogni stanza lo sentivi ripetere: "Uà, che casa, uà, che sord', uà, che invidia!".

Impiegai quasi due giorni per recuperare la fiducia di Morla, che se ne restò con la testa infilata nel guscio per tutto il tempo, terrorizzata solo all'idea di ascoltare la voce di quella peste di Sasà. È che il mio amico umano, devo essere sincero, era simpatico e leale, ma non dotato di una gran sensibilità verso gli animali. Tirava le pietre ai cani e faceva gli agguati ai gatti, soprattutto al povero Bagheera, più di una volta schizzato in aria per la paura nemmeno fosse Sara Simeoni, l'atleta per la quale l'intera famiglia Russo, alle olimpiadi di Los Angeles dell'anno prima, aveva fatto un tifo sfegatato.

"Di qua, invece, c'è la cucina abitabile," dice all'improvviso il mio accompagnatore.

Sarò stato almeno trenta secondi a fissare il vuoto, penso mentre lo seguo, chissà che idea si è fatto di me.

"Qui abbiamo una finestra", e la apre mostrandomi involontariamente il murale di Giancarlo venti metri più giù, "che dà sul viale interno, e qui c'è anche una piccola dispensa a muro," e tira a sé un'anta di legno bianco che cigola e mi fa piombare di nuovo nei ricordi.

Era estate, forse metà giugno, e la città iniziava a svuotarsi durante il fine settimana. Gli Scognamiglio erano già in vacanza e papà ogni sera saliva a innaffiare le piante. Quel giorno, però, era successa una cosa incresciosa: il signor Criscuolo, già, proprio lui, era rimasto bloccato nell'ascensore e aveva cominciato a premere all'impazzata il campanello per l'allarme. Alle due del pomeriggio, perciò, eravamo stati costretti a riversarci nell'androne per capire cosa stesse succedendo e avevamo sentito le urla del vecchio che continuava a ripetere che la colpa era di chi usava l'abitacolo come montacarichi.

Papà aveva lasciato i rigatoni al sugo nel piatto e, con ancora uno spruzzo di salsa sui baffi, era sceso nel vano motori per cercare di riportare Criscuolo a terra. La cosa, però, non si era rivelata semplicissima e alla fine, siccome l'ascensore era bloccato a metà fra due piani, l'amministratore era stato costretto a sdraiarsi per sgusciare fuori dalla piccola fessura. Il restante pomeriggio papà lo aveva passato a cercare di sedare il vecchio mentre aspettavano i tecnici per la riparazione. Perciò a un certo punto aveva preso le chiavi di casa Scognamiglio e aveva detto: "Mimì, stasera tocca a te".

Sarei potuto salire da solo, anche perché sapevo il rischio che avrei corso portando di nuovo con me Sasà, eppure non avevo avuto il coraggio di dirgli di no, né la capacità, ancora una volta, di trovare una scusa. Il risultato era stato che lui, in preda all'entusiasmo per avere tutta la casa a disposizione, si era dato alla pazza gioia. Avevo appena lanciato una fetta di lattuga a Morla e mi stavo dedicando a passare la pompa sul cemento ancora arroventato dal sole quando un cigolio, lo stesso che, ad anni di distanza, ha prodotto l'agente immobiliare, aveva richiamato la mia attenzione. Ero sbucato in cucina e avevo trovato Sasà con le guance tonde e le mani piene di biscotti.

"Ma che fai?"

Non era riuscito a rispondermi perché aveva la bocca impastata, mi guardava e sorrideva, noncurante della mia partaccia. In quei pochi minuti aveva infilato le mani ovunque nella dispensa. Almeno, così credevo. Qualche giorno dopo, in realtà, mi aveva confessato ben altre malefatte: "Ho pisciato sul sapone del bagno, mi sono pulito il culo sulla federa del cuscino, ho messo una caccola sotto le coperte e ho sputato nel collutorio".

Lo avevo guardato esterrefatto. "Perché?" avevo chiesto poi con espressione delusa.

Lui, vedendo che non mi divertivo, aveva smesso di sorridere.

"Perché?"

"Mi stavo annoiando," aveva risposto infine, alzando le spalle, e si era allontanato.

"E ora passiamo alla zona notte," dice l'agente e resta a fissarmi.

Gli dedico un sorriso perplesso e lui fa: "Tutto bene? Le sta piacendo la casa?".

"Mi è sempre piaciuta," dovrei rispondere, invece lo seguo senza aprire bocca.

Secondo me Sasà non si stava annoiando, stava urlando.

Urlava contro il padre che non rideva più e gli rivolgeva la parola solo per dargli ordini. Contro la madre, che passava il tempo al buio nel letto e dimagriva ogni giorno un po'. Contro la vita, che ad alcuni regala e ad altri toglie.

Non era noia la sua, e nemmeno invidia.

Era la prima crepa.

Supereroi e sindacalisti

Siccome iniziai a pensare che Giancarlo mi stesse evitando di proposito, con la scusa che ero ingolfato di compiti mi rifugiai in portineria, dalla quale potevo avere il controllo di tutto ciò che accadeva nel palazzo. Spesso mi capitava di studiare nella casupola di papà, certo più tranquilla di casa nostra, dove, al contrario, la televisione era sempre accesa e la nonna sempre ai fornelli, a tagliare, sminuzzare, arrotolare, aprire e chiudere le ante, accendere il fuoco, e poi aprire il rubinetto e il frigo, mentre io ero lì, sull'unico tavolo, a cercare un po' di concentrazione.

Purtroppo pure quel trucco non sortì gli effetti sperati e al terzo giorno, ormai disilluso, decisi di tornare in casa, anche perché la nonna mi stava chiamando con una bella ciotola di crema pasticcera in mano: alla televisione stava per andare in onda l'ispettore Derrick, che in famiglia amavamo molto. Lo amava, in verità, soprattutto lei, mentre io e il nonno preferivamo Colombo, che nonna invece criticava perché, a suo dire, il fatto che alla prima scena già si conoscesse il volto dell'assassino toglieva mordente alla vicenda. Così spesso a guardare Colombo restavo da solo poiché la nonna si alzava contrariata dopo cinque minuti e il nonno puntualmente si addormentava.

In ogni caso non avevo di certo abbandonato l'idea della telepatia e dei superpoteri, solo che Sasà non aveva più voluto saperne di provare e se cercavo di parlarne si irritava. “Mimì, lo vuoi capire o no che i superpoteri non esistono?” ripeteva sempre, e poi si lasciava andare a uno sbuffo.

Eppure non desistetti e, in attesa di incontrare di nuovo Giancarlo, decisi di provare il test con la mia famiglia, la quale, tolto papà, mi spronava sempre a studiare nuovi esperimenti. L'ultima volta era accaduto con la nonna, che mi aveva dato il via libera per verificare la combinazione di gravità e moto rotatorio tramite una fetta biscottata sulla quale avevo provveduto a spalmare il burro su uno dei due lati. Sapevo che la fetta sarebbe rovinata sul pavimento sempre dalla parte imburrata, solo che dovevo provare per credere. Alla prima verifica, la nonna batté le mani e disse che ero *'nu scienziato!*, alla seconda rise e commentò che suo nipote era *'nu genio!*, alla terza, invece, esclamò: “Mimì, amm' capit, l'esperimento funziona, ma il pavimento mò chi lo lava?”.

Per fortuna la trasmissione del pensiero non richiedeva sacrifici a nessuno, se non quello di perdere un po' del proprio tempo. Il problema stavolta fu, però, la scelta dei candidati da sottoporre all'esperimento. Con papà era impensabile parlare di scienza e cultura in generale, gli unici suoi interessi erano la politica, il calcio e i motori, intendendo con questo le autovetture degli altri, ovvio, perché a lui l'auto non serviva quasi mai e lo studio dove lavorava mamma era in piazza Medaglie d'Oro, a cinque minuti di cammino. Nonna era ancora prevenuta per via del burro spalmato sulle piastrelle della cucina e il nonno aveva sempre qualcosa da fare pur non facendo nulla.

Nella sua vita non so quanti lavori avesse cambiato: una volta mi aveva raccontato di quando faceva l'operaio e si era battuto contro l'azienda con un duro sciopero, un'altra mi aveva confidato che da ragazzo la madre lo mandava a imparare “il mestiere” da un tappezziere, ma a lui non piaceva. Poi, una sera in cui aveva bevuto un po' più del dovuto, mi aveva fatto segno di sedermi al suo fianco e mi aveva narrato di quando vendeva le scarpe alle signore e di come, secondo lui, una donna di classe è quella che sa come camminare e infilarsi una calzatura con grazia. Me lo aveva confessato sottovoce, facendomi l'occhiolino, per evitare che la nonna sentisse.

Insomma, io il vero lavoro del nonno non ho mai saputo quale fosse, però spesso, mentre guardava il telegiornale, se ne usciva con la solita frase: "Io il sindacalista dovevo fare, avrei arrevotato il mondo e l'avrei reso più giusto".

Una sera nel letto avevo aperto il vocabolario e cercato la parola "sindacalista": "*persona attiva nel sindacalismo*", era scritto. Avevo trovato il termine "sindacalismo": "*Il complesso delle dottrine e dei movimenti che hanno come fondamento e come fine l'organizzazione dei lavoratori e la tutela dei loro diritti e dei loro interessi economici*".

"Mi sfugge qualcosa," gli avevo detto poi, "dici sempre che da sindacalista avresti messo sottosopra il mondo, ma che fa un sindacalista?"

"Protegge i più deboli."

"Allora è un supereroe!" avevo gridato entusiasta.

"No," aveva risposto il nonno serio, "è solo un comunista."

Scelsi Bea per il mio esperimento di telepatia.

"Solo se sabato sera mi copri," precisò subito.

"In che senso?"

"Ho detto a papà che esco con Mauro..."

"Chi sarebbe Mauro?"

"Il mio fidanzato."

"Il ragazzo con la moto?"

"Sì, ma c'ha anche la macchina. Lui è grande..." aggiunse poi con un sorriso tronfio.

"Non capisco il mio ruolo in simili discorsi..."

"Papà ha insistito: lo vuole conoscere e non riesco a togliermelo di dosso. Perciò la sera Mauro verrà qui per salutare la famiglia e poi scenderemo tutti e tre. Ho detto loro che ti portiamo al cinema."

"Al cinema?" strabuzzai gli occhi.

"Calmati, non è vero, è una palla che dico a mamma e a papà."

La mia espressione delusa la portò a un chiarimento.

"Senti, Mimì, non posso passare la mia prima uscita ufficiale da fidanzata al cinema con te. Lo capisci, vero?"

Mi sforzai di annuire.

"Solo che mi rompo a fare questioni con quel fascio!"

"Papà non è fascista," precisai, "è democristiano."

"Eh, peggio ancora," ribatté, "e comunque non stare sempre lì a fare il precisino so tutto io!"

"Scusa."

Bea sorrise: "Allora, mi copri?".

"Quale sarebbe la mia funzione?"

"Fingere di venire con me."

"Invece?"

"Invece usciamo con la moto di Mauro. E tu, svoltato l'angolo, fai quel che ti pare. Serata libera!"

"E dove vado?"

"Uffa, Mimì, ma che ne so, ce l'hai un amico? Non ti puoi vedere con Sasà?"

"Sasà non sta scendendo più, deve occuparsi della madre."

"Vabbè, vedi tu, l'importante è che a mezzanotte in punto ti fai trovare sotto il benzinaio in piazza, così torniamo insieme a casa. Ok?"

Riflettei un attimo e risposi: "Hai mai sentito parlare del potere telepatico?".

L'esperimento fu un disastro. Ci chiudemmo nella camera da letto, uno di fronte all'altra, e per più di mezz'ora tentai invano di trasmetterle tre immagini: il viso di Viola, il costume di Spider-Man e la Mehari verde di Giancarlo. Lei disse che non vedeva nulla e si stava annoiando. Capii di aver compiuto scelte troppo complesse, dovevo allenarmi con cose semplici, alla portata di tutti, dovevo pensare come pensa l'uomo medio. E Bea era perfetta per il ruolo. Cercai di riflettere sulla frivola vita di mia sorella e immaginai un fotoromanzo. Nulla. Poi pensai alla moto di Mauro e lei rispose che aveva visto una bottiglia, quindi mi disegnai in mente il suo diario, sempre pieno di scritte colorate, ma fu lo stesso inutile.

Un giorno di un paio di anni prima mi ero ritrovato, quasi senza volerlo, a girare avanti e indietro le pagine del suo diario che aveva lasciato aperto sul tavolo della cucina, e mi ero imbattuto in non so quante foto di Simon Le Bon incorniciate con tanti cuoricini. Non avevo pensato per un solo istante di stare commettendo una grave violazione, invece, quando avevo sollevato lo sguardo, Bea era lì, in piedi accanto a me, e mi osservava con aria incredula e inferocita allo stesso tempo. Alla fine aveva lanciato un grido, mi aveva afferrato una ciocca di capelli e si era ripresa il diario. Non ero e non sono bravo con le mani, però, dopo l'iniziale turbamento, avevo sentito salire dalla pancia una strana rabbia e mi ero scagliato su di lei. Era stata nostra madre a dividerci e a spingerci lontani, poi era rimasta lì a fissarci inorridita, senza sapere cosa dire. Era la prima volta che ci azzuffavamo.

"Mi ha rubato il diario," aveva sbraitato Bea, nel tentativo di discolparsi, ma mamma neanche l'aveva ascoltata, ci aveva acciuffato per le braccia e ci aveva obbligato a sederci, quindi aveva esordito: "La prossima volta che ve veco fà 'na cosa del genere, chiamm' a papà, e poi so' cavoli vostri!".

Avevamo chinato il capo in sincrono ed eravamo rimasti in silenzio. Lei, allora, aveva aggiunto: "Siete fratelli, v'ata vulé bene, perché un domani avrete bisogno l'uno dell'altra. Mi dovete fare stare tranquilla a me, che vi vorrete bene!".

Nessuno dei due aveva sollevato la testa, anche se io mi ero messo a sbirciare con la coda dell'occhio il volto di Bea.

"Avanti, datevi un bacio e fate pace!" aveva proseguito, con gli occhi lucidi e la voce impastata.

Mi ero proteso verso mia sorella, ma Bea non si era mossa. Era stata ancora nostra madre a intervenire: "Tuo fratello ti vuole dare un bacio!" aveva pronunciato con fermezza.

"Mi ha rubato il diario," aveva precisato di nuovo lei.

"Non lo fa più, vero Mimì?"

Avevo annuito.

"Avanti, datevi un bacio, e fate pace!"

Beatrice stavolta si era fatta baciare, ma non mi aveva rivolto la parola per due giorni, nonostante i miei sorrisi da lontano.

Nonno Gennaro mi diede uno dei suoi ultimi insegnamenti proprio sulle donne: "Mimì, sient' a me, un domani, quando ti sposerai, se tua moglie inizia ad alluccare, tu non dire niente, non replicare, chiuditi la porta di casa alle spalle e vatti a fumare 'na bella sigaretta. 'A femmina 'ncazzata è comme 'o mare 'ntempesta!".

Il nonno non è mai stato un sindacalista e non so quale lavoro abbia davvero svolto, ma la vita l'aveva capita assai bene.

Mehari

E poi arrivò il giorno.

Giancarlo mi citofonò il sabato dopo pranzo e mi disse di uscire. Quando sbucai all'esterno del fabbricato, mi stava aspettando nella mitica Batmobile verde e mi sorrideva da lontano, come sempre. Appollaiato sul suo cofano c'era Bagheera, che sembrava fregarsene dei nostri movimenti. Ricambiai il sorriso e corsi da lui.

"Grande Mimì! Dai, monta," fece segno con la mano.

Lo guardai raggiante e feci il giro per sedermi al suo fianco. Dall'interno la macchina mi apparve ancora più inverosimile.

"Conosci Bagheera?" chiesi però.

Lui aggrottò le sopracciglia.

"Il gatto, Bagheera..."

"Ah, si chiama così quel furfante?"

Annuii e risposi: "Come la pantera di...".

"*Il libro della giungla*, uno dei miei preferiti!"

"Incredibile," sobbalzai, "è anche uno dei miei romanzi preferiti!"

Lui sembrava divertito. "Comunque sì, lo conosco fin troppo bene, visto che ha scelto la mia auto come riparo notturno. Lo trovo ogni mattina a ronfare sui sedili posteriori..."

"Dovresti escogitare un piano, potresti srotolare il tettuccio..."

"Sì, già, solo che andiamo incontro all'estate..."

"Sarei curioso di sapere il motivo per il quale hai deciso

di acquistare un'autovettura tanto bizzarra..." chiesi mentre mi guardavo attorno.

"Non ti piace?"

"Reputo molto interessante il fatto che tu sia l'unico a possederla."

"In realtà qualcun altro c'è, ma hai ragione, siamo in pochi. Comunque sono andato a prenderla a Bologna."

"A Bologna?"

"Già."

"Ci ho messo dieci ore per portarla qui."

"Dieci ore?" ripetei incredulo.

"Sì," ribatté lui e poggiò le mani sul volante. "Sai che significa Mehari?"

Feci di no con la testa.

"Sono una razza di dromedari. Quest'auto è resistente come loro."

"Allora avrebbe dovuto essere del colore del deserto," commentai mentre lui tirava fuori dalla tasca della camicia un'audiocassetta sulla quale erano scritti a penna una ventina di titoli di canzoni. Me la passò e disse: "Ecco qui, come ti avevo promesso".

Mi rigirai la cassetta fra le mani e sentii la mia bocca pronunciare la frase: "Grazie, Giancarlo, sei un vero amico! E io che credevo che ti fossi dimenticato...".

Lui sorrise. "È quello che spesso sostiene la mia ragazza. Ho solo avuto da fare, le cose del giornale mi assorbono parecchio, gli altri dicono che ho sempre la testa fra le nuvole..."

"No," ribattei, "a me non sembra. Comunque sono contento che ora siamo amici veri..."

"Ah, sì?" fece lui divertito. "Ora siamo amici veri?"

"Già, io ti ho confidato l'amore che provo per Viola, questo lo si fa solo con gli amici, no?"

"Sì, certo, è giusto..."

"E poi se non fossimo stati amici veri non mi avresti regalato la cassetta. Perché la cassetta me la regali, no?"

"Certo."
"Certo che me la regali o certo che siamo amici veri?"
Giancarlo sorrise di nuovo mentre Bagheera al di là del parabrezza iniziava a leccarsi una zampa.
"Entrambe le cose."
"Allora, visto che siamo ufficialmente amici, vorrei approfittarne per chiederti se mi aiuti con quell'esperimento..."
"Quale esperimento?"
"Il potere telepatico."
"Ancora con i superpoteri?", e girò la chiave nel quadro di accensione, sotto lo sguardo indifferente di Bagheera. "Mimì, i superpoteri non esistono, te l'ho detto. Esistono persone che hanno più talento di altre in qualcosa, persone migliori di altre, più giuste, più rette, più buone. Ma nessuno ha i superpoteri, quelli si trovano solo nei fumetti e nei film!"
"Il potere telepatico non è un superpotere come quelli inventati nei fumetti, è qualcosa di diverso, è una percezione extrasensoriale. È dall'Ottocento che si studia la capacità dell'uomo di trasmettere il pensiero. Utilizziamo solo una piccolissima parte del nostro cervello, molte sue potenzialità sono inespresse e nemmeno le conosciamo."
"Ma che ne sai tu di queste cose?", e si voltò di botto.
"Studio," risposi sibillino.
Lui sembrò riflettere. "Ma poi, se anche esistesse," provocò, "a che ti servirebbe? Come lo useresti?"
Per un istante temetti che proprio lui che negava l'esistenza della telepatia fosse in grado di leggermi nel pensiero così da vedere l'immagine che vedevo io da un po': Viola nuda sul letto, sedotta grazie al mio potere.
"Potrei carpire i segreti delle persone cattive, anticiparne le mosse, sarei un vero supereroe a quel punto!"
"Ah, certo," rispose, "su questo non ho dubbi." Poi mi guardò e aggiunse: "Hai mai visto il film *Ricomincio da tre*, di Troisi?".
Feci di no con la testa.

"Devi vederlo allora. C'è il protagonista, Gaetano, che è convinto di poter spostare gli oggetti con la sola forza del pensiero."

"Quella è telecinesi," risposi subito, "non c'entra. E poi non esistono esperimenti a supporto della sua esistenza."

"Perché, esistono esperimenti a supporto della telepatia?"

"Esiste il metodo Ganzfeld. Un soggetto viene isolato ponendogli sulle palpebre delle palline da ping pong e sulle orecchie delle cuffie che producono un rumore di fondo costante. Secondo l'esperimento, in simili condizioni il soggetto riesce a recepire immagini o informazioni inviate da altri."

"Lo hai imparato a memoria?"

"Certo, perché?"

Giancarlo si produsse in un'espressione stranita e rispose: "In ogni caso non mi sembra complicato. Nulla ti vieta di provare".

"Sì, già, solo che mi manca un requisito fondamentale: una cavia."

"E dovrei essere io la tua cavia?"

"Più o meno è questa la mia idea...", e sorrisi.

Il silenzio che seguì fu rubato dal borbottio della Mehari. Dopo un attimo Giancarlo rispose: "Mimì, queste cose le devi fare con i ragazzi della tua età, io non ho il tempo...".

"Ma nessuno di mia conoscenza è un eroe," sbottai, "nessuno è in grado di percepire un emerito nulla! Io penso che con una persona speciale come te l'esperimento avrebbe più probabilità di riuscita."

Lui poggiò il braccio sullo schienale del mio sedile e si voltò per fare una rapida retromarcia. Poi disse: "Non sono una persona speciale, Mimì, non so come dirtelo. Ti sei fatto un'idea sbagliata, sono un ragazzo come tanti, un ragazzo normale, uno al quale piace la vita, andare a mangiare una pizza, uscire con gli amici, andare al mare d'estate. Non ho nulla di speciale, la mia vita non ha nulla di speciale. Mi dispiace...".

Restai in silenzio, senza sapere più cosa dire, e allora lui pensò bene di proseguire: "Però ho un'idea...", e spinse il muso della Mehari fuori dal parcheggio.

"Che idea?" e mi girai a guardarlo speranzoso. L'idea di un eroe non sarebbe potuta essere un'idea non vincente.

"Potresti dire a Viola quello che hai appena detto a me, potresti chiedere a lei di partecipare all'esperimento, sarebbe un modo per conoscerla, per diventare amici. Glielo potresti domandare dopo che le hai dato la cassetta. Ti assicuro che sai essere abbastanza convincente."

Rimasi a fissarlo per un po' prima di portarmi la mano al viso e rispondere: "In effetti, mi sembra davvero un'idea vincente. Potrei affascinarla con le mie teorie e con gli esperimenti. Potrebbe essere proprio l'amore per la scienza a unirci!".

"Già, sì, e prenderesti due piccioni con una fava, come si suol dire..."

"Non capisco cosa c'entrino i piccioni..."

"Niente, Mimì, nulla", e sorrise di nuovo. Eravamo fermi in mezzo alla carreggiata, ma essendo la nostra una strada chiusa, e trattandosi di un sabato pomeriggio, non c'erano altre auto in giro.

"Prima di andare da lei, però, ascolta le canzoni. E semmai scrivile anche una dedica..."

"Dove?"

"Qui, all'interno", si riprese la cassetta e la aprì. "Ecco, vedi? Qua ci scrivi un tuo pensiero..."

"Che pensiero?"

"Su questo non posso aiutarti, deve essere tuo."

"Nel mio repertorio musicale esistono solo tre canzoni di Vasco, ho gusti un po' più classici, ecco..." commentai poi.

"Tre? È già qualcosa..." rispose, sempre più divertito.

"Perdonami l'interrogativo forse troppo diretto, ma quale di queste è la tua preferita?" domandai.

Lui mi guardò dritto in faccia e disse: "Se vieni con me, te la faccio ascoltare".

"Con te? Dove? Non so se..."

Non mi diede il tempo di rispondere e domandò: "Ti piace la pallavolo?".

"Cosa?"

"La pallavolo."

"Non ho mai avuto modo di approfondirne la conoscenza. Il professore di educazione fisica sostiene che non ho la corporatura adatta e porto gli occhiali..."

"Non sono buoni motivi per non amare questo sport," replicò indispettito. "Scommetti che ci riesco?" disse subito dopo.

"A far cosa?"

"A farti innamorare della pallavolo. O, almeno, di Vasco..."

Poi infilò la prima e tirò un fragile colpo di clacson affinché Bagheera si lanciasse finalmente giù dall'auto. Subito dopo la Mehari si mosse con un leggero brontolio che la faceva assomigliare più a una caffettiera sul fuoco che a un dromedario.

"Non ho avvisato mia madre, non mi posso allontanare a cuor leggero..." mugugnai mentre il vento già mi sbatteva in faccia la sua voglia d'estate.

"Due ore e ti riporto a casa," rispose Giancarlo, e accese lo stereo. "E ora ascolta questa in religioso silenzio!"

Ancora oggi, quando ripenso a quel fantastico pomeriggio sulla Mehari, mi sembra di riprovare le stesse sensazioni di allora: il vento che mi scompigliava i capelli e si accompagnava a una sensazione di libertà sconosciuta, la mano salda al tubolare per affrontare i fossi della strada che da lassù sembravano voragini, un adulto che mi trattava da adulto, la città che si risvegliava lentamente dopo il lungo inverno, e quella splendida canzone nelle orecchie che mi segue da allora.

Canis lupus familiaris

Prima di parlare del giorno in cui finalmente riuscii a incontrare di nuovo la mia sirena e a darle la cassetta di Giancarlo, devo raccontare dello strano incontro che mi capitò di fare quella sera stessa, il sabato nel quale avevo promesso a Beatrice di tenerle il gioco con i nostri genitori e permetterle così di uscire da sola con il fantomatico Mauro, il quale si rivelò un ragazzo molto simpatico. Era un tipo allegro e con la battuta pronta, molto sicuro di sé, con indosso un giubbino di pelle che lo faceva assomigliare a Fonzie, l'eroe di Sasà. E proprio a Sasà avrei voluto presentarlo, ero sicuro che si sarebbe innamorato di lui, con la sua moto potente, lo sguardo sicuro e il chewingum in bocca. Ma poi intervenne Bea, sostenendo che si stava facendo tardi e saremmo dovuti andare.

"Non dovevamo portarlo al cinema?" chiese Mauro, una volta per strada.

"Ma quale cinema," proruppe lei, "era una bugia per i miei. Tu adesso mi porti a ballare!"

"A ballare?" fece lui.

"A ballare?" ripetei io.

"Eh, a ballare, hai sentito bene!"

Beatrice indossava un giubbino fucsia corto aperto dal quale prorompeva il grande petto. Era stata un'ora in bagno ad arruffarsi i capelli con il phon e adesso li portava alzati grazie alla lacca e a una fascia dello stesso colore del giubbino. Era truccatissima e masticava una gomma con la bocca spalancata. Mai come quella volta assomigliava a Cindy Lauper.

"E lui?" chiese quindi Mauro.

"E lui va dove gli pare, vero Mimì?", e mi strizzò l'occhio.

"Sì, sì, ok, io allora vado," dissi.

Fonzie mi diede un buffetto sulla guancia e il cinque, quindi montò sulla moto e iniziò un lungo amoreggiamento con il suo volto nello specchietto prima di partire. Una volta rimasto solo, raggiunsi il palazzo di Sasà.

"Non posso scendere," fece lui, "sto aiutando papà a stirare le camicie."

"Ma se tuo padre indossa ogni giorno la solita maglietta!" avrei voluto dirgli, ma desistetti e mi diressi verso la piazza, dove mi fermai davanti alla videoteca di Nicola Esposito. Il negozio era di nuovo fornito come prima della rapina, e in vetrina l'occhio mi fu rubato come sempre dal costume di Spider-Man che prendeva polvere in un angolo. Mi sembrava tutto così ingiusto: avrei dato non so cosa per avere quel vestito e, invece, nessuno sembrava amarlo. La verità è che il signor Esposito, nella sua proverbiale avidità, lo aveva messo in vendita a un prezzo fuori mercato.

"Al Bùvero lo trovi a un terzo," aveva commentato papà dopo che gli avevo comunicato il prezzo. Il Bùvero era un quartiere del centro dove si teneva ogni giorno un mercato nel quale si poteva trovare un po' di tutto. Così mi aveva spiegato il nonno, che si era anche affrettato a precisare: "Ma arrivare laggiù e 'nu burdell', troppo traffico e nessun parcheggio".

Insomma, il mio sogno era destinato a rimanere tale, perciò spostai lo sguardo su alcuni film di ultima uscita esposti in prima fila. Di *C'era una volta in America* avevo letto un'entusiastica recensione, perciò infilai le mani in tasca e tirai fuori tremila lire; forse ce l'avrei fatta a noleggiare la pellicola per un giorno. Poi lo sguardo mi cadde sull'ultima vhs della fila, sulla cui copertina spiccava Lino Banfi con la mano in fronte e tanti palloni sulla testa. Non certo il mio genere, però a Sasà sarebbe piaciuto, lui amava le commedie e il calcio.

"Ué, Mimì," fece Nicola Esposito appena entrai, "non ti si vede più come prima..."

"Sono impegnato con lo studio," risposi timidamente.

Dalla famosa sera della rapina cercavo di non imbattermi nel signor Esposito, per paura che sapesse qualcosa e stesse solo aspettando un mio passo falso. Perciò restai tutto il tempo con lo sguardo basso per non incontrare i suoi occhi mentre ordinavo *L'allenatore nel pallone*. Lui scomparve sul retro e solo allora ne approfittai per guardarmi intorno: nonostante fosse sabato, c'era soltanto una coppia che stava sfogliando alcune locandine horror e dall'altra parte del negozio un ragazzo poco più grande che leggeva un fumetto in piedi.

"Ecco qui, gran bel film, fa morire dal ridere," commentò Nicola.

Cacciai i soldi e lui cambiò espressione: "Sono cinquemila per il noleggio...".

"Non posseggo cinquemila lire," dissi di getto, "però le porto domattina il film."

"Domani è domenica."

"Allora lunedì, prima di andare a scuola."

Fece una mezza smorfia, emise un sospiro e arraffò le banconote. Solo una volta uscito dal negozio tornai a respirare. La piazza iniziava a svuotarsi e il rumore delle saracinesche dei locali che chiudevano riempiva lo spazio. Le insegne al neon di un paio di bar schizzavano i marciapiedi, mentre i basoli umidi al centro della strada erano tinteggiati dalla luce giallastra dei lampioni accesi da diverse ore. Di lì a breve sarei rimasto solo. Bene avrei fatto ad acquistare un fumetto invece di spendere gli unici soldi che avevo in un regalo per Sasà che, probabilmente, neanche sarebbe sceso a farmi compagnia. Andai di nuovo a citofonargli e stavolta rispose Angelo, il quale chiamò a gran voce il figlio senza neanche salutarmi. Rimasi lì senza sapere cosa fare, intimorito, quindi sollevai d'istinto lo sguardo al cielo e mi accorsi del signor D'Alessandro che mi guardava dal primo piano. Sasà alzò la cornetta: "Mimì, che c'è? Non mi puoi citofonare ogni due minuti... mammà sta dormendo...".

"Perdonami..."

"Che c'è?"

"Ho un regalo per te."

"Un regalo?"

"Eh, un film."

"Un film? Che film?"

"Scendi un attimo."

"Nun pozz', Mimì."

Sbuffai. Iniziavo a sentirmi solo.

"E allora apri il portone, lo metto in ascensore."

"No, è tardi, papà sta nero. Me lo dai domani. Ciao", e chiuse la conversazione.

Mi allontanai in preda allo scoramento, avevo buttato gli unici soldi che avevo per noleggiare una pellicola che non mi piaceva e che non avrei mai visto. Tornai in piazza Leonardo e presi via Suarez, con l'intenzione di vagare per un po' in attesa che arrivasse l'ora dell'appuntamento con Bea davanti al benzinaio. Invece lungo la strada mi imbattei in un grosso cane simile a un pastore maremmano, fermo sul marciapiede. A differenza del famoso esemplare di razza, era nero e aveva il pelo più corto, nondimeno era di una bellezza straordinaria e se ne stava seduto a osservare i passanti con la lingua di fuori. Mi avvicinai lentamente per cercare di accarezzarlo e una voce dietro di me mi fece sobbalzare.

"Ehi, amico, ti piace Beethoven?"

Mi girai di soprassalto e mi trovai di fronte un uomo sdentato, con i capelli bianchi arruffati, la barba bianca lunga e cotonata, che sedeva su un cartone con le gambe incrociate e gli occhi chiusi. A prima vista sembrava un vecchio ma, a guardarlo con più attenzione, doveva avere l'età di mio padre. Lui dovette intuire la mia confusione e si affrettò ad aggiungere:

"Il cane si chiama Beethoven perché amo molto la sua musica. Conosci Beethoven, sai chi era?".

"Beethoven? Sì, certo," risposi con una certa fierezza, "ma non ho mai avuto modo di ascoltare nulla di suo, mio padre non è amante della musica classica."

Il vecchio replicò continuando a tenere le palpebre abbassate: "Amico, tuo padre non capisce nichts, se mi permetti. Nessuno ti ha fatto ascoltare Ludovico Van? Ma che razza di mondo è questo! Vieni qui", e mi fece segno di avvicinarmi.

L'attimo dopo ero seduto sul marciapiede in compagnia di un uomo sporco che puzzava di vino, ad ascoltare da un vecchio stereo scalcinato la musica di Beethoven, mentre accarezzavo la testa di un altro Beethoven, peloso. Durante tutto il tempo della sinfonia l'uomo continuò a sorridere e a ciondolare il capo come se stesse danzando al suono della melodia, mentre con la mano raggrinzita e tremante teneva salda la manopola del volume forse per paura che qualcosa non funzionasse e il brano si interrompesse. Ogni tanto qualcuno si fermava e lanciava una monetina nel cappello ai nostri piedi, ma io neanche ci facevo caso perché il tizio era così strano e diverso dalle persone che ero solito frequentare che tutto il resto passò in secondo piano.

"Perché non apre gli occhi?" chiesi quando la musica si arrestò.

"Lo farei molto volentieri," rispose lui, "ma non posso."

Non avevo mai conosciuto un cieco e la mia curiosità prese il sopravvento. Rimasi a sbirciarlo per un po' finché lui disse: "Amico, puoi stare anche due ore a guardarmi, non vedrai niente più che un mann, un uomo stanco".

"Mi scusi..." balbettai.

"Mi chiamo Matthias," fece, e allungò la mano. Esitai un attimo di troppo e lui se ne accorse. "Ragazzo, dovresti imparare a fidarti dell'umanità, sai? Tirare indietro la mano non ti porterà nichts di buono nella vita. Se mai un giorno sarai felice, e te lo auguro di cuore, sarà solo grazie alla stretta di un'altra mano."

"Devo andare," risposi e mi alzai di scatto.

Quell'uomo mi affascinava e mi incuteva timore al tempo stesso. Pochi passi e ci ripensai, corsi indietro e dissi: "Mimì", e stavolta gli porsi la mano senza esitazioni. Lui sorrise e ricambiò la stretta.

L'amicizia con Matthias e Beethoveen fu un tornado improvviso nella mia vita ben poco emozionante. Ogni giorno, al ritorno da scuola, mi fermavo a chiacchierare con loro, e Beethoven sembrava molto felice dei miei grattini sotto le orecchie. Sasà, invece, disse che il cane non gli piaceva, che secondo lui era anche pieno di zecche e che il vecchio puzzava ed era alcolizzato. "Lasciali stare, Mimì," mi esortò, "tu sì tropp' buono, questa è la verità! Dovresti fartela con i vincenti, non con i perdenti."

"Chiacchieriamo solamente," risposi offeso.

"Statt' accort' comunque," ribadì lui.

Matthias rideva sempre, aveva sempre una parola gentile per tutti e un pensiero affettuoso per il cane. Eppure non se la passava di certo bene. Mi raccontò che veniva dalla Germania dell'Est e non aveva figli né parenti. "L'unica frau che abbia mai amato è confinata dietro un mauer, un muro sul quale non posso arrampicarmi," mi confidò un pomeriggio. Era, infatti, riuscito a fuggire da Berlino Est nel lontano 1962 grazie a un tunnel. "Lei, però, all'ultimo non mi volle seguire, non aveva il coraggio di abbandonare la mutter, la mamma, e mi voltò le spalle. Da quella sera d'estate del sessantadue non ho avuto più notizie di lei. Si sarà sposata, rifatta una vita immagino, avrà dei kinder. Oppure, nel frattempo, sarà tot, morta. Non so," disse mentre accarezzava il cane.

Avrebbe dovuto essere un uomo triste, aveva avuto una vita disgraziata, invece sembrava, a suo modo, se non felice, sereno, e questo proprio non sapevo spiegarmelo. Non capivo come potesse farcela senza una madre, un padre, dei nonni, una moglie, dei figli, senza una casa, seppure minuscola come la mia. Qualche volta dormiva in uno stanzone nei pressi della stazione, insieme ad alcuni polacchi; altre volte, però, gli capitava anche di passare la notte su una panchina, riscaldato solo dal corpo del fedele amico. Mi disse che non aveva bisogno di una casa e che gli bastava Beethoven. Per quel che mi riguarda facevo ciò che era nelle mie possibilità e ogni volta gli lasciavo qualche spicciolo, un po' di pane o del cibo per Beethoven, finché un giorno mia madre mi venne vicino ed esclamò: "Mimì, dobbiamo parlare".

La guardai silenzioso.

"Ma che stai cumbinann'? Sasà mi ha detto che te la fai con un barbone e il suo cane."

"Mamma, non si dice barbone. In ogni caso sono amici miei, non comprendo dove sia il problema," risposi con aria di sfida.

Lei sembrò pensarci un attimo e aggiunse: "Mimì, io di te mi fido, so che sei un ragazzo con la testa sulle spalle, ma il mondo là fuori è 'na schifezza a volte, 'o ssaje? Che fate insieme?".

Alzai le spalle e risposi: "Lui mi racconta le sue esperienze di vita, mentre io trascorro il tempo con Beethoven".

"Beethoven?"

"Un esemplare di Canis lupus familiaris."

Mamma sorrise e mi carezzò la guancia prima di aggiungere: "Ma tu guarda che figlio m'aveva capità a me, uno che parla in latino e ci piace stare con i barboni!".

"Mi vedo costretto a ripeterti che non si apostrofa un uomo con tale termine volgare e dispregiativo, tutt'al più si dice senzatetto," risposi indispettito.

Lei, però, non sembrò colpita dalla mia spiegazione. "Sì, sì, come vuoi tu," ribatté, "ma semp' nu barbone rimane."

Il re, il giullare e la principessa

La incontrai il pomeriggio seguente, il giorno di Pasqua. E fu grazie a Sasà.

Ero con lui per strada, subito dopo il pranzo domenicale, quando nell'aria di Napoli c'è l'odore di fritto e dalle finestre già aperte arrivano ancora i rumori delle posate sui piatti. Un paio di giorni prima avevo notato un annuncio funebre in viale Michelangelo che mi aveva lasciato di stucco: il morto si chiamava Patrizio *Dobberman*, con due b. Anche Sasà era rimasto affascinato dal soprannome aggressivo, e aveva deciso di darmi una mano per staccare il foglio dal muro. Purtroppo non eravamo riusciti nell'impresa perché il manifesto si era strappato a metà. Perciò stavamo tornando sconfitti e in silenzio verso casa mentre in sottofondo la telecronaca in differita del Gran Premio del Brasile fuoriusciva dalle case e accompagnava i nostri passi.

"Da grande farò il calciatore, o il pilota. E se non ci riuscirò, diventerò benzinaio!"

"Benzinaio?" chiesi stupito.

"Già, quelli stanno sempre pieni di grana. Lo vedi che cacciano quei malloppi arrotolati di diecimila lire? Con il petrolio si fanne 'e sord', sient' a me. Sai che farei io con tutte quelle banconote?"

"Che faresti?"

Lui sembrò rifletterci un attimo e rispose: "Era per dire.

Ma quante domande che fai, Mimì, mamma mia! Con i soldi si può fare tutto".

Non avevo alcuna nozione di economia e non me ne fregava niente di "fare i soldi", come diceva Sasà, perciò ribattei: "E la salumeria?".

Lui stavolta si bloccò e mi guardò in cagnesco.

"La salumeria cosa?"

"Sei figlio unico, un giorno sarà tua."

"E allora quel giorno la brucerò!" ribatté e corse in avanti.

"Io, invece, sogno di diventare astronauta," dissi alle sue spalle. Eravamo appena sbucati in piazza Leonardo. "Vagabondare nello spazio alla ricerca di altre vite, esplorare mondi sconosciuti."

"Mimì, io a te proprio non ti capisco con 'sta storia dello spazio. Ormai sì gruoss', ancora perdi tempo con queste stronzate? Dovresti pensare a qualcosa di più concreto, altrimenti rischi di diventare uno che non sa fare niente, come mio zio Michele, che papà dice che è uno sfessato che da una vita cerca di fare il musicista e suona ai matrimoni per centomila lire e non riesce nemmeno a comprarsi un'auto e a mantenere la famiglia."

"Non provo alcun interesse per i soldi, Sasà, e neanche per le auto."

Lui mi guardò serio. "Senza i soldi non potrai mai avere 'na femmena."

Stavo per ribattere che, se funzionava in quel modo, allora non l'avrei voluta una donna, ma, nel frattempo, eravamo giunti sotto casa e dal mio palazzo era sbucato Fabio Iacobelli. Sasà gli corse incontro per dargli il cinque, quindi gli posò una mano sulla spalla e lo condusse da me. "Mimì, ora Fabio è un nostro amico," disse, "fa parte della squadra."

Non dovevo avere un'espressione troppo convincente perché lui mi salutò appena. È che il ragazzo non mi era molto simpatico, se ne andava in giro sempre con un'aria spavalda e arrogante che mi faceva venire i nervi. E poi, a dirla tutta, provavo anche un pizzico di gelosia nel vedere Sasà che gli sbavava dietro.

Fabio portava i capelli all'insù tenuti insieme da un gel che puzzava a un metro di distanza, aveva il naso a patata e gli occhi piccoli, eppure si credeva bellissimo. Anche quella domenica, per scendere un po' sotto il palazzo, si era vestito di tutto punto: felpa Americanino, jeans Turquoise con sotto le famose calze Burlington, giubbotto smanicato della Moncler e Timberland ai piedi. Il valore di ciò che indossava, sono certo, superava di gran lunga l'ultimo stipendio di papà e di Angelo messi insieme. Sasà, invece, era infilato in una tuta sporca di una taglia più grande (di sicuro acquistata al mercatino di Antignano) e accanto a Fabio stonava come una macchia di vino su una tovaglia bianca. Ma a Sasà tutto questo non importava, lui aveva il solo scopo di diventare amico di quel ragazzo che rappresentava tutto ciò a cui aveva sempre aspirato, tutto quello che non era e che, forse, non sarebbe stato mai.

Fabio si mise a giocare con noi, anche se si vedeva lontano un miglio che non aveva mai dato un calcio al pallone. E, infatti, quasi subito cercò di deviare la conversazione verso ciò che più amava.

"Avete visto il Gran Premio?" domandò mentre palleggiavamo.

Feci di no con la testa e a rispondere fu Sasà. "No, chi ha vinto?"

"Quello scornacchiato di Prost. Alboreto è arrivato secondo."

"A me piace Prost, lo trovo simpatico, come tutti i francesi del resto. Mi piace come si esprimono, il suono musicale dei loro discorsi," commentai.

"Ma come parli?" fece subito lui, e restò a squadrarmi dubbioso.

"Mimì è fissato con la lingua, i libri, la cultura. È un po' strano, ma è 'na specie 'e genio. Lo dicono pure i professori. Vero, Mimì?"

Fabio non mi diede il tempo di rispondere perché tornò al discorso precedente. Evidentemente se ne fregava dei miei studi. "Io li odio i francesi. Odio tutti quelli che non sono italiani. Noi siamo i migliori", e indurì lo sguardo.

"Già, e i napoletani sono ancora meglio degli italiani," replicò Sasà ridendo.

Li lasciai parlare per un po' senza intromettermi, anche perché la discussione si spostò ben presto sulle moto e io non capivo nulla neanche di motociclette. Me ne sarei andato di lì a poco, perché la noia stava prendendo il sopravvento sulla gelosia che mi aveva fatto restare fino a quel momento, ma avrei commesso il più grande errore della mia vita. La natura, infatti, aveva deciso di venire in mio soccorso: dei borbottii in lontananza ci annunciarono che di lì a poco sarebbe arrivata la pioggia, il cielo si era annerito e un vento freddo che tagliava il viso iniziava a soffiare con veemenza. Fabio sollevò lo sguardo per un attimo e se ne uscì con una frase che mi fece sobbalzare: "Che ne dite di salire da me, così giochiamo ai videogiochi?".

Era quello che Sasà aspettava da tempo, il motivo per il quale nell'ultimo periodo si era dedicato ancor di più a quello spietato corteggiamento. Perciò si aprì in un gran sorriso e corse ad abbracciare il suo nuovo amico prima di rivolgersi a me. "Tu che fai?" chiese, e nella domanda mi sembrò di incontrare una certa resistenza, come se si augurasse che io rifiutassi e gli lasciassi campo libero. Invece fui lesto e risposi subito di sì, che sarei andato anch'io. Lassù c'era Viola. Quando mi sarebbe ricapitata un'occasione del genere?

Prima di salire con loro all'ultimo piano, dissi che dovevo prendere le chiavi di casa, così ebbi il tempo di recuperare l'audiocassetta di Vasco. La casa degli Iacobelli era grande quanto quella degli Scognamiglio, ma aveva un affaccio peggiore ed era molto meno accogliente, senza piante e con un arredo moderno dove i colori predominanti erano il bianco, il beige e il grigio.

Nel salone ci venne incontro il loro barboncino che, nonostante indossasse un fiocchetto rosa da gran signora, iniziò ad abbaiare sguaiatamente finché Fabio non lo prese in braccio.

"Wow," esclamò Sasà appena fummo dentro, e rubò un sorriso di vanto al suo nuovo amico che si tuffò sul grande divano di pelle bianca ad angolo.

Io, invece, restai sulla porta, intimidito certo, ma anche attento a ogni particolare; mi aspettavo che da un momento all'altro sbucasse nel salone Viola, anche se, in realtà, di lei, come del resto della famiglia, non sembrava esserci traccia.

"I miei sono ancora dai nonni," spiegò il padrone di casa mentre preparava la console.

Sasà sembrava impazzito e non riusciva a stare fermo un minuto: si accovacciò sul grande tappeto bianco di simil pelliccia che occupava l'intero salone e iniziò a strusciare nervosamente le mani sui pantaloni della tuta mentre ripeteva "Uà, gruoss', gruoss'" a ogni cosa che Fabio ci mostrava. Non so se si sentisse a disagio in quella casa e con quella tuta addosso, fatto sta che quel pomeriggio si mise a parlare in dialetto più di quanto facesse solitamente e, capito che eravamo soli, si lasciò andare a una sfilza di parolacce in serie senza un vero perché, forse solo per far divertire Fabio, il quale se la rideva di gusto. Sembravano il re alle prese con il suo giullare di corte.

Per quel che mi riguardava, ero così deluso dal fatto che Viola non ci fosse che mi sedetti sul divano senza partecipare ai giochi e mi addormentai al secondo quadro di *Donkey Kong*. Mi risvegliai mezz'ora dopo, mentre i due stavano giocando a *BurgerTime*; mi alzai di scatto e dissi: "Io vado", ma né Fabio, né tantomeno Sasà mi risposero. Si contorcevano davanti alla tv come se fossero posseduti dal diavolo, dando vita a espressioni del viso mostruose, la lingua di fuori come i rettili e gli occhi infossati negli zigomi.

Andai alla porta, ma proprio in quel momento rientrò quel che restava della famiglia Iacobelli: padre, madre e figlia. Il barboncino si mise di nuovo ad abbaiare e stavolta fu Viola a doversi occupare di fargli le dovute coccole per calmarlo.

"Ancora davanti a quel coso?" esordì la signora.

Fabio premette pausa e si girò. "Loro sono due miei nuovi amici," disse quindi.

"Piacere," rispose Sasà e balzò in piedi offrendo la mano e un gran sorriso.

Nonostante i buoni propositi, il suo tentativo non ebbe successo; la signora, infatti, lo salutò con tono freddo ed espressione del viso glaciale, e ritirò subito la mano, come se avesse preso la scossa. In effetti, non è che Sasà fosse poi così attento all'igiene e se ne andava sempre in giro con le unghie lunghe sotto le quali si depositava uno strato di nero che lui, ridendo, chiamava sozzimma.

La mamma di Fabio poi si rivolse a me: "Tu sei il figlio di Rosario, vero?".

"Piacere..." dissi e chinai il capo mentre sentivo una goccia gelida di sudore scendermi lungo il braccio.

Il pilota, invece, neanche ci salutò e scomparve nel lungo corridoio identico a quello degli Scognamiglio, se non fosse stato che lì c'era una libreria di faggio lunghissima a occupare il cammino e qui una sola vetrinetta posta al centro, con all'interno un set di argenteria per il tè.

Guardai Viola che se ne stava sulla porta e sussurrai un timido "Ciao". Lei mi fece un cenno con la mano prima di scappare nella sua camera. La signora Iacobelli chiese se gradivamo qualcosa, ma neanche Sasà ebbe il coraggio di reclamare nulla, quindi la donna si scusò e sparì anche lei.

Rimasi di nuovo con i due invasati, intenti a far precipitare alcuni ingredienti dentro a un panino cercando di non farsi mangiare da salsicciotti che camminavano in verticale, e capii che quella sarebbe stata la mia unica possibilità di dare il regalo a Viola. Mi pulii gli occhiali appannati con la maglietta, mi asciugai la fronte con il braccio e mi gettai furtivamente nel corridoio. Superata la vetrinetta, la prima stanza che incontrai fu quella di Fabio: era zeppa di giochi e in un angolo, sotto la finestra, c'era il Fortino dei Playmobil che più volte mi ero fermato ad ammirare nella vetrina di Corsale, un noto negozio di giocattoli della zona, con la staccionata in legno, la scritta *Fort Eagle*, i cactus, la bandiera americana, i cavalli e vari nordisti attorno a un cannone. Il centro della stanza, invece, era occupato dal Go Dawn, il domino colorato che a me faceva impazzire. I pezzettini erano sparpagliati per terra come se fossero esplosi, e per un attimo fui tentato di rimettere a posto la composizione.

La stanza successiva era quella dei genitori di Viola. Il signor Iacobelli era disteso sul letto a leggere il giornale e dondolava i piedi senza, credo, ascoltare ciò che la moglie andava dicendo dal bagno (che era fuori dalla mia visuale, ma che doveva trovarsi sulla destra, perché proprio da lì proveniva un fascio di luce gialla). Se il pilota si fosse accorto della mia testolina di certo sarebbe andato su tutte le furie e, forse, le cose avrebbero preso ben altra piega. Per fortuna fui lesto e proseguii oltre, cercando di soppesare ogni passo.

Ma non avevo pensato al barboncino. Me lo trovai di fronte che mi guardava con fare cattivo: mi portai l'indice al naso e gli feci segno di stare zitto, ma il cane, per tutta risposta, iniziò a ringhiare. Ero fregato. Feci un altro passo in avanti e lei aumentò il ringhio.

"Shelly, sta' zitta!" urlò il padre di Viola dal letto, ma il cane mi guardava con odio sempre maggiore, quasi sul punto di attaccarmi.

Avanzai ancora e tentai di offrirle la mano in segno di pace, ma Shelly non si accontentò della resa e con un balzo si attaccò alla manica del mio pullover.

"Ma che..." sentii dire al pilota mentre tentavo di difendermi dallo spietato affondo.

Pochi secondi e mi sarei ritrovato il signor Iacobelli alle spalle. Strattonai il braccio con forza e Shelly partì come un missile in direzione del muro. Prima che il povero cane lanciasse un terribile guaito ero già davanti alla camera di Viola, sulla cui porta campeggiavano cinque lettere a formare il suo magico nome. Non esitai un altro istante e avvicinai le nocche al legno. Sentivo il cuore in gola e avevo le mani madide di sudore, eppure ebbi la lucidità di sistemarmi gli occhiali che mi penzolavano come sempre storti da un lato del viso, e trattenni il fiato.

Lei aprì la porta e, nel vedermi, fece un passo indietro, come impaurita. Poi domandò: "Che c'è?".

"Ti volevo regalare una piccola cosa..." riuscii a rispondere, "posso?"

Viola mi fece entrare e si gettò sul letto senza offrirmi lo sguardo. Sul muro dietro la sua testa c'era la foto di Vasco che cantava incurvato verso il pubblico, i capelli bagnati che gli cadevano sulle spalle e gli occhi spiritati. E allora, improvvisamente, mi scappò un sorriso, perché pensai di avere con me la chiave giusta per arrivare al suo cuore, e mi sembrò come se la paura non mi facesse più paura. E ripensai alle parole di Giancarlo dopo che gli avevo chiesto un consiglio su come rivelare a Viola il mio amore. "Ci sono dei momenti nei quali abbiamo il dovere di dire quello che ci passa per la testa," aveva risposto, "non lo dobbiamo fare per gli altri, ma per noi stessi. Se non sei capace di parlare, scrivi. Scrivere è più semplice, ci permette di dire cose che a voce, forse, non saremmo capaci di dire."

Lei intanto aveva preso a fissarmi senza aprire bocca, le mani incrociate sul petto e le spalle curve. Pur di non guardarla in viso e cogliere emozioni che non volevo cogliere, puntai gli occhi verso un pesce rosso che nuotava dentro una boccia di vetro sulla cassettiera sotto la finestra. "Bell'esemplare di Carassius auratus!" esclamai tutto d'un fiato.

La mia musa mi guardò senza capire. "Il pesce rosso," fui costretto a spiegare con un sorriso. Credevo di fare colpo con le mie conoscenze, invece la stupida improvvisata l'aveva solo messa ancor di più sulla difensiva.

"Si chiama Red," precisò a denti stretti Viola.

Ai piedi calzava i Dr. Martens neri, indossava un paio di jeans dello stesso colore strappati sulle ginocchia e una felpa scura con il cappuccio.

"Non vorrei dire stupidaggini, ma il tuo abbigliamento ricorda i punk," commentai d'istinto.

Lei strabuzzò gli occhi e da ultimo mi sorrise, anche se solo per un attimo. E allora lo vidi, l'apparecchio per i denti che le occupava tutta la bocca, e capii perché evitava di parlare e di guardarmi e perché, forse, non l'avevo più incontrata per strada, né lei, né quel Nick Kamen che tanto avevo odiato.

Poi ridiventò seria e disse: "Può essere. Perché, cos'hai contro i punk?".

"Niente, provo fascino e attrazione verso i punk, un mondo a me estraneo. E il nero ti dona, contrasta con la tua pelle lattiginosa e fluorescente," replicai mentre chiudevo la porta.

In realtà non sapevo se mi piacessero i punk, papà li detestava e ogni volta che ne vedeva uno ripeteva sempre la stessa frase: "Questo mondo è asciut' pazz'!".

In ogni caso dissi la prima bugia romantica senza neanche rendermene conto, preso com'ero a conquistare il cuore della mia amata, a sperare di piacerle e incuriosirla. Mi risultava difficile ammetterlo, ma forse aveva ragione mia sorella Bea: le bugie a volte sono utili, servono a sostenere la speranza, come uno sbuffo alimenta la carbonella.

"Ho la pelle lattiginosa?" e scoppiò a ridere con la mano davanti alla bocca per nascondere l'evidente imbarazzo.

"Tieni", e le allungai la cassetta.

Viola corrugò la fronte. “Cos’è?”
“È per te... l’ho registrata io.”
Rigirò l’oggetto fra le dita e scorse la lista delle canzoni con soddisfazione.
“Avevi detto che Vasco ti riempie la vita...”
A queste parole sollevò lo sguardo, gli occhi dal profilo di mandorla e del colore dei pistacchi, le palpebre dipinte di viola come se una bouganvillea si fosse arrampicata fin lassù, la bocca a forma di noce. E io, in quel preciso momento, capii che quel viso non lo avrei dimenticato mai più, nonostante i soliti discorsi degli adulti che dicevano che gli amori infantili non sono veri amori e che, trascorsa l’estate, si passa oltre, che la vita, in fondo, non è altro che un ammasso di volti senza nome che ci lasciamo alle spalle.
“Mimì, sient’ a me che so’ vecchia,” mi ripeteva la nonna, “nun perdere tiemp’ dietro all’ammore, ci arrefondi e non ti trovi niente per le mani!”
Arrefondere vuol dire perderci qualcosa. La nonna aveva torto: tutto quello che credevo di aver perduto avendo a che fare con l’amore, l’ho sempre recuperato dopo un po’, con lo scorrere del tempo, come una moneta che ritrovi per caso nella tasca di un paio di pantaloni che non ti andavano più.

"Devi imparare a osservare il mondo che ti è intorno. Usa gli occhi per guardare davvero, non fare come la maggior parte delle persone che non sanno nemmeno se il cielo è blu o grigio, o addirittura di che colore sono i capelli della donna con la quale stanno parlando. Non servono poteri telepatici, Mimì, serve solo saper guardare, solo quello."

Me lo aveva detto Matthias un pomeriggio di ritorno da scuola e le sue parole ancora mi rimbombavano nelle orecchie mentre mi trovavo davanti a Viola. Con il tedesco, un po' come mi capitava con Giancarlo, sentivo di poter parlare liberamente delle mie cose, del grande amore non corrisposto, della difficoltà che avevo a comunicare con gli altri (che proprio sembravano non capire la mia necessità di distinguermi, di farmi notare in qualche modo), e di come sperassi di entrare in sintonia con Viola e con le persone grazie allo sviluppo del potere telepatico. Lui mi aveva ascoltato per tutto il tempo senza dire una parola, ogni tanto si accendeva una sigaretta, poi mi interrompeva con un rutto, chiedeva una moneta a una coppia di passaggio, afferrava il muso di Beethoven e lo stringeva forte finché il cane non emetteva un guaito e allora lo riempiva di baci. E io me ne stavo lì, con le idee confuse, a cercare di mettere un pensiero dopo l'altro, perché in cuor mio iniziavo a sperare che quell'uomo cieco che sembrava vedere meglio di tanti altri e sentire più degli altri fosse arrivato nella mia vita non per un caso, ma per insegnarmi a vedere e sentire come lui.

"Come puoi parlare di queste cose, tu che sei cieco?" avevo obiettato appena si era interrotto.

"Sono molto meno cieco di tante persone che stanno passando sul marciapiede in questo momento, credimi. Molto meno cieco di te."

Ero restato a guardarlo per decifrare la sua espressione; non capivo, infatti, se mi stesse prendendo in giro.

"La tua Viola ti lancerà mille segnali, spetta a te coglierli, vederli."

"Come?", e mi ero avvicinato.

"Ogni nostro comportamento genera una reazione. L'importante è non restare immobili. Devi agire, lanciati e fai nascere in lei una risposta, che dovrai saper lesen, leggere."

"Non sono bravo con le persone..." avevo sussurrato.

"E dovrai imparare a esserlo, Mimì. Le persone sono l'unica cosa per la quale vale la pena perdere il proprio zeit, credimi."

Ero rimasto inebetito a fissare il suo volto, gli occhi socchiusi e alcune goccioline di birra invischiate nei lunghi fili della barba. Mentre continuavo ad accarezzare Beethoven (che aveva approfittato della nostra lunga conversazione per appoggiare il muso sulla mia gamba e ora russava alla grande), gli avevo infine chiesto: "Come hai fatto a perdere la vista?".

"Un'infezione," aveva risposto secco, senza aggiungere altri dettagli.

Era evidente che non ne parlasse volentieri. Considerato il mio silenzio, però, si era sentito in dovere di precisare. "Credo sia stata colpa del tunnel che scavammo. Quel grande atto di ribellione è stata la mia rovina."

"Lo scavasti tu personalmente?"

"Già, e chi se no?"

"E come?"

"Eravamo in quaranta, e lavoravamo tag und nacht. Dovevamo picconare centotrenta metri per arrivare alla libertà. Partimmo da una cantina di un locale e ci intrufolammo nelle viscere della Stadt, la città; ci mancava l'aria, e a ogni colpo si aprivano crepe e arrivava l'acqua che allagava ogni cosa. Alla fine, comunque, riuscimmo nell'impresa e sfondammo il pavimento di una cantina di Berlino ovest. Avevamo conquistato la freiheit, la libertà..."

"Wow," avevo gridato, estasiato. Mi sembrava di guardare uno dei documentari storici che a me tanto piacevano. "Non sarebbe un'idea malvagia scriverci un romanzo su questa storia..."

Lui aveva fermato subito il mio entusiasmo. "In realtà non smetterò mai di maledire quel tunnel..."

L'avevo guardato senza ribattere.

"Mi ha tolto l'unica persona che contava nella mia vita."

"Be', però ora sei un uomo libero, sei qui, hai attraversato l'Europa..."

"E guarda dove mi ha portato la libertà, Mimì. La libertà è sopravvalutata. Contano le persone... nient'altro. Fidati."

Non avevo trovato risposte da dare, in fondo ero pur sempre un ragazzino che si interessava di scienza e astronomia e quei discorsi filosofici e senza speranza non facevano altro che aggiungere dubbi ai miei tanti dubbi.

"Ma non voglio annoiarti con storie tristi, tu sei giovane, hai diritto a credere nella migliore leben, vita, possibile. E la migliore vita possibile, almeno in questo momento, è accanto alla ragazza che ami. Perciò vai da lei e dichiarati."

"Non so se sarò in grado, mi sembra un'impresa molto difficile..."

"Be', di certo più facile che leggere nel pensiero," e la sua bocca si era allargata in un gran sorriso.

Così, mentre Viola davanti a me parlava di Vasco e della scuola, io cercavo di tenere a mente i consigli di Matthias. La scrutavo e l'ascoltavo, ma lei faceva di tutto per sfuggire al controllo, i suoi occhi non erano mai fissi su un punto e più tentavo di ancorarli più lei non lo permetteva, si alzava di scatto, si girava di spalle, guardava il pavimento. Allora tentai di studiare i movimenti del corpo e lì andò un po' meglio: era chiaro che Viola fosse molto nervosa, si strofinava le mani, sbatteva i piedi per terra, si sistemava di continuo una ciocca di capelli dietro l'orecchio, si alzava dal letto e si sedeva dietro alla scrivania, e poi ancora sul letto. Io rimasi tutto il tempo in piedi, le mani infilate nelle tasche dei jeans, tentando di fare la figura di quello che ha la situazione sotto controllo, anche se in realtà avevo la bocca felpata e avrei dato non so cosa per un'aranciata.

A un certo punto lei esplose: "La smetti?".

"Di fare cosa?"

"Di fissarmi. Mi sento osservata."

Non sapendo cosa controbattere finsi un violento colpo di tosse, ma Viola non ebbe ripensamenti e anzi incalzò: "Fai sempre così con le ragazze?".

"No, scusa," tentai di dire.

"Mi metti in imbarazzo."

"Perdonami", e abbassai lo sguardo.

Il consiglio di Matthias si era rivelato un fallimento totale ed ero pronto ad abbandonare la scena e scomparire per sempre dalla vita di Viola, ma lei subito dopo se ne uscì con questa frase: "Qual è la tua preferita?" e indicò i titoli delle canzoni sulla cassetta. Le sue sembravano mani di bambina, con dita piccolissime e unghie corte.

Rialzai lo sguardo sorridendo e feci cadere l'indice sul pezzo che avevo ascoltato sulla Mehari, il preferito di Giancarlo. Viola ricambiò il sorriso e commentò: "Ma dai, è anche la mia!", quindi aprì la custodia di plastica e trovò la frase che avevo scritto all'interno. Mi era costata due nottate insonni e un mal di testa colossale, ma alla fine potevo ritenermi soddisfatto.

“*Se fossi un supereroe, la mia unica missione sarebbe proteggerti.*”

Lei smise di sorridere e piantò finalmente gli occhi lucidi nei miei per un lungo indimenticabile istante.

Aveva ragione il mio amico Giancarlo, una semplice frase scritta era arrivata là dove il parlato e i gesti non sarebbero arrivati mai. Altro che potere telepatico.

Giorni dopo giorni

Tornai a casa con un'eccitazione che non ero in grado di controllare e mamma se ne accorse subito. "Ué, Mimì, e che è chella faccia?"

"Quale faccia?" chiesi preoccupato.

"Non so, hai un'espressione nuova stasera..." ribatté e scoppiò a ridere.

"Lascia perdere, Mimì, mamm't ha bevuto un po' troppo, tutto qua..." intervenne papà in tono scherzoso e lei gli tirò un buffetto sulla spalla.

Erano ancora tutti a tavola dall'ora di pranzo, a ingurgitare noci, nocciole e pistacchi. Da noi funzionava così nei giorni di festa: si iniziava a pranzare alle tre e si andava avanti fino a sera. Sulla solita tovaglia di plastica a fiorellini resistevano i bicchieri di carta sporchi di vino, alcune briciole di pane, un cesto pieno di ciociole e, al centro, quel che rimaneva della Zoccola, ovvero la torta di nonna Maria, un impasto di biscotti Oro Saiwa, burro e cacao dal nome alquanto volgare che a noi sembrava più buona non solo della classica colomba – che qualche condomino regalava sempre a papà e che alla fine si sbafava solo il nonno – ma anche della cassata siciliana che ci portava il signor Scognamiglio ogni Natale.

"Te lo dico io che c'è," si intrufolò Beatrice nella discussione, "il signorino qui presente è stato finora a casa degli Iacobelli, dalla sua amata ragazzina che finge di fare la punk!"

"Come fai a saperlo? Sei inopportuna," risposi d'impeto, rosso in viso.

"Lo so, lo so. Sarò anche inopportuna, ma è la verità," replicò lei con un sorriso beffardo.

"Ah, sì? Allora mi vedo costretto a controbattere il tuo attacco gratuito...", e guardai negli occhi i miei genitori prima di aggiungere: "Sappiate che vostra figlia vi racconta le panzane. L'altra sera non mi ha condotto per niente al cinema, ma ha preferito andare a ballare in motocicletta con Mauro".

Mamma, che in effetti aveva le schiocche rosse e lo sguardo stralunato, si girò di scatto verso Bea; a papà, invece, andò di traverso una noce e cominciò a tossire come un forsennato.

"Sei morto, patetico quattrocchi..." esclamò mia sorella guardandomi con espressione feroce.

"Ué, e che so' 'sti modi?" proruppe la nonna, mentre mamma si girò verso il marito e commentò serafica: "Te l'avevo detto che ci stava dicendo 'na bucia...".

"C'aggia fa," rispose lui e si allisciò i baffi, "dimmi tu... io so' stanco, ho mangiato troppo, tengo suonn' e ancora devo salire dagli Scognamiglio."

"Vado io," intervenni subito, "non stare a preoccuparti", e mi alzai di scatto, non prima di aver tagliato una fetta di Zoccola da portare con me.

"Pare che tien' 'a neve dint' 'a sacca," fece il nonno.

"Ma quanto è caro il nostro Mimì," sentii dire invece alla nonna.

"È un paraculo," fu il secco commento di Beatrice.

La questione, incredibilmente, morì quella sera. Non so se perché i miei erano stufi di combattere contro la ribellione sempre più accentuata della figlia o perché, in fondo, Mauro li aveva colpiti: era di buona famiglia, educato, compito e, cosa che a papà non doveva essere sfuggita, anche con una florida situazione finanziaria alle spalle.

In ogni caso non dissero nulla e dal giorno dopo Mauro fu presenza fissa ogni sera alle sette sotto la nostra finestra. Arrivava ruggendo come un ghepardo, suonava il clacson e Beatrice, qualunque cosa stesse facendo, si lanciava fuori nemmeno vi fosse una bomba in casa. Qualche volta capitava che lei si facesse trovare ancora impreparata, senza trucco o con le pantofole ai piedi, e allora Mauro era costretto a trascorrere dieci minuti almeno (il tempo necessario a Bea per gli ultimi ritocchi) a chiacchierare con Sasà di motori, accelerazione, tenuta di strada e altre cose incomprensibili. Il mio amico, come avevo pronosticato, lo aveva eletto a suo personale mito; d'altronde, aveva una moto potente, un giubbino di pelle alla Fonzie, e soldi che gli uscivano dalle tasche: il prototipo di uomo perfetto, secondo lui.

Solo quando Sasà non era nei paraggi Mauro si dedicava a me e mi raccontava del viaggio in Europa che stava organizzando per l'estate con gli amici. Parlava con un tale entusiasmo che quasi mi sembrava di dover partire con lui, in giro fra le strade di Parigi o fra i prati in fiore dell'Olanda.

"Bea viene con te?"

"No, siamo tutti ragazzi. Ma lei non sa ancora nulla, mi raccomando, acqua in bocca", e strizzò l'occhio.

Avrei dovuto prendere le parti di mia sorella e rivelarle il disegno oscuro di Mauro, ma lui mi era simpatico, e poi Bea da quando si era fidanzata non era mai in casa, il che diventava un vantaggio per tutti, considerati gli spazi esigui. Avevo paura, insomma, che se lei fosse venuta a conoscenza della notizia lo avrebbe mollato, Beatrice non era tipo da subire passivamente un simile affronto. Pertanto me ne restai muto come un pesce e i due continuarono a frequentarsi; lei correva ad abbracciarlo, il sorriso sul volto e il grosso petto che traballava sotto la camicetta, poi si baciavano a lungo mentre Sasà e Fabio restavano a fissare la scena come fosse un film porno.

Da un po' di tempo mi ero accorto che i due avevano

messo gli occhi addosso a mia sorella e, ogni volta che c'era lei nei paraggi, li vedevo confabulare, ridere come degli stupidi, darsi gomitate. Un giorno mi avvicinai a Sasà e chiesi spiegazioni. "Mimì, non te la prendere," rispose senza malizia, "è che tua sorella tene doie zizze accussì!" e mimò il gesto portandosi le mani ai pettorali.

Fabio scoppiò a ridere e io restai a bocca aperta, senza avere argomentazioni valide con le quali controbattere. La sera nel letto, però, non riuscii a prendere sonno, indaffarato a tentare di scacciare dalla mente l'immagine dei miei amici che, nell'intimità dei loro bagni, fantasticavano su amorose avventure in compagnia di mia sorella, proprio come facevo io con la mia amata Sabrina.

Ma ero rimasto a quella speciale sera di Pasqua. Salii dagli Scognamiglio e trascorsi un po' di tempo con Morla prima di dedicarmi alle piante. Le diedi la buccia di una mela mentre io, seduto per terra con le spalle al muro, trangugiavo la fetta di torta e leggevo le avventure del cane Buck fra i ghiacci del Canada ne *Il richiamo della foresta* di Jack London, uno dei romanzi che mancava alla mia collezione e che avevo trovato nella libreria del padrone di casa.

Quando Morla ebbe finito di sgranocchiare anche l'ultimo boccone, restò un attimo ferma e poi fece un verso strano che forse era un richiamo, una richiesta, un ringraziamento o, forse, solo un rutto. Chiusi il libro e passai a raccontarle della fantastica giornata trascorsa, del viso di Viola e dei suoi occhi lucidi, di come le sue piccole dita avessero iniziato a tremare dopo aver letto la mia frase. Le raccontai di quanto mi sentissi diverso, più maturo, come se il solo fatto di essere riuscito a farmi notare, a trascorrere mezz'ora con la ragazza dei miei sogni, avesse finalmente dato un senso al tutto.

Spesso siamo troppo presi dall'inseguire i nostri sogni, li rincorriamo ogni giorno a testa bassa e neanche ci rendiamo conto di quanto ci costi la rincorsa, nemmeno capiamo che sì, sognare è importante, ma ancora più importante di sognare è fare, perché la vita, in fondo, è una cosa semplice, solo giorni dopo giorni. E allora dobbiamo stare attenti a non riempire tutti questi giorni unicamente di sogni, ma anche di emozioni vere, di vita vissuta. E la mia giornata accanto a Viola sapeva tanto di vissuto.

Morla sembrò quasi riuscire a capire ciò che le dicevo, mi fissava con il collo allungato e quei suoi occhi vecchi e saggi. Aveva trent'anni, almeno così mi aveva detto papà, era quindi molto più grande di me, con tanta esperienza di vita in più, tanti giorni dopo giorni dietro alle spalle. Non poteva raccontarmi nulla di quei giorni, ma a me sembrava davvero di vederli uno a uno nel suo sguardo pacato, e cercavo di immaginarmi come dovesse essere la sua vita su quel terrazzo: mi chiedevo se fosse felice, se spendesse bene la sua esistenza.

Ero intento a innaffiare le piante quando notai in lontananza Matthias e Beethoven accucciati al solito posto. Era rimasta solo un po' di polvere color albicocca a galleggiare sui tetti dei palazzi e i miei amici erano due ombre che affogavano nel buio della strada. Pensai di portare loro qualcosa da mangiare, ma poi avrei dovuto rispondere a troppe domande da parte della mia famiglia, perciò appoggiai i gomiti alla balaustra di mattoni e chiusi gli occhi per godermi l'insolita sensazione di libertà e di ubriacante felicità, mentre un vento caldo che sembrava provenire dalle spalle del Vesuvio mi sbatteva sul viso.

Quella sera mi sentii come papà che non tornava a casa se non dopo aver fumato la sua sigaretta lassù. Non era poi un posto tanto speciale, non c'era un panorama mozzafiato, si scorgeva solo il cappello del vulcano e uno spicchio di mare che nei giorni di sole luccicava in lontananza. Si vedevano, però, tanti tetti susseguirsi uno dopo l'altro, fino alla collina, e ognuno era tappezzato di antenne dalle forme più strane: alcune si stagliavano dritte sul crepuscolo, altre, al contrario, se ne stavano ripiegate su se stesse, accartocciate e indebolite dalle intemperie.

Avevo una sensibilità troppo sviluppata e un'immaginazione fervida che nemmeno mi rendevo conto di possedere, perciò mi persi in quel succedersi di antenne e fantasticai che fossero reali, umane, che sentissero la vita, proprio come noi, che parlassero fra loro, che fossero felici o addolorate. In quel tappeto di alberi di metallo a perdita d'occhio io, insomma, incontrai l'umanità che mi contornava ogni giorno, rividi Sasà, Fabio, Viola, Angelo, i miei genitori, Matthias, Giancarlo. Come quelle antenne che vivevano la loro vita quindici metri più vicine al cielo, anche noi, giù, affrontavamo i giorni, il vento e le perturbazioni, ognuno a suo modo, chi tentando di restare in piedi, chi accartocciandosi, chi spezzandosi e chi cadendo.

L'unica differenza fra noi e loro, pensai, è che a noi avevano dato le braccia.

Noi potevamo tendere la mano.

Tornai a casa. Papà stava aiutando la nonna a pulire la cucina perché mamma era brilla e si era dovuta distendere sul letto. Bea era già scesa con Mauro e il nonno dormiva davanti al telegiornale. Mi avvicinai furtivo alla tavola e rubai un'altra fetta di torta, dal frigo invece presi una confezione di würstel. Poi aprii la porta di casa e scivolai fuori. La strada era deserta, nonostante fossero solo le otto di sera, e Matthias stava piegando il cartone che usava come tappeto per tornarsene a casa, se lo stanzone nel quale dormiva poteva essere chiamato casa.

"Ehi, amico!" disse appena gli fui vicino.

Gli porsi la torta e lui mi sorrise. "Danke, Mimì", e mi scompigliò i capelli. Per ultimo cacciai i würstel e li offrii a Beethoven, il quale mi saltò addosso per l'emozione.

"Buona Pasqua," esclamai poi.

“Anche a te,” rispose il tedesco, “sei proprio un bravo ragazzo.”

“Te ne vai?”

“Vado a dormire, Mimì, che devo fare? Non ti preoccupare per me, ci vediamo domani.”

Chiamò Beethoven con un fischio e insieme si allontanarono verso via Salvator Rosa. Rimasi a guardarli a lungo, con la voglia di correre loro dietro e urlare: “Venite da noi, che abbiamo un sacco di cibo e una bella tavola con i fiori. Ci stringiamo e trascorriamo una bella serata insieme. Voi siete miei amici e non meritate di passare così un giorno di festa!”.

Invece non urlai proprio nulla perché sapevo che i miei, soprattutto papà, non lo avrebbero permesso. Quella sera sentii di essere diverso da lui e dagli altri membri della famiglia, che pregavano ogni giorno il loro dio salvo poi tradirlo l’attimo seguente senza neanche rendersene conto.

Prima di rientrare in casa, mi sedetti sullo scalino del palazzo e lasciai che il vento tiepido mi sbattesse ancora un po’ sul viso. Non potevo saperlo allora, ma era venuto a dirmi che l’inverno stava scomparendo per far posto, finalmente, alla stagione estiva: nuovi giorni fatti di canotte, frutta colorata e Sprite, mattine per strada a rincorrere un pallone, arrampicate sui muri di tufo che si sgretolavano sotto le mani, serate all’aperto, lotta alle zanzare, giorni di succo di anguria a colarmi sul mento, di sudate nella Simca di papà, di lentiggini che scoppiavano come popcorn sul volto di mamma, di Beatrice e soprattutto su quello di Viola, giorni di capelli che si schiarivano al sole, di passeggiate con Sasà e Fabio, di nottate sul terrazzo degli Scognamiglio a guardare le stelle e di pomeriggi sulla Mehari, a parlare con Giancarlo di sogni e progetti.

Non potevo immaginarlo quella sera, ma lo scirocco era arrivato prima del solito per annunciarmi la grande novità: di lì a poco avrei anch’io finalmente iniziato a riempire di vita i miei giorni dopo giorni.

Estate

Le fate nascono da una risata

"La zona notte è alla fine del corridoio, con le due stanze da letto. Mi segua," dice l'agente immobiliare.

Si muove nella casa con una certa sicurezza e questo gli infonde fiducia. Gli si legge in faccia che è contento di come sta gestendo la visita e del suo atteggiamento incalzante ma non invadente. Poverino, sapesse che mi sto solo servendo di lui...

"C'era una grossa libreria qui..." mi lascio scappare mentre gli vado dietro.

Il ragazzo nemmeno si gira e risponde: "Be', sì, può essere", come se la mia fosse una domanda.

Era di legno chiaro e ricopriva tutta la parete. Ricordo la sensazione di quando percorrevamo il corridoio di ritorno dal bagno e al nostro fianco sfilavano centinaia di libri. Ora il bianco sporco del muro accentua la sensazione di vuoto allo stomaco che mi accompagna. Metto un piede dopo l'altro e mi giro a guardare alla mia destra, ed è come se la libreria fosse ancora lì, con tutti quei volumi strani sull'arte contemporanea e sul giardinaggio che tanto piacevano al signor Scognamiglio. E poi c'erano i romanzi, davanti ai quali Viola sostava immobile per lunghi minuti.

"Sono divisi per autore," mi disse una volta, mentre studiava i dorsi.

"In ordine alfabetico?" chiesi.

"Già."

"Io li suddividerei per titolo o per editore..." commentai.

Lei puntò l'indice verso gli scaffali più alti e lo fece scorrere lentamente verso destra, i talloni sollevati di qualche centimetro dal pavimento e la fronte aggrottata. Quel giorno indossava gli occhiali da vista e ricordo che mi aveva confidato che non li usava mai perché si vedeva brutta e già aveva l'apparecchio ai denti. "Ma quello non posso toglierlo," aveva ribadito con un sorriso melanconico.

Dal punto di vista caratteriale dimostrava più anni della sua età e, soprattutto, non sembrava essere la sorella di Fabio. Lui, come Sasà, non aveva altri interessi che i motori, le marche e i videogiochi; lei, al pari di me, non era molto attenta all'abbigliamento (nonostante si professasse una punk), amava i libri e la musica. Forse eravamo davvero anime gemelle, anche se lei non lo sapeva. Mi avvicinai per leggere il titolo del libro che aveva sfilato: *Peter Pan e Wendy*, uno dei miei preferiti, di quelli che conoscevo a memoria. Me l'avevano regalato a un'Epifania i miei genitori, che non avevano i soldi per farci una vera calza e perciò andavano di fantasia: il collant era solitamente di nostra madre e dentro non c'erano gli ovetti con la sorpresa della Kinder o i Gianduiotti, né i Baci Perugina, che costavano un occhio, ma il carbone (quello non mancava mai), qualche caramella sfusa, le banane di cioccolato che vendeva il bar in piazza, dei biscotti, le meringhe fatte dalla nonna, e nella mia c'erano sempre quelle gomme a forma di merendina che si trovavano nelle confezioni del Mulino Bianco, conservate dentro una scatolina di carta con sopra disegnato il celebre macinatoio. Mamma sapeva bene che le collezionavo, nonostante in casa i prodotti del famoso marchio fossero banditi, sia perché, come sosteneva papà, non era cibo sano, sia perché troppo costosi, ragion per cui, quella volta che pure riuscivamo ad aggirare la vigilanza del capofamiglia, la nonna virava su dolci di sottomarche sconosciute tipo la crema Tigrella, che ogni tanto faceva capolino nella dispensa ma che della Nutella, purtroppo, aveva solo la stessa desinenza. A volte papà nella calza infilava anche una banconota da mille lire per poi guardarci dall'alto in basso come se il suo fosse stato il gesto più generoso di sempre. Invece nostra madre di tanto in tanto aggiungeva un bigliettino con la sua calligrafia minuta: "Al mio genio, che mi rende una mamma orgogliosa!" ricordo che aveva scritto una sera. Sul biglietto di Bea, invece, c'era la frase: "Alla mia bellissima principessa". Beatrice aveva messo il muso perché, sosteneva, di lei non era mai orgoglioso nessuno, io, invece, perché a me non dicevano mai che ero bello.

"Sai come sono nate le fate?" chiesi d'improvviso a Viola, che aveva le avventure di Peter Pan sotto il naso. Lei si girò a guardarmi con occhi curiosi.

"...Quando il primo bimbo rise per la prima volta, la sua risata si sbriciolò in migliaia di frammenti che si sparpagliarono qua e là. Fu così che nacquero le fate."

Lei sorrise genuina e domandò: "Ma come fai a sapere queste cose? L'hai inventata tu la storia?".

"No, è di Barrie, è nel libro che hai fra le mani...", e ricambiai il sorriso.

"Lo conosci a memoria?", e sollevò il romanzo in aria.

"Sì, e non è l'unico."

"Cioè?"

"Be', ripeto a memoria una trentina di libri. Quasi tutti i classici per i ragazzi."

Lei sembrava sbigottita. "Non ci credo."

"Non ti direi mai una bugia," risposi serio.

Viola corrugò le sopracciglia, mi regalò uno sguardo di sfida, chiuse il libro di colpo (e una nuvola di polvere si alzò con uno sbuffo) e disse: "Allora, vediamo...", e si mise alla ricerca di un nuovo romanzo per poter testare la mia capacità. Sembrava divertirsi, e io con lei. Era iniziato il nostro gioco, quello che ci impegnò e ci legò durante tutta quell'estate magica e spietata.

"Signor Russo? Non mi ha seguito? Prego, di qua, ci sono le altre stanze da vedere..."

Allungo una mano come a voler toccare Viola, come se la ragazzina di allora stesse qui, davanti a me, danzando sulle punte alla ricerca del romanzo giusto.

"Vengo," ribatto, "solo un attimo."

Il tempo di ricordare.

Il tempo di ritrovare.

Di sorridere a una fata.

10 giugno 1985

Quando aprii la porta di casa, mi accolse il buio. Tutti erano già a letto e l'unica luce proveniva dalla finestra della cucina. Il silenzio della notte era turbato dal frastuono di un camion che stava ritirando l'immondizia e dal brusio del ventilatore che continuava a muovere il capo da un punto all'altro della stanza anche se nessuno gli faceva più caso.

Arrivata la bella stagione, in famiglia iniziavano le discussioni sulla possibilità di lasciare le finestre aperte durante la notte. A propendere per questa ipotesi c'erano papà, il nonno e Bea, che dicevano di non riuscire a dormire per il gran caldo, e ne faceva già molto quell'estate. Nostra madre e la nonna, invece, avrebbero preferito chiudere, non solo per i rumori della strada che non si fermavano mai, ma anche perché altrimenti ogni notte iniziava la personale guerra del nonno contro le zanzare, guerra che in genere finiva per coinvolgere l'intera famiglia, costretta a svegliarsi per il putiferio che questi creava.

"Ma le vedi solo tu 'ste zanzare?" aveva chiesto una mattina mamma, assonnata.

"Voi non ve ne accorgete perché attaccano tutte me!" aveva risposto il nonno, stizzito.

"E allora chiudiamo le finestre."

"E poi non dormo per il caldo," era stata la repentina risposta di nonno Gennaro.

La sera nostra madre era tornata con uno spray antizanzare. "Tié," aveva detto mettendoglielo in mano quando le luci della casa erano già spente, "accussì stanotte durmimm' 'nu poco!"

"Maledette zanzare," aveva commentato lui, "ma che ci stanno a fare sulla Terra, che nun servono a niente? Solo a rompere i..."

"Gennaro," era subito intervenuta la nonna per zittirlo.

"Cadi in errore, nonno," era stata la mia pronta risposta, "anche le Culicidae hanno un ruolo nel nostro ecosistema. Sono un ottimo alimento per gli uccelli, per esempio, e le larve servono ai pesci, che se ne cibano in abbondanza."

"Piero Angela, dacci un po' di tregua!" E così mia sorella, appena giunta in cucina con i piedi scalzi, i capelli scompigliati e i pantaloncini del pigiama infilati fra le natiche, aveva posto fine alla discussione.

Dovetti attendere paziente che il camion finisse le operazioni per trovare un po' di pace, anche se dopo non scese di certo il silenzio, quello della campagna per intenderci, rotto dal canto sommesso dei grilli e da un verso in lontananza di una civetta. No, qui i rumori non se ne andavano mai, ti seguivano a ogni passo, facevano parte di te, tanto che arrivavi a non sentirli più. Anche quella notte erano tutti presenti al mio fianco, nella cucina di casa: il trambusto di una vecchia motoretta che rimbalzava sui sampietrini in piazza, lo strombazzare di un'auto in lontananza, la risata di una ragazza forse seduta sulle ginocchia del suo fidanzato, un antifurto che arrivava chissà da dove, le grida di due gatti che si studiavano proprio sotto la nostra finestra. E il russare del nonno, solo di un'ottava più basso di quello di papà.

Nonno Gennaro si svegliava di continuo emettendo dei versi strani, come se stesse per affogare, si alzava nel cuore della notte e infilava il bicchiere sotto il lavandino. Poi andava in bagno e allora potevi sentire il getto intermittente della sua pipì per lunghissimi minuti. Quando aveva finito, a volte si sedeva al tavolo della cucina e sfogliava le riviste della nonna.

"Ma che combini tutta la notte?" gli aveva chiesto un'altra mattina mamma, visibilmente contrariata.

"Loredà, nun riesco a dormì, tengo una strana smania in cuollo..." aveva risposto lui.

"Abbiamo finito con le zanzare e cominciamo con la smania," aveva detto la nonna.

"E per forza, stai sempre su quella poltrona durante il giorno!" era stato il commento di mamma.

"Eeh, dorme di giorno e poi la notte se ne va passiann'!" aveva replicato ancora la nonna, che quando si trattava di spendere una parola contro il marito non si tirava mai indietro.

"'A vipera ca muzzecaje 'a muglierema, murette 'e tuosseco," commentò lui con uno dei suoi soliti proverbi. Quindi fece un sospiro e aggiunse: "Tengo i pensieri...".

"Ma quali pensieri tieni, pà?"

"'O ssaccio io..." aveva bofonchiato, e si era poi isolato a fumare sul balcone della cucina, affacciato su un piccolo cortile che separava il palazzo dalla costruzione adiacente.

Non so cosa gli passasse per la mente, so che un pomeriggio gli andai vicino per chiedergli spiegazioni sulla seconda guerra mondiale, lui sospirò e rispose: "La guerra, Mimì? Io l'ho fatta e ti assicuro che è peggio questa qui di guerra, quella che combattiamo ogni giorno. Altro che tedeschi!".

Fu l'unica volta che si lasciò andare a una simile esternazione, in genere non parlava molto e una delle sue massime ricordo era *Ca vocca chiusa nun traseno mosche*.

Papà, invece, non lo svegliavano neanche le cannonate, trascorreva la notte in un'unica posizione, con il braccio appoggiato sulla fronte e la bocca aperta, e con indosso solo le mutande e una canottiera bianca. Mamma, al contrario, era rannicchiata su un lato, con la sottoveste beige dalla quale spuntavano le gambe ancora muscolose e lisce. Certe volte mi fermavo a guardarla mentre un fascio di luce le illuminava il viso che riposava tranquillo e la trovavo bellissima: il respiro regolare e silenzioso, la bocca carnosa, i capelli liberi sul cuscino (di giorno spesso li raccoglieva con quei bastoncini che si infilava in testa), i piedi sempre curati. Non eravamo ricchi, eppure lei si portava dietro la povertà con eleganza e decoro, al contrario di papà, che ce l'aveva scritta in faccia la sua vita faticata e piena di sacrifici.

Ho sentito dire che i dolori ti restano sul volto e ti rubano il sorriso, invece io credo che siano molto più riconoscibili le rinunce. Sono loro a deformare i lineamenti, spesso a incattivirli, loro a prendersi un pezzetto di pelle ogni volta.

Ricordo che quel giorno era il dieci giugno perché, quando tornai a casa, trovai il quotidiano aperto sul tavolo, cosa strana visto che, in genere, papà ammucchiava i giornali in portineria il pomeriggio. Sfilai i sandali e mi avvicinai al frigo a piedi nudi: dovevo approfittare del trambusto per aprire la porta cigolante. Cacciai fuori la busta del latte e me ne versai un bicchiere, quindi mi sedetti dietro la tavola a sorseggiare la bevanda fresca mentre sfogliavo "Il Mattino". Il camion finalmente si allontanò con un ultimo sbuffo e nella piccola cucina, illuminata solo dalla luce fioca proveniente dalla cappa, restò una specie di ronzio, come se fuori dalla finestra in agguato ci fosse un esercito di zanzare pronte ad attaccarci. L'occhio mi cadde quasi subito su un articolo del giornale, anzi, non sull'articolo, lo sguardo fu rapito dal nome che chiudeva il pezzo: Giancarlo Siani.

Mandai giù un sorso di latte e mi pulii il mento sul braccio mentre avvicinavo gli occhi alla carta. "*Potrebbe cambiare la geografia della camorra dopo l'arresto del superlatitante...*" iniziava così l'articolo del mio amico. Spostai un po' il capo in modo che la luce della cappa piombasse proprio sul foglio e continuai a leggere. "*Dopo il 26 agosto dell'anno scorso il boss di Torre Annunziata era diventato un personaggio scomo-*

do. La sua cattura potrebbe essere il prezzo pagato dagli stessi Nuvoletta per mettere fine alla guerra con l'altro clan..."

Leggevo quelle parole taglienti e nel contempo sentivo un brivido arrampicarsi lungo la schiena, come se fosse stato pieno inverno. È che nel mio piccolo e angusto mondo, che poi era rappresentato unicamente dalla mia famiglia, non si parlava mai di camorra e di fatti di cronaca. Sarà che avevamo la fortuna di vivere tra il Vomero e l'Arenella e, perciò, in un certo senso ci sentivamo protetti, lontani da quello che accadeva nei quartieri più a rischio, sarà che i grandi mi facevano sempre una testa tanta con il fatto che bisogna farsi i fatti propri e non sparlare degli altri, sarà che ogni volta che alla tv qualcuno iniziava a raccontare di sparatorie e omicidi a Napoli il nonno andava in bestia e papà iniziava a sentenziare che la stampa del Nord ce l'aveva con noi perché mostrava una sola faccia della città, che Napoli non è solo la camorra e che, anzi, la maggior parte della gente vive di un lavoro onesto, insomma, a me il fatto che qualcuno di mia conoscenza, un amico, trovasse il coraggio di parlare di quello di cui nessuno parlava, fece scattare un senso di ammirazione infinito.

Qualche giorno dopo aver consegnato la cassetta alla mia amata, Giancarlo, vedendomi accartocciato su me stesso con una Bic e un foglio, si era fermato e aveva chiesto spiegazioni.

"Scrivo," avevo ribattuto serafico.

Si era seduto sul bordo del marciapiede, la mano ad accarezzare Bagheera che faceva le fusa ai miei piedi e lo sguardo diretto al foglio che avevo in mano. Ero arretrato d'istinto, ma Giancarlo era rimasto a fissarmi sorridente. "Se vuoi scrivere, devi anche imparare a farti leggere," aveva commentato con il solito faccione allegro, il ciuffo di capelli neri a tagliargli la fronte e gli occhiali tondi che gli davano un'aria bonaria.

“Vorrei dedicare una lettera a Viola, ma la cosa si sta rivelando difficile,” avevo risposto allungandogli il pezzo di carta.

Mi sentivo morire dalla vergogna mentre il mio amico leggeva le poche righe che avevo buttato giù. Se avessi potuto, sarei scappato via lontano. Scrivere mi piaceva, mi faceva sentire in qualche modo libero, mi dava l’opportunità di esternare ciò che avevo dentro, i miei pensieri, il mio mondo interiore, che del parlato proprio non riusciva a servirsi in modo fluido, ma il fatto che qualcuno potesse invadere quel mondo mi sembrava insopportabile e affascinante allo stesso tempo.

Siccome non riuscivo a reggere l’ansia, avevo spinto lo sguardo oltre, verso l’ingresso del palazzo, dove papà stava chiacchierando con Criscuolo dei probabili futuri acquisti del Napoli, impegnato a trattare, così dicevano in quei giorni le voci, Pecci del Bologna e Claudio Garella, che sarebbe poi diventato il portierone del primo scudetto. Poco più in là donna Concetta era intenta a vendere un pacchetto di Merit a un ragazzo con la barba.

“Sei bravo, si vede che hai letto tanto, anche se devi imparare a servirti delle parole, a cercare la frase perfetta. Non accontentarti del primo pensiero che arriva, aspetta e riprova. La scrittura è anche studio.”

“Non so,” avevo sospirato, “a volte mi sembra di non riuscire a dire ciò che davvero provo neanche con le parole...”

“Perché non parli anche di altro invece di scrivere solo lettere d’amore?”

“E di che?”

“Di quello che ti passa per la testa...”

“Tu scrivi quello che ti passa per la testa?”

“Io sono un giornalista, è diverso, devo scrivere quello che mi accade intorno, devo captare i segnali, avere lo sguardo attento, devo saper dire alla gente quello che non sa, informarla, raccontarle la verità, in modo che poi possa valutare, scegliere. E devo anche aiutare, laddove possibile.”

“Lo vedi che avevo ragione? Aiuti la gente e non hai paura di nulla. Sei un supereroe!”, e avevo sorriso.

Lui mi aveva scombussolato i capelli e aveva risposto: “Se continuerai a ripetermelo, inizierò a credere davvero di avere i superpoteri!”. Poi si era fatto serio e aveva aggiunto: “Invece, Mimì, è sempre importante ricordarsi che siamo umani e non disponiamo di alcun potere, che non siamo infallibili, sbagliamo e spesso paghiamo caro per i nostri sbagli. Sentirsi invincibili non è una buona cosa, perché ti porta a commettere degli errori, a sottovalutare i segnali, a non accorgerti della precarietà delle cose. Ciò che ci rende umani, e per questo speciali, caro Mimì, sono proprio le nostre debolezze, i difetti, se vuoi chiamarli così.”

Quindi si era alzato con un saltello, mi aveva strizzato l'occhio, e aveva concluso: “Allenati ogni giorno...”.

“A scrivere?”

“A essere umano. Impara ad apprezzare la tua vulnerabilità. Ti servirà anche nella scrittura. Credimi.”

Tre giorni dopo si era presentato con un'agenda rossa simile alla sua. “Ho pensato che ti servisse un diario dove annotare ciò che hai da dire...”, e mi aveva allungato il pacchetto. Gli avevo dedicato uno sguardo smarrito e lui si era sentito in dovere di precisare: “È un regalo, Mimì, da uno che scrive a uno che vuole imparare a farlo”.

Avevo deglutito, mi ero aggiustato gli occhiali storti, infine ero riuscito a sussurrare un timido “grazie”. “Non comprendo le dinamiche del giornalismo...” avevo dichiarato l'attimo dopo.

“E chi ti ha detto che devi fare il giornalista! Mica solo i giornalisti scrivono! Sei un grande lettore, ami i romanzi, puoi anche inventare storie, racconti. Un domani magari potresti scriverlo tu un libro...”

“Un libro?” avevo ripetuto, più a me stesso che a lui, come se solo in quel momento mi fossi reso conto che la scrittura serviva a creare anche ciò che più amavo.

“Parli sempre di superpoteri... la lettura e la scrittura sono i poteri più potenti di cui disponiamo, ci ampliano la mente, ci fanno crescere, ci migliorano, a volte ci illuminano e ci fanno prendere nuove strade, ci permettono di cambiare idea, ci danno il coraggio di fare ciò che desideriamo.” Parlava gesticolando, e aveva una strana luce negli occhi. “La verità,” riprese dopo una breve pausa, “è che il più grande potere a disposizione dell’uomo, caro Mimì, quello che ci rende davvero grandi e liberi, è la cultura. E tu dovresti saperlo...”

Un rumore mi fece girare di scatto e dissolse i miei ricordi. Era il nonno che, seduto sul letto, cercava di ficcare i piedi nelle pantofole. Si alzò a fatica e mi raggiunse, quindi posizionò il solito bicchiere (che teneva sul frigo) sotto il rubinetto, sfilò una sedia dal tavolo e si sedette al mio fianco.

“Ma che ora è?”

Schiacciai il pulsante del mio Casio con calcolatrice (il regalo della famiglia per i dodici anni) e il display si illuminò di una luce azzurrina. “Mezzanotte e dieci,” risposi e tornai a leggere l’articolo.

“*Un’ipotesi sulla quale stanno indagando gli inquirenti e che potrebbe segnare una svolta anche nelle alleanze della ‘Nuova famiglia’. Un accordo tra Bardellino e Nuvoletta avrebbe avuto come prezzo proprio l’eliminazione del boss di Torre Annunziata e una nuova distribuzione dei grossi interessi economici dell’area vesuviana.*”

“Non è troppo freddo quel latte?” chiese lui.

Feci di no con la testa, totalmente catturato dalle parole di Giancarlo. Terminato l’articolo, guardai il nonno e non riuscii a trattenere un sorriso di soddisfazione: “È mio amico,” dissi orgoglioso.

“Chi?”

“Giancarlo”, e gli mostrai il giornale.

Lui non lo guardò neanche e rispose: “L’amico è comme ’o ’mbrell’: quanno chiove nun ’o truove maje...”.

"Che significa?"

Nonno Gennaro si grattò la barba sfatta e rispose: "Nun è 'nu buon amico, Mimì!".

"Perché? Ogni tanto ci intratteniamo a chiacchierare, mi ha anche portato con lui in giro sulla Mehari, e mi ha regalato un'agenda. E ci siamo pure recati a vedere una partita di pallavolo!"

"Te la dovresti fare con i ragazzini della tua età, lui è gruoss'..."

"E allora? È simpatico e gentile," risposi sulla difensiva.

"Hai visto quello che scrive?"

Guardai il giornale fra le mie mani. "Certo."

"Lo sai che cos'è la camorra, Mimì?"

"Certo," risposi di nuovo, anche se, a dirla tutta, grandi sicurezze non ne avevo.

"E cos'è?" incalzò lui.

La nonna si mosse nel letto.

"È una cosa brutta che intossica le persone..."

"Già, è una cosa brutta, Mimì, e non bisognerebbe averci a che fare..."

"Giancarlo la combatte."

"Il tuo amico, da solo, non può nulla..." rispose serio, "rischia solo di mettersi in un bel guaio..."

"Non si metterà in nessun guaio, puoi starne certo, lui è un eroe, anzi un supereroe!"

"Sì, come no..."

"Se la pensassero tutti come te, non avremmo gente come Giancarlo!"

"È tardi, Mimì," rispose spazientito, "vatt' 'a cuccà."

Tirai giù l'ultimo dito di latte. "Tu non dormi?" chiesi quindi.

"Nun tengo chiù suonn'..."

"E come pensi di far scorrere le ore?"

"Boh, me ne sto qua, dopo esco sul balcone e mi fumo una sigaretta, senza tua nonna che mi chiama ogni due minuti. La notte è il momento più bello della giornata, l'unico nel quale puoi stare sulo tu e i tuoi penzier', pe truvà 'nu poco 'e pace..."

"E poi poltrisci tutto il giorno davanti alla televisione."

"Mimì," rispose lui, "è un modo come un altro per far passare la giornata..."

"Io non lo reputo un buon modo..." tentai di rispondere, ma lui si alzò per prendere il pacchetto di sigarette. Dall'altra stanza arrivavano nitidi e forti i gorgoglii di papà.

"'Notte," dissi allora, e sgattaiolai furtivo nella camera dei miei.

Mentre ascoltavo la melodia della pipì a intermittenza del nonno, rimuginai sulla conversazione appena conclusa, sul fatto che il mio eroe si sarebbe potuto mettere in un bel guaio, e per un attimo provai paura per lui. Poi i miei pensieri si spostarono lentamente, senza che neanche me ne accorgessi, verso Viola, con la quale avevo trascorso una piacevole serata a parlare di stelle e viaggi sul terrazzo degli Scognamiglio, nonostante un primo imbarazzante momento (che per fortuna non aveva lasciato strascichi) di cui racconterò dopo. Lei aveva anche offerto una foglia di lattuga a Morla, che l'aveva guardata stranita, forse chiedendosi chi fosse quella fata venuta fin lassù a rompere la monotonia delle sue giornate.

"Prima della fine dell'estate la libererò!" avevo esclamato a un certo punto guardando la testuggine.

Viola non aveva detto una parola.

"Non è giusto che trascorra il suo tempo quassù, in gabbia," avevo aggiunto allora, "tutti noi abbiamo diritto di vivere al meglio la nostra vita. Io da grande andrò via, partirò con uno zaino in spalla. Non ho mai viaggiato, a stento ho visto il centro di Napoli, non credi che sia giusto cercare di conoscere il mondo?"

Viola aveva preso ad accarezzare il guscio dell'animale e aveva risposto: "Io, invece, ho viaggiato parecchio. Con i miei siamo stati anche in America due volte. Papà è un pilota...".

"E com'è?"

"Cosa?"

"L'America..."

"Enorme..."

Me ne ero stato in silenzio per un po', cercando di immaginare cosa si provasse a camminare nei luoghi dove erano stati girati i film che più amavo, poi lei aveva detto: "Anche io partirò, andrò a studiare all'estero, forse a Londra".

"Può darsi che le nostre strade si incroceranno anche lì allora, in terra britannica," avevo risposto, "mi piacerebbe visitare la città di Sherlock Holmes..."

"Certo che sei proprio diverso dalla tua famiglia, eh?" aveva fatto lei.

"In che senso?"

"Be', sei colto, curioso, studioso, non si direbbe mai che sei figlio di un portiere..."

Lì per lì avevo sorriso, perché la frase mi era sembrata un complimento. Perciò, quando finalmente il nonno ebbe finito di fare pipì, sprofondai in un sonno sereno nonostante il russare di papà, senza neppure immaginare quanto la stupida risposta classista di Viola avrebbe fatto del male a me e alla mia famiglia. Senza sapere che l'avrei ripetuta a mio padre in un momento di rabbia, qualche settimana dopo. Senza lontanamente immaginare che con quell'articolo, che avevo letto di sfuggita al buio senza comprenderlo fino in fondo, il mio amico Giancarlo, a soli venticinque anni, aveva firmato la sua condanna a morte.

Per Elisa e il Concilio di Trento

Con Viola eravamo ormai amici: ci vedevamo quasi ogni giorno, anche se lei, in realtà, continuava a frequentare il tizio che assomigliava a Nick Kamen. Un pomeriggio mi aveva chiesto di lui. "Che ne pensi di Samuel?" ed era restata a squadrarmi come se il mio parere fosse per lei importante. Avevo alzato le spalle e risposto: "Non saprei che dirti, non posso esprimere un giudizio su una persona che non conosco, non mi sembrerebbe corretto...".

"Uffa, e che palle che sei, Domenico! Ti ho solo chiesto un parere a pelle."

L'avevo fissata e lei aveva aggiunto: "È più grande di noi. Ed è intelligente, sai...".

Chissà perché desiderava farlo apparire ai miei occhi come il miglior ragazzo sulla terra. Così non avevo resistito e avevo risposto con aria sprezzante: "Ma davvero sei sedotta dai tipi come quello?".

Viola, però, non se l'era presa e aveva ribadito il concetto con fermezza: "Mi fa ridere".

"Non è un buon motivo per passare del tempo con una persona."

"E qual è un buon motivo? Tu lo sai?"

Avevo dovuto pensarci bene prima di rispondere. Eravamo seduti su un muretto (manco a farlo apposta, di fronte alla parete di tufo sulla quale spiccava la scritta spray in rosso *ama*), io con indosso dei bermuda e i vecchi e odiati sandali (le espadrillas erano a lavare) e lei con una gonna di jeans. Il tempo dei punk per Viola era già finito.

"Un buon motivo è volersi bene, avere accanto un uomo che ti rispetti e ti protegga...", e le avevo afferrato la mano.

Lei era sgusciata subito via rispondendo: "Domenico, ne abbiamo già parlato, tu e io siamo solo amici...", e mi aveva regalato un sorriso malconcio nel quale non sembrava credere fino in fondo.

Avevo tentato di recuperare un po' di dignità. "Sì, lo so. È solo che sono preoccupato per te, meriteresti di meglio. Qualcuno che ti ami...", e avevo indicato con il mento la scritta a pochi metri da noi.

Lei non aveva alzato nemmeno lo sguardo. "So quel che mi merito, non ti preoccupare."

"Guarda che puoi sbavare dietro mia sorella per tutta la vita, non te la darà mai, lei mira in alto," aveva detto un giorno Fabio.

"Ma come parli? Portale rispetto!" avevo urlato quasi senza accorgermene e lui aveva fatto spallucce rispondendo: "Io le porto rispetto, ti sto solo dicendo che perdi il tuo tempo", e poi aveva crossato al centro per Altobelli, la punta dell'Inter.

Erano gli anni nei quali il Subbuteo andava per la maggiore e non c'era negozio di giocattoli che non mostrasse in vetrina almeno un paio di squadre con le casacche più famose. A Fabio, ovviamente, i genitori avevano subito regalato il panno da gioco, le porte, due squadre (una rossa e una blu) e un set di palloni a scacchi.

A ogni modo, ritornando a Viola, non ho detto che quella sera del dieci giugno avevo osato spingermi dove non mi ero mai spinto: nei giorni precedenti le avevo parlato di Morla, le avevo raccontato di tutte quelle piante strane nel salotto degli Scognamiglio, della grande libreria e del pianoforte in camera da letto. Quando aveva sentito la parola "pianoforte", i suoi occhi si erano accesi di una luce che non conoscevo.

"Hanno anche un pianoforte? Non gliel'ho mai sentito suonare..." aveva commentato.

"Sì, certo, nella stanza da letto."

"E perché non nel salotto?"

Ci avevo riflettuto un attimo e avevo risposto: "Non so, forse perché è già pieno di mobili".

"Mi ci porti?" aveva allora chiesto, e io non ero riuscito a nascondere un vistoso sorriso di soddisfazione.

Il progetto non era di difficile attuazione, mi sarebbe bastato attendere dopo cena per rubare le chiavi dalla portineria; finita la scuola, infatti, la sera ci ritrovavamo tutti giù in strada, io, Viola, Fabio e Sasà, il quale era tornato a scendere con maggior frequenza. Un giorno avevo trovato il coraggio di porgli la domanda che non doveva essergli posta, quella che mamma si era premunita di vietarmi.

"Come sta tua madre?" avevo domandato mentre eravamo intenti a infilare una moneta nel distributore pieno di palline colorate situato all'esterno della salumeria. Fra le mie tante collezioni non potevano mancare le biglie, che conservavo in un vecchio cartone delle scarpe donatomi dalla nonna in gran segreto. Un tempo lì dentro c'erano i mocassini buoni di nonno Gennaro, che indossava solo nelle occasioni importanti e che adesso, invece, erano stati confinati in un sacchetto. "Nun dicere niente a quel vecchio lamentoso!" aveva esclamato lei mentre mi consegnava la scatola con un sorriso.

Sasà mi aveva risposto senza distogliere lo sguardo dal distributore, mentre succhiava un Calippo alla Coca-Cola accompagnandosi con versi rumorosi. "Sempre uguale."

"Cioè?" lo avevo incalzato, non soddisfatto.

Lui a quel punto si era voltato. "Mimì, ma che bbuò stasera? Ià, andiamo a giocare, che oggi non voglio pensare a niente!"

Lo avevo seguito e ci eravamo riuniti ai fratelli Iacobelli che ci attendevano sul muretto poco più in là, quindi ero rimasto in silenzio mentre i due maschi cercavano di convincere Viola a prendere il ruolo del quarto nella partita al biliardino al bar in piazza.

Fu l'unica volta che tentai di parlare con Sasà della madre. Tre anni dopo, quando la signora morì, lui non era più il mio amico del cuore.

Ma stavo raccontando di me e Viola. Ero riuscito a intrufolarmi in portineria e a trafugare le chiavi di casa Scognamiglio, quindi mi ero diretto alle scale con passo felpato. L'ascensore all'ultimo piano, infatti, avrebbe potuto insospettire gli Iacobelli, che sapevano che i vicini erano in Sicilia dalla figlia, dove avrebbero trascorso l'intera estate.

Viola si era fatta trovare sul pianerottolo. "Fabio è sceso, gli ho detto che sarei arrivata dopo," aveva sussurrato alle mie spalle mentre cercavo di aprire la porta facendo meno rumore possibile.

Una volta dentro, ci eravamo guardati attorno circospetti, mentre dalle finestre del soggiorno arrivava la luce della luna a rendere perlacee le stanze. Avevo allungato la mano alla ricerca della sua e lei stavolta si era fatta guidare. Non sembrava colpita dalla casa, non di certo come Sasà, che la prima volta se n'era andato in giro a bocca aperta. D'altronde la sua, di casa, non era da meno.

"Dov'è il piano?" aveva chiesto subito.

"Vieni", e l'avevo trascinata in camera da letto.

Si era infilata dietro il pianoforte e io mi ero sistemato in piedi al suo fianco, facendomi sostenere dalla parete bianca. La camera, al contrario delle altre, era austera, arredata con pochi mobili, uno specchio ovale con la cornice dorata sulla parete di fronte al letto e un grande crocifisso intarsiato sopra il materasso. Era una stanza che mi incuteva un certo timore perché si trovava in fondo al corridoio ed era sempre al buio, al contrario del resto della casa. Io non ero abituato all'oscurità: nel nostro piccolo appartamento non c'era spazio per zone buie, anfratti dove si andavano ad annidare le paure più recondite. Quella sera, però, la mia attenzione era stata per lei, la fata che sedeva a un metro da me, la pelle nuda della schiena che usciva dal top scollato e il suo profumo che mi arrivava sotto le narici mi inebriavano e già pensavo a quando mi sarei chiuso in bagno per dedicarle l'ennesima fantasia.

"Cosa ti suono?" aveva chiesto.

Mi ero staccato dalla parete. "Mi rammarica ricordarti che non puoi suonare," avevo risposto con un sussurro, "ci sentirebbero."

Lei mi aveva dedicato uno sguardo triste e aveva posizionato le mani sui tasti; aveva i capelli raccolti in una treccia e le labbra che odoravano di ciliegia. "Allora vorrà dire che te la canterò", e si era messa a sfiorare i tasti mentre sussurrava le note con la bocca dando vita a una melodia conosciuta.

"*Per Elisa*," avevo esclamato subito, ma lei non si era voltata, troppo concentrata nel mettere in scena l'anomalo spettacolo. Si muoveva con eleganza, le dita che fluttuavano veloci nell'aria e la lingua che quasi faticava a stare al passo. Il tutto era reso ancora più magico da un piccolo fascio di luce che puntava convinto il pianoforte e le rendeva la pelle del colore del latte. "Sembri una fata..." avrei voluto dirle, ma non avevo trovato il coraggio di interrompere quella magia.

A voler essere sinceri, io quel brano ero arrivato a odiarlo. E con me anche il nonno e gran parte della mia famiglia. La primavera precedente, infatti, le nostre giornate erano state scandite dall'esecuzione ininterrotta del pezzo. "Ma chi sarà mai?" aveva chiesto nonno Gennaro sporgendosi dalla finestra. "Ma non si annoia a replicare sempre la stessa opera?" avevo sbuffato io un pomeriggio in cui il musicista invisibile non smetteva più e mi impediva, in tal modo, di occuparmi del Concilio di Trento.

Sarà stata la melodia che scaturiva dalla sua voce invece che dal piano, sarà che Matthias mi aveva fatto ascoltare Beethoven con un tale entusiasmo che avevo imparato ad amarlo anche io, sarà che mai avrei pensato di ritrovarmi in una camera da letto, al buio, con la mia sirena... insomma mi ero lasciato vincere dall'emozione e guidare dall'istinto, le avevo bloccato le mani, avevo interrotto quella danza silenziosa che mi faceva pensare a una pioggerellina primaverile su un campo di fiori e le avevo schioccato un fulmineo bacio sulla bocca.

Il concerto era terminato con il rumore secco delle sue dita sulla mia guancia.

Qualche sera dopo mamma restò al telefono (l'unico della casa, quello grigio della Sip, posizionato su una piccola mensola vicino alla porta d'ingresso perché la presa si trovava solo lì) con una collega per un quarto d'ora, senza aprire bocca e pallida in viso, mentre Beatrice sbuffava ogni due secondi per via della chiamata serale di Mauro che sarebbe dovuta arrivare di lì a poco.

Quando, infine, posò la cornetta, papà chiese: "Che è stato?".

"È morto Mastrangelo. Un infarto."

"Ah," commentò lui, la forchetta ancora a metà strada.

"Eh."

Poi seguì un lungo silenzio che fu occupato dalla voce del telegiornale.

"E mò?" chiese infine la nonna.

"E mò ho perso il lavoro!"

Papà proseguì a mangiare in silenzio con la testa nel piatto, nostra madre, invece, si alzò e mise le stoviglie nel lavello con lo sguardo torvo e i gesti frettolosi. A quei tempi non avevo ancora chissà quale percezione della morte, eppure seppi cosa fare, come se qualcosa dentro di me, più preparato di me, mi guidasse. Mi avvicinai a lei, pronto a rincuorarla, solo che mi accorsi che non piangeva, rifletteva e si mangiava le unghie; si sforzò di sorridermi e mi pregò di tornare a tavola. Dopo un po' si rivolse al marito: "E mò come facciamo?".

Lui continuò a guardare la televisione e, con la bocca piena, bofonchiò: "Non facciamo niente, il mio stipendio basta. Così tu ti puoi dedicare a Bea e a Mimì. Dopo l'estate, semmai, si vede".

"Sono grande, non ho bisogno di tutori," replicò Beatrice, raggomitolata sulla sedia accanto al telefono, con il libro di storia sulle ginocchia e i piedi scalzi poggiati sul bracciolo del divano. Di lì a poco avrebbe dovuto sostenere gli esami di maturità e in casa, in quel periodo, non si parlava d'altro. Mi ero anche offerto di aiutarla, ma lei si era messa a ridere e aveva commentato: "Non sia mai, con la tua pignoleria non finiremmo più. Io, invece, tengo un piano".

"Che piano?" avevo chiesto.

"Ho registrato un'audiocassetta mentre leggo i passi più importanti e l'ascolto di notte, dormendo."

"Mentre dormi?"

"Eh, dicono che il cervello così assorbe le notizie senza sforzo. Dovresti saperlo, non sei uno scienziato tu?", e mi aveva sorriso.

Avevo scosso il capo e mi ero allontanato senza chiederle altro. Non volevo avere responsabilità nel suo più che certo fallimento scolastico.

L'avvocato Mastrangelo l'avevo incontrato da bambino e non avevo ricordi di lui, nondimeno la notizia mi ferì. Sapevo che con la sua morte avrei finito di collezionare libri e che anche le giornate di mamma sarebbero inevitabilmente cambiate, capivo che con il solo stipendio di papà la nostra piccola vita sarebbe divenuta ancora più piccola, tuttavia nel resto della famiglia non riscontravo grande preoccupazione, tutti continuavano a mangiare come se nulla fosse.

Nostra madre impiegò otto mesi per trovare un nuovo lavoro e il merito fu di papà che, come al solito, chiese un favore personale a un amico della zona, amico a sua volta di un signore che aveva un laboratorio di analisi a Fuorigrotta. Ma durante quell'estate mamma fu libera e la cosa mi rese felice. A metà mattinata Sasà e io rientravamo in casa e lei ci faceva trovare i biscotti fatti in casa e un bicchiere di latte. Quando, invece, Sasà non poteva scendere e Fabio e Viola non c'erano, seguivo lei e nonna Maria al mercatino di Antignano. La nonna era una maestra del mercato, conosceva ogni ambulante, qualsiasi bancarella, e si muoveva all'interno di quelle vie intricate come fossero casa sua. Era capace di trattare sul prezzo per minuti, senza indietreggiare di un millimetro, finché il venditore di turno cedeva, stremato. Una mattina restammo un'ora a contrattare per un paio di mutande che costavano duemila lire. Alla fine la nonna la spuntò e tornò a casa sorridente e soddisfatta con un paio di slip da mille lire per il marito. Spesso i nonni litigavano e lui se ne usciva con questa frase: "Ma che ne sai tu, che conosci solo il tuo mondo e nulla cchiù!".

Era vero, la nonna conosceva solo una piccola parte del mondo, il suo. Però, cavolo, quella piccola parte la conosceva davvero bene.

Quando, l'inverno successivo, mamma riprese a lavorare, si presentò il problema di come avrebbe raggiunto il laboratorio. Lei disse che avrebbe preso l'autobus, solo che non passava mai e restava ore ad aspettare il 183, il 187 o il 185, gli unici tre pullman che portavano a Fuorigrotta. Andò avanti e indietro con gli autobus per qualche mese, poi, un sabato mattina – il giorno dopo sarebbe stato il suo compleanno – papà mi svegliò in gran silenzio e disse: "Mimì, stamattina niente scuola, dobbiamo andare a ritirare il regalo per tua madre".

Lei era ancora nel letto e con voce impastata domandò: "Rosà, dove andate? Mimì non ha fatto neanche colazione".

"Al bar..." rispose lui con un risolino.

"E la scuola?"

"C'è sempre tempo per andare a scuola, tanto Mimì è 'nu mostr'!"

Eravamo invece diretti in una concessionaria della Fiat nei pressi della stazione Garibaldi. Era la prima volta che entravo in un negozio di auto e mi aggirai incuriosito fra le macchine in esposizione: c'erano la Panda, la Regata, la Ritmo, la 131 Mirafiori e la Uno, che volevano tutti. Ci dirigemmo nell'officina dove si trovavano le auto usate e papà si fermò davanti a una Cinquecento gialla che brillava sotto i raggi del sole.

"Guarda che bella, Mimì!" esclamò, già seduto in auto. "È il regalo per mamma. Solo che lei non lo sa, è il nostro segreto!"

Da che ricordassi, avevamo sempre avuto la Simca 1000 color verde oliva, perciò il fatto che stessimo per acquistare un'altra auto, e che auto!, mi lasciò interdetto.

Papà nel guidare si fece prendere dall'euforia e sulla strada del ritorno esclamò: "Mimì, guarda la classe!", poi diede vita a quella che da molti era conosciuta come la mitica "doppietta", spauracchio degli automobilisti meno esperti, una manovra orchestrata mano destra, piede destro, piede sinistro. Lui esperto lo era, cosicché l'attimo dopo la macchina scalò di marcia e con il motore a mille si lanciò a tutto gas verso piazza Municipio.

"Che te ne pare, so' bravo, eh? Ricorda, con me non sentirai mai una grattata!"

Papà era fatto così, quando era di buonumore mi trattava come fossi un amico con il quale non c'era bisogno di spiegazioni o chiarimenti.

Arrivati a casa, posteggiammo l'auto in gran segreto e inventammo una scusa con mamma, in attesa di mostrarle l'incredibile regalo l'indomani. La mattina seguente, però, papà uscì prestissimo e fece ritorno dopo pochi minuti, paonazzo in viso, gli occhi fuori dalle orbite, la fronte imperlata di sudore e la voce stridula.

"È sparita," esordì con un sussurro.

Mamma si voltò di scatto e domandò: "Chi?".

"Chi? 'A Cinquecento! Se l'hanno arrubbata!"

Mamma non conobbe mai la sua auto, e papà si prese pure un bel rimbrotto perché per risparmiare non aveva voluto montare un antifurto.

"Senza 'e fesse, 'e diritte nun campan'," fu il piccato commento del nonno.

Purtroppo quello che credevo fosse il nostro segreto, mio e di Viola, e cioè che potevamo disporre a piacimento delle chiavi di casa degli Scognamiglio, non rimase tale. Lei, infatti, confessò tutto al fratello e in breve Sasà si presentò davanti al sottoscritto chiedendo come mai loro due fossero stati esclusi.

"In quella casa non c'è nulla che possa interessarti," tentai di difendermi con finta noncuranza.

"Ué, Mimì, ma tu sì scemo? Lassù possiamo fare quello che ci pare, ci ubriachiamo, facciamo scherzi telefonici..."

"Se papà ci scopre, sono guai!" esclamai in preda allo sconforto. Sapevo, infatti, che non sarei riuscito a tenergli testa per molto.

"Non ci scoprirà nessuno, stai tranquillo e fidati del tuo Sasà. Stasera veniamo con voi..."

"Ma veramente..."

"Veramente cosa?" chiese con tono più aggressivo.

Rimasi in silenzio e chinai il capo.

"Mimì, lo sai, ti ho sempre protetto e anche aiutato con questa storia, però tu hai pigliato una brutta fissazione con Viola. Quella è n'atteggiata, te l'ho detto, tene 'a puzza sotto 'o naso, ti usa solo per divertirsi."

A quelle parole non riuscii a trattenermi. "Ah sì, e il tuo

amico Fabio invece? Lui non ti usa? E tu non ti fai usare come meglio crede?”

Lui si fece serio, mi agguantò la nuca con la mano calda e mi puntò gli occhi addosso. “Mimì, tu della vita non hai ancora capito un cazzo. Sono io a usare lui,” ribatté quindi, e mi lasciò sul marciapiede imbrattato di urina.

Pochi metri e tornò indietro. “Solo a te non ti ho mai usato. E lo sai perché?”

Feci di no con la testa.

“Pecché tu nun tiene niente.”

Non ho mai capito se per lui quello fosse un complimento. A ogni modo la sera stessa mi ritrovai a sopportare la presenza dei due energumeni in quello che pensavo fosse un nido d’amore. Nonostante li pregassi di muoversi piano, loro sembravano fregarsene delle mie parole. Trascorsi l’intera serata in ambasce, con l’orecchio teso ad ascoltare ogni minimo rumore, temendo che da un momento all’altro qualcuno suonasse alla porta. Loro ridevano per ogni fesseria e io me ne restavo in un angolo a immaginare la faccia di mio padre una volta scoperto quel che succedeva lassù, oppure pensavo a quando mi sarei ritrovato i carabinieri in casa, alle lacrime di mia madre, al disprezzo del nonno, che da sempre andava ripetendo che “’A bona campana se sente ’a luntano”, cioè che nella vita la persona seria si nota subito. Cosa avrebbe detto di me, smascherato a gozzovigliare in casa d’altri?

Mentre Sasà faceva la voce stupida al telefono con una malcapitata signora e Fabio rideva come uno scemo, sarei potuto andare da Viola, che se ne stava sul terrazzo a giocare con Morla, ma mi sentivo tradito dal suo gesto, la rivelazione al fratello mi aveva ferito molto più di quanto avesse fatto la frase di qualche giorno prima e non riuscivo a nascondere il dispiacere.

In breve i due finti guappi si stufarono degli scherzi telefonici e ci raggiunsero all’esterno canticchiando i versi de *L’estate sta finendo*, la canzone dei Righeira che impazzava nelle radio. Poi a Sasà venne un'idea folle delle sue. "Uagliò," disse, "datemi un cacciavite."

Ci guardammo straniti e lui aggiunse con aria fiera: "Dobbiamo incidere le nostre iniziali sul muro!".

"Tu sei uno squilibrato," protestai.

"Mimì, non fare il cacasotto come al solito, è una specie di rito per la nostra amicizia. Un domani tutti sapranno che siamo passati da qui..."

"Non vedo a chi possa interessare..." tentai di ribattere, "e poi, se se ne accorge Scognamiglio, abbiamo un problema."

Fabio, però, aveva annuito ammirato alle parole di Sasà e anche Viola era rimasta colpita, così non mi restò che capitolare. "Almeno incidiamole sul muro esterno del fabbricato, fuori dal perimetro del balcone."

Sasà acconsentì alla mia richiesta e l'attimo dopo era già con il busto per metà sospeso nel vuoto, a graffiare l'intonaco con una chiave – perché un cacciavite proprio non sapevamo dove trovarlo – mentre Fabio lo teneva per le gambe e Viola applaudiva entusiasta. L'unico impaurito per la situazione ero io, che pregai più volte il mio amico di stare attento e di fare in fretta.

Terminata l'opera, i due si dedicarono a una gara di rutti mentre consumavano una sigaretta dopo l'altra. Da un po' di tempo, infatti, avevano preso la fissa per il fumo. Aveva iniziato Sasà, che un giorno si era presentato da me per confidarmi il grande segreto. Lo avevo guardato esterrefatto, non credendo alle mie orecchie.

"Ogni tanto fotto una sigaretta a papà," aveva spiegato allora lui, "è troppo figo, te fa sentì cchiù gruoss'!"

Non sapevo cosa dire ed ero rimasto in silenzio. L'attimo successivo il suo sagace piano si era svelato dinanzi ai miei occhi. "Mimì, devi provare anche tu!"

Siccome quello che diceva Sasà per me era legge (un po' come la televisione per i miei), avevo infine annuito e atteso istruzioni. Lui si era accostato al mio orecchio e aveva coperto la bocca con la mano, infine aveva esclamato: "Ho un piano infallibile". Voleva che lo aiutassi a rubare un pacchetto a donna Concetta.

"Tu sragioni, Sasà, quella povera donna credo sia sola e le sigarette sono il suo unico guadagno!" mi ero visto costretto a rispondere. "E poi ha mille occhi. E rubare è peccato grave!"

Lui si era contrariato e aveva risposto: "Mimì, non fare la femminuccia, io la distraggo e tu prendi il pacchetto!".

Avevo esitato, anche perché donna Concetta era sempre gentile e affettuosa con noi, ma lui non aveva voluto sentire ragioni: mi toccava provare, a meno che non volessi litigare con il mio migliore amico. Il giorno seguente Sasà si era messo a palleggiare proprio di fronte alla bancarella di sigarette e a un certo punto aveva cacciato un urlo e si era accasciato a terra tenendosi la caviglia.

"Che è stato?" aveva chiesto subito la donna, allarmata.

"Mi sono rotto la gamba!" aveva esagerato Sasà per convincerla a prestargli soccorso.

E, in effetti, donna Concetta aveva dato inizio alla solita procedura di svariati secondi che l'avrebbe portata a sollevarsi eretta. D'altronde pesava più di una tonnellata, doveva aver superato i settanta, aveva le gambe che sembravano stinchi di maiale, grasse e piene di vene varicose, e in piedi l'affanno era a tal punto opprimente che era costretta a muoversi sempre rasente il muro dei palazzi per usufruire di un sostegno. Non ho mai saputo dove abitasse, di sicuro in zona, perché ogni mattina alle otto in punto era al suo solito posto e la sera non smontava se non si facevano le nove.

"Fa' vedé..." aveva detto una volta al fianco di Sasà, il quale mi aveva strizzato l'occhio di soppiatto, come da accordi.

Mi ero avvicinato furtivo alla postazione della vecchia e avevo sfilato un pacchetto dalla borsa che lei poggiava sempre sotto il bancariello. "Non prendere quelli esposti," si era raccomandato il mio amico, che pensava sempre a tutto, "altrimenti se ne accorge."

Solo quando ero ormai lontano, con un pacchetto di Marlboro rosse in tasca, lui si era rimesso in piedi commentando: “Sto meglio, donna Concé, solo un grosso spavento”, come sentiva sempre ripetere ai telecronisti alla tv.

“È pecché nun te stai ’nu minuto fermo, tieni l’arteteca!” aveva risposto la donna, prima di tornare lentamente al suo posto.

Ci eravamo diretti verso una rampa di scale nei pressi di piazza Leonardo e lì avevo provato per la prima volta a fumare. Nonostante avessi un po’ di timore iniziale, non ero tornato indietro sulla decisione, anche se dopo il primo tiro avevo iniziato a tossire come un matto e la testa si era messa a vorticare senza tregua.

Qualche volta mi chiedevo se non fossi troppo docile con Sasà, se non accettassi le sue direttive come un cane fa con il padrone, e sempre mi rispondevo che, in effetti, avrei potuto ribellarmi sì, ma che in fin dei conti lui, con le sue piccole prepotenze, non aveva mai invaso davvero la mia libertà, la mia individualità. L’unica volta che ciò era accaduto avevo trovato dentro di me la forza per reagire e difendermi, e Sasà, pur sorpreso, aveva fatto comunque un passo indietro.

Alcuni mesi prima, era ancora inverno, un pomeriggio mi era venuto vicino con aria spavalda e mi aveva strizzato l’occhio. In mano aveva una bomboletta spray.

“Che vuoi fare?” avevo chiesto subito, subodorando guai.

“Ho un piano diabolico,” era stata la sua risposta, “seguimi!”, e aveva tirato dritto verso la parete di tufo che delimitava la strada.

Gli ero andato dietro in silenzio, nonostante la certezza che stavamo per infilarci in qualche guaio, come sempre accadeva con i “diabolici piani” di Sasà. Si era avvicinato al muro e si era messo a scrivere con lo spray rosso.

“Ma sei folle? Che diamine vai combinando?” avevo domandato guardandomi intorno impaurito.

Se ci avesse visto qualcuno, sarebbero stati dolori. “Imbrattare un bene pubblico è reato, Sasà," avevo provato a obiettare, ma lui nemmeno aveva risposto e si era voltato sorridente per mostrarmi l'opera appena conclusa.

Sulla parete svettava la scalcinata scritta *Mimì ama Viola*.

Ero restato immobile, la bocca spalancata, senza trovare il coraggio di dire nulla, e allora lui si era sentito in dovere di spiegare. "Be', non sei fissato con quella? Nun te piace? Ho pensato che così lei lo leggerà e la conquisterai una volta per tutte", e aveva sorriso.

Mi sembrava di non avere le parole per esternare lo sdegno e la rabbia, perciò lui aveva proseguito: "Che c'è Mimì, che è quello sguardo mazziato?".

"Sei uscito del tutto di senno?" ero riuscito finalmente a domandare.

"Di senno? Che vai dicendo?"

"Non ti permetto di disporre della mia vita in questo modo. Non hai il mio permesso," avevo obiettato, finalmente risoluto.

Davanti a quei paroloni, lui era sembrato sgonfiarsi. "Ma scusa, non ti attizza quella? Non vuoi dichiararle il tuo amore?"

"No, non ho alcuna intenzione di dichiararle il mio amore. Non così, almeno. Ora cancella prima che arrivi qualcuno."

Sasà mi aveva dedicato uno sguardo annoiato e aveva sbuffato; quindi, vedendo che non retrocedevo di un millimetro, aveva scarabocchiato sopra al mio nome e a quello di Viola.

Per anni il muro sotto casa ha accolto l'unica parola sopravvissuta alla mia furia, quell'*ama* che con il tempo è diventato per me quasi un incitamento, anzi un modo di intendere e affrontare la vita.

La frase classista di Viola la ripetei a mio padre un paio di settimane dopo, ai primi di luglio. L'afa non lasciava tregua e nella nostra piccola casa la notte non si riusciva a respirare, così in quei giorni allungammo le visite a Morla e alle piante; se all'inizio restavamo lassù un quarto d'ora o poco più, adesso papà non voleva scendere prima che il buio avesse inghiottito i contorni dei palazzi. Se ne stava lì, pensieroso in volto, spesso senza dire una parola, a innaffiare le piante, quindi arrotolava la pompa e, con i piedi ancora bagnati (saliva sempre in pantofole dagli Scognamiglio), si appoggiava alla ringhiera e si accendeva una Ms. Io restavo a giocare con la tartaruga, oppure ne approfittavo per leggere qualche pagina di un romanzo.

In quel periodo ero alle prese con due libri, e uno di questi era *Il piccolo principe*, che avevo già letto, ma che non potei fare a meno di sfilare dalla libreria degli Scognamiglio per sfogliarlo durante le mie visite solitarie sul terrazzo. Avevo iniziato a utilizzare la casa anche come covo personale: salivo nei momenti più disparati, soprattutto dopo pranzo, quando ero certo che papà stesse dormendo, mi sdraiavo fuori per terra, in un posto all'ombra, e leggevo avidamente mentre Morla al mio fianco schiacciava un pisolino. Oppure provavo a scrivere qualcosa sulla mia agenda, che portavo sempre con me.

"Ma che scrivi tutto il giorno?" mi aveva chiesto una volta la nonna. "Pensieri," avevo risposto fiero, anche se, in verità, mi turbinava in testa da un po' l'idea di narrare una storia a metà tra realtà e fantasia, un romanzo con protagonisti me e Viola.

A volte, invece, restavo a guardare giù, l'andirivieni di auto, motorini e pullman che facevano vibrare il palazzo, a osservare le persone che attraversavano di corsa la piazza arsa dal sole. Era stato in uno di quei pomeriggi che avevo notato per la prima volta due uomini fermi all'ingresso della nostra via chiusa. Mi ero accorto di loro perché mi sembrava stonassero nel caos, sagome immobili in primo piano mentre sullo sfondo tutto scorreva. Erano rimasti quasi mezz'ora a scrutare la zona e i palazzi, ogni tanto si incuneavano nella nostra strada e poi ricomparivano in piazza, come se stessero effettuando un sopralluogo.

La sera mi era venuta voglia di parlarne con Sasà, perché a lui le storie strane piacevano e chissà cosa ci avrebbe ricamato: che erano delinquenti, oppure carabinieri in borghese, o detective che stavano pedinando qualcuno. Mi avrebbe costretto a tenerli d'occhio, a costruire sopra quei due una vicenda avvincente per riempire i vuoti di quel luglio caldo e della sua vita. Da qualche giorno, infatti, lo si vedeva di meno, così avevo chiesto notizie a mio padre, il quale mi aveva confidato che la mamma di Sasà era stata ricoverata per ulteriori accertamenti. Allora non gli avevo detto niente e mi ero dimenticato della vicenda.

Nell'ultima settimana Viola era salita con me solo un paio di volte: il nostro rapporto non sembrava più quello di prima e lei era sempre imbronciata, spesso rispondeva male ed era distratta. Le raccontavo qualche aneddoto di Morla o infilavo la cassetta di Vasco nello stereo, ma non sembrava mai veramente interessata a quel che dicevo. Io, però, continuavo ad amarla, a dispetto di tutto, continuavo a cercare di incuriosirla con le mie storie. Avevo accantonato l'idea di conquistarla con i superpoteri perché c'era qualcos'altro che mi permetteva di starle accanto e rubarle un sorriso: i libri. Viola aveva, infatti, espresso il desiderio di conoscere *La storia infinita*, dono dei miei per una Befana dopo che avevo adocchiato il libro su una bancarella di piazza Mercato. La sera del cinque gennaio era prassi, per la famiglia Russo, recarsi nell'antica piazza commerciale di Napoli a passeggiare fra le bancarelle piene di dolciumi, giochi e attrattive di ogni genere. E su una di queste avevo visto per la prima volta il libro, che ero riuscito a farmi regalare solo grazie a delle estenuanti preghiere che avevano convinto papà ad aprire una trattativa con il venditore.

A parte quel rituale, i miei non uscivano mai insieme: mamma andava in giro con la nonna, papà, invece, non andava proprio da nessuna parte e se non passava il suo tempo in portineria, lo trovavi a casa davanti alla tv, a ridere per qualche stupida gag o a fare discussioni politiche con il nonno. L'ultima era stata di pochi giorni prima, in occasione dell'elezione a presidente della Repubblica di Francesco Cossiga, che al nonno non andava proprio a genio.

"Ma se non si è neanche insediato!" aveva risposto papà piccato.

"Di Pertini ce ne sarà solo uno nella storia!" aveva replicato solennemente nonno Gennaro.

È che lui aveva le sue fisse. La morte di Enrico Berlinguer, per esempio, era stata un lutto anche per la nostra famiglia. Io a stento sapevo di Berlinguer, ma mi aveva colpito molto il fatto che il nonno fosse rimasto due giorni davanti alla tv senza dire una parola. La sera avevo chiesto a mia madre cosa fosse accaduto, lei aveva sorriso rassicurandomi: "Niente, vedrai che domani gli passerà, lo sai com'è il nonno, vive gli eventi esterni come se fossero i suoi".

Il che non mi aveva aiutato a comprendere perché la morte di un personaggio pubblico portasse tristezza in casa nostra. E, certo, non ero l'unico a pensarla in quel modo, tanto che nonna Maria, il giorno seguente, di fronte all'ennesima mattinata trascorsa in pigiama davanti alla tv, si era avvicinata al marito per esclamare: "Gennà, stai ascenno pazz' tu e Berlinguer. È muorto, che bbuò fa. La vita continua!".

Il nonno, per tutta risposta, si era alzato, si era portato la tazzina di caffè alla bocca, e solo dopo aveva replicato: "Marì, ho deciso, vaco a Roma, ai funerali!".

La nonna aveva piegato la testa di lato come un piccione prima di rispondere: "Chisto è asciuto pazz'. Ma dove vai, che sì pure miezo ciecato!".

Nonna Maria aveva ragione, poiché il marito soffriva di cataratta e con i suoi problemi di vista recarsi a Roma per il funerale di un politico appariva a tutti impraticabile. In ogni caso, non era accaduto nulla di tutto ciò: la nonna lo aveva detto a mia madre, la quale lo aveva riportato al dottore, il quale aveva vietato il viaggio. Tutta la famiglia era contro il nonno, allora lui il giorno del funerale aveva infilato l'abito buono che conservava come un cimelio nell'armadio, i famosi mocassini che non usava da chissà quanto e si era piazzato davanti alla tv.

Il commento della nonna era stato il seguente: "Gesù, chisto è asciuto veramente pazz'!", ma il marito nemmeno aveva risposto, restando per tutto il tempo in piedi con il pugno rivolto al soffitto.

Finché non sono diventato adulto, ho creduto che fosse buona educazione, quando moriva un amico o una persona che meritava il nostro rispetto, alzare il pugno al cielo.

Quel pomeriggio sul terrazzo con papà ero nervoso perché Viola sembrava ormai annoiarsi anche ad ascoltare le storie di Atreiu, di Sandokan, di Jim o del capitano Nemo. Se ne andava in giro per casa a piedi scalzi, si sdraiava sul dondolo con Morla in braccio, oppure si sedeva per terra con le gambe rannicchiate al petto, a masticare una Big Babol nonostante l'apparecchio per i denti. Portava spesso dei pantaloncini di jeans corti, cosa che mi rendeva molto difficile restare concentrato sulla lettura e resistere alla tentazione di far cadere lo sguardo fra le sue cosce, anche se sono sicuro che lei non se ne sarebbe mai accorta. La verità è che non mi guardava, il suo tempo trascorso con me sembrava più un ripiego, un modo per riempire un vuoto. E quel giorno ne avevo avuto la conferma, perché ero in portineria con papà quando lei era sbucata dall'ascensore vestita di tutto punto, con i capelli raccolti, il trucco sfavillante, dei jeans neri con le Converse viola ai piedi e una camicetta scollata. Appena mi aveva visto, era sembrata imbarazzata ed era fuggita via con un "ciao" appena sussurrato. Fuori dal palazzo c'era Nick Kamen ad attenderla. Si erano salutati con un candido bacio sulla guancia, ma lei sorrideva come mai aveva fatto davanti a me.

"Mimì," aveva esordito papà, resosi conto della mia espressione delusa, "perché non la lasci stare a quella? Ci sono tante ragazze belle al mondo..."

Non avevo detto una parola e mi ero rintanato in casa. Più diventavo grande e più non riuscivo a comprendere il modo di agire e di pensare di mio padre, il suo rinunciare sempre a tutto, il non provarci neanche ad avere una vita migliore, l'accontentarsi di un'esistenza spoglia. Iniziavo a detestarlo. Anche il suo solito gesto di fumare la sigaretta affacciato al balcone degli Scognamiglio, che pure in passato mi era parso come un momento di libertà che rubava alla vita, ora mi sembrava l'atto codardo di un uomo che non aveva il coraggio di rischiare pur di prendersi ciò che desiderava.

Me ne stavo in disparte a leggere sul terrazzo quando lui se ne uscì con questo discorso: "I cactus sono le mie piante preferite," disse mentre fissava un esemplare di Echinocactus grusonii, che lui chiamava volgarmente il "Cuscino della suocera". Siccome a me quel nome non piaceva, avevo fatto qualche ricerca fra i libri di Scognamiglio per scoprire la vera denominazione dell'enorme pianta posta in un grande vaso alla destra del dondolo. "Dovresti regalarle un cactus a quella ragazza, la figlia di Iacobelli..."

A quel punto alzai il capo dal libro. Lui sorrideva, i gomiti appoggiati al parapetto di mattoni e la schiena rivolta verso il sole e la piazza. "I cactus si sono adattati a vivere nelle zone più inospitali del mondo, sanno cosa significa resistere. Sono un regalo perfetto per chi amiamo, perché durano nel tempo, so' fedeli!"

"E allora per quale motivo non hai mai pensato di regalarne uno a mamma?" chiesi in tono provocatorio.

Lui non sembrò prendersela e rispose: "Che c'entra, noi stiamo insieme da una vita, i primi tempi sapessi quanti regali le ho fatto, altro che cactus...".

"E poi?"

"Poi che?"

"Perché hai smesso di fargliene?"

"Mimì, tu sei piccolo, certe cose non le puoi capire..."

"Non sono piccolo, e conosco molte più cose di te!" ruggii.

Lui stavolta si oscurò in volto. "Vabbuò, ti stavo solo dando un consiglio..."

"Non credo tu sia la persona più adatta per raccontare di amore e cose durature, di perseveranza. Parli del cactus... lo sai, invece, che l'agave può impiegare anche cinquant'anni per fiorire una sola volta? E utilizza talmente tanta energia per lo sforzo che poco dopo muore."

"Che vuò dicere?" rispose e staccò le braccia dalla ringhiera.

Avevo il campo libero e non mi fermai. "Dico che trascorri il tuo tempo in portineria senza porti mai un obiettivo. La tua vita è un eterno rimanere in attesa, non fai mai nulla per cominciare cose nuove, aspetti solo che quelle vecchie si esauriscano. Dico che nella vita bisogna imitare l'agave, mettere tutto se stessi per cercare di fiorire, almeno una volta, anche se c'è il rischio di pagarne le conseguenze."

Lui mi dedicò uno sguardo stranito, del tutto incapace di tenermi testa.

"Parli di sogni e amori, e te ne stai lì tutti i giorni a non fare nulla, e non porti mai mamma al mare, a mangiare una pizza...”

“Le cucine dei ristoranti sono...”

“Sì, lo so, usano sempre lo stesso olio per friggere. Non la accompagni quasi mai a prendere un gelato a via Caracciolo, e non ti ho mai visto uscire un pomeriggio con Bea.”

Lui prese una Ms e l’accese. Mi accorsi che tremava nonostante il gran caldo.

“Mimì, non esagerare adesso, che ti prendi una mazziata seria stasera!”

“L’unico momento di vitalità è stato durante la tua frequentazione segreta con quella giovane signora della lavanderia, lì eri un altro, sempre allegro e disponibile, sembravi anche più giovane.”

“Mimì...” tentò lui, ma non c’era verso di fermarmi, ero come una valanga che cede senza tentennamenti, vada come vada.

“Non ricordo il suo nome. Lucia?”

“Ma che bbuò stasera?” domandò, non sapendo più cosa fare.

“Niente, non voglio niente, desidererei solo che la mia famiglia fosse differente, che vi poneste delle domande ogni tanto, che leggeste qualche libro e non guardaste solo varietà stupidi, che non pensaste che i barboni sono da tenere alla larga e vi amaste un po’ di più...”, e incrociai le braccia al petto in affanno.

Lui mi guardò senza di nuovo sapere cosa controbattere. Allora inspirai e conclusi: “Vorrei non essere figlio di un portiere. Anzi, di uno che ha deciso di fare solo il portiere nella vita. Ecco tutto”, quindi scaraventai *Lo strano caso del dottor Jekyll e del signor Hide* per terra e scappai via.

Una domenica di tre anni prima avevo accompagnato mamma da alcune zie che abitavano a Pianura. Bea doveva studiare e papà aveva detto che sarebbe andato a prendersi una birra con un amico, anche se di amici con i quali andarsi a prendere una birra, in realtà, non ne aveva mai avuti.

Al ritorno eravamo sull'autobus, fermi in mezzo alle auto, quando la mamma, a un certo punto, aveva allungato il collo ed emesso un gemito sordo prima di schiacciare il pulsante per far aprire le porte. Il problema è che la fermata era lontana, perciò il conducente inizialmente se n'era fregato della richiesta. Mamma, però, è sempre stata un osso duro, si era avvicinata all'autista e gli aveva intimato di farci scendere, altrimenti avrebbe "scassato tutt' cos'". E l'uomo aveva aperto le porte.

Per strada si era messa a correre in direzione di un'auto verde ferma al semaforo, una Simca come quella di papà. Io, invece, ero rimasto in mezzo alla carreggiata, a guardarla da lontano urlare e tempestare di pugni i finestrini della macchina. L'attimo seguente la vettura era partita con una sgommata e la gente si era avvicinata per capire se mia madre avesse bisogno di aiuto. Quando i nostri sguardi si erano infine incrociati, avevo compreso la verità: la Simca era la nostra, e quell'uomo era mio padre. Il problema è che al suo fianco non c'era mamma, ma un'altra donna.

Erano stati giorni strani. I nostri genitori stavano chiusi in camera a parlare per ore e le giornate le trascorrevamo con i nonni. Mamma era irriconoscibile: i capelli arruffati e gli occhi gonfi, vagava per la casa come uno zombie, si dimenticava di cucinare e a volte neanche si accorgeva della mia presenza. Se in quel periodo non ci fosse stata la nonna, non so come avremmo fatto; lei apparecchiava la tavola, cucinava, lavava, stirava e trascorreva il suo tempo a cercare di colmare il mio.

Un pomeriggio stava passando il ferro caldo sulle camicie di papà quando esordì: "Mimì, nun te preoccupà, chello che sta succerenno è normale in tutte le famiglie. Mamma e papà si vogliono ancora bene, però aropp' tantu tiempo può capitare 'nu poche 'e stanchezza". Poi aveva ripreso a stirare senza aggiungere altro.

“Nun v’intricate fra marito e mugliera,” aveva sentenziato il nonno dalla sua poltrona, senza distogliere lo sguardo dalla televisione.

Non capivo cosa c’entrasse la stanchezza, io mi stancavo quando giocavo a calcio o ad acchiapparello, non certo di stare con la mia famiglia. Era stata Bea a prendere in mano la situazione dopo l’ennesimo litigio. “Se vi volete lasciare, fatelo in fretta e non ci rompete le scatole, ché già abbiamo i nostri problemi. E, soprattutto, prendetevi la briga di spiegare come stanno le cose a Mimì.”

Quella sera papà si era seduto sul bordo del mio letto e mi aveva fissato a lungo mentre io ero assorto in *Zanna Bianca*. Lo avevo anche sentito sospirare, ma non avevo smesso di leggere e non mi ero mosso di un millimetro. A lui mancava il coraggio di guardarmi negli occhi, a me di ascoltare le sue parole.

“Mimì, senti, si aggiusterà tutto. Sai, a noi uomini capita, dopo tanto tempo, di perdere ’nu poco ’a capa.”

Mi aveva guardato in cerca di consenso o, forse, sostegno.

“Insomma, papà se sta facenno vecchio. Guarda, ho anche i peli che mi escono dal naso e dalle orecchie”, e aveva tirato giù i baffi con un accenno di sorriso, “e ’sta cosa me dà ’nu poco fastidio. Se sono strano negli ultimi tempi è perché sto tentando di capire come fare per fermà ’sta cosa... del diventare vecchi.”

Poi aveva tentato di abbracciarmi, ma io ero rimasto immobile, arrabbiato e incapace di comprendere le sue parole. Non capivo cosa c’entrasse la vecchiaia con la mamma e con noi. Anche quelli che tradiscono la moglie invecchiano, anche a loro crescono i peli nel naso e nelle orecchie.

Le corse pazze

Un sabato mattina Matthias mi chiese se potevo tenergli Beethoven, perché lui aveva da fare. Risposi subito di sì, mi sarei preso cura io del suo cane. Prima che mi allontanassi con l'animale al guinzaglio, il mio amico mi afferrò il braccio e disse: "Mimì, ti volevo parlare di una cosa... non so se sia recht, giusto, ma, ecco, sei il mio unico freund qua...".

Mi feci attento.

"Ti volevo dire che ultimamente ho notato due ragazzi strani, che non mi sono piaciuti. Due che sono già venuti altre volte..."

La pelle delle braccia e della schiena mi si rizzò. "Che ragazzi?" chiesi invece, come se non sapessi.

"Due ragazzi che parlano in dialetto, l'altro giorno sono passati proprio davanti a me e... mi prenderai per verrucht, mi è venuta la pelle d'oca. Lo sai, non posso vedere, ma posso sentire, Mimì, e quei due hanno qualcosa da nascondere."

"Che hanno fatto?" lo interruppi.

"Niente, arrivano, si fermano poco più in là, ma non so perché. Di sicuro fumano, e tanto. L'altro giorno sono rimasti all'angolo della strada per mezz'ora prima di andare via. Beethoven si è messo anche a ringhiare, ma quelli hanno proseguito e si sono allontanati schnell, velocemente."

Rimasi a scrutarlo come se davanti avessi un mago, qualcuno dotato di poteri extrasensoriali. Un supereroe.

“Ma come fai? Tu non ci vedi!” dissi solo.

“Non serve la vista per accorgersi del male, Mimì, servono gli altri sensi.”

Restai in silenzio, senza sapere cosa dire, perciò lui andò dritto al punto: “Non so cosa volessero, ma nulla di gut, di buono, puoi starne certo. Stai attento la sera, quando rientri, questo è un brutto mondo...”, e lasciò le parole sospese in aria.

Mi feci rosso in viso e trovai la forza di rispondere: “Va bene, starò attento...”.

Lui rinsaldò la presa sul mio braccio e ripeté: “Stai attento... e semmai parlane con un adulto, con tuo padre, e non tornare da solo a casa se è tardi...”.

Ovviamente la conversazione con Matthias mi turbò. Inizialmente tentai di convincermi che il mio amico fosse solo stanco, e che si fosse semplicemente lasciato impressionare dai suoi sensi usurati. Poi, però, il pensiero tornò ai due che avevo visto dal terrazzo degli Scognamiglio e mi convinsi che avesse ragione, che vi fosse qualcosa di strano in loro. Forse ne avrei davvero dovuto parlare con papà, ma era una bella giornata di sole, il cielo era terso e l’estate appena arrivata faceva sembrare tutto più allegro e colorato; così dopo un po’ dimenticai lo spiacevole dialogo, anche perché con me c’era Beethoven, che mi rubava un sorriso con il suo procedere lento sull’asfalto, la lingua fuori e il naso pronto a captare qualunque odore.

Lo legai a un palo e andai a chiamare Viola, fingendo di non accorgermi della solita testa bianca di D’Alessandro che scrutava i miei movimenti dall’alto. In verità per un attimo mi venne anche voglia di fermarmi e sollevare lo sguardo per mandarlo a quel paese, poi, però, non trovai il coraggio e preferii citofonare. Rispose la signora Iacobelli con voce altezzosa dicendo che la figlia era in giro con un amico, quindi riagganciò senza nemmeno salutarmi.

Sgusciai fuori a testa bassa, nonostante papà mi stesse fissando dalla sua casupola. Non ci eravamo più parlati dopo il mio sfogo e sembrava avercela con me. Eppure capii lo stesso che mi avrebbe voluto fermare per consigliarmi ancora una volta di lasciarla perdere quella lì, forse avrebbe ripetuto le stesse parole di Sasà, che Viola non era per me, che se la tirava e mi usava solo per riempire i suoi buchi di tempo. Un po' il discorso che mi aveva fatto Bea il giorno prima; eravamo davanti alla tv, nel primo pomeriggio, lei mi aveva visto pensieroso, allora aveva abbassato il volume e si era sentita in dovere di dire: "Fratellino, sei troppo infelice per la tua età".

L'avevo guardata di sbieco senza rispondere. Che ne sapeva lei di felicità e amore? Lei che si faceva bastare i giri sulla moto di Mauro, lei che, come il resto della famiglia, si accontentava del suo piccolo mondo senza neanche pensare a una vita diversa, migliore?

"Sei riuscito a sviluppare la telepatia?" aveva chiesto poi.

Avevo fatto segno di no con la testa.

"Per forza," era stata la sua replica, "non si può fare."

"Che io sappia non ti intendi di scienza..." avevo ribattuto.

"Non serve la scienza per imparare a campare, Mimì, è questo che ti frega. Non esistono superpoteri ed eroi, fattene una ragione e inizia a contare solo sulle tue forze!"

"Non afferro le tue parole, non comprendo cosa tu voglia da me..."

"Ti vorrei vedere più sorridente. Ieri mamma è venuta a chiedermi cos'hai passato, dato che te ne stai sempre con il muso e non parli con nessuno."

"E per quale ragione vuole una riposta da te?"

"E, infatti, è quello che le ho detto! Però, fratellì, mamma c'ha ragione: ti prendi troppo sul serio, sempre con quest'aria triste, 'sti paroloni in bocca. Io alla tua età ridevo solamente!"

"Nulla di nuovo allora, ancora oggi ridi solamente," avevo replicato secco.

"Embè, nun sì cuntent' che tua sorella ride sempre?"

"Chi ride troppo vuol dire che non sta ridendo davvero."
"Uh, mamma mà, e comme sì pesante, ha ragione nostra madre. Ma da dove sei uscito?"
"Già, me lo chiedo anch'io..." avevo commentato allontanandomi.

Tornai da Beethoven, che mi attendeva ancora legato al palo, e dissi: "Saremo soli io e te oggi, ma ti prometto che ci divertiremo un mondo, non ti preoccupare...".

Liberai il cane e, mentre decidevo il da farsi, mi appoggiai allo sportello infuocato della Centoventotto di Angelo parcheggiata in seconda fila. Il padre del mio amico era impegnato a scaricare delle buste di latte da un furgone e ogni tanto lanciava un'imprecazione al sole che rendeva l'asfalto così rovente che quasi mi sembrava potesse sciogliere le mie espadrillas. Proprio ad Angelo, a prima mattina, avevo chiesto notizie di Sasà e lui, malvolentieri, mi aveva risposto dicendo che il figlio era con la madre.

"Ma nel pomeriggio scende?" avevo insistito.

"Boh, può essere. In ogni caso deve aiutarmi con le consegne," aveva ribattuto ed era tornato a fare i suoi conti.

"Ué, grande Mimì, che ci fai sotto il sole?"

Era Giancarlo a parlare, appena sbucato dal palazzo con indosso una polo, un paio di jeans e delle Superga blu. Portava i Ray-Ban, gli occhiali da sole che aveva anche Fabio e che tanto piacevano a Sasà, il quale a volte se li faceva prestare per poi assumere le pose più assurde, in stile Poncharello.

"Ciao, Giancarlo!", e alzai la mano.

Lui mi venne vicino in modo amichevole. "Di chi è il cane?" domandò. In mano aveva le chiavi dell'auto, posteggiata a qualche metro da noi, e sotto il braccio lo stereo estraibile.

"Di un amico," risposi, "vorrei portarlo a fare una passeggiata, ma oggi fa davvero troppo caldo."

Mi posò una mano sulla spalla e disse: "Seguimi, ti voglio far vedere una cosa", e si infilò dentro alla Mehari.

Rimasi imbalsamato dietro di lui, in attesa. Giancarlo allora si voltò e fece un cenno con il capo prima di precisare: "Sali in macchina".

"Ho il cane..."

"Embè? Ci può vivere un gatto qui dentro, perché non potrebbe starci un cane?", e strizzò l'occhio.

Afferrai il guinzaglio di Beethoven e feci il giro dell'auto, mi sedetti accanto a Giancarlo e attesi che cacciasse non so cosa da sotto il sedile. Beethoven, nel frattempo, accucciato dietro di noi, passò ad annusare come un invasato il tessuto sul quale trascorreva le notti Bagheera. Il mio amico giornalista alla fine si voltò e mi mostrò soddisfatto la mano: impugnava due palline da ping pong.

Strabuzzai gli occhi e non dissi nulla.

"L'esperimento," fece allora lui, "quello con le palline, quello..."

"Ganzfeld."

"Sì, bravo, proprio quello."

Non mi decidevo a muovermi così lui fece: "Be', non le prendi?".

"Sono per me?"

"E per chi se no?"

"Grazie", e le afferrai rigirandomele nel palmo.

"Le ho vinte l'altra sera. Stavo per lasciarle lì, al parco, poi mi sei venuto in mente...", e sorrise. Quindi, visto il mio silenzio, aggiunse: "Insomma, ci ho pensato e... diamine, perché non provare? In fondo sarà divertente...".

"Davvero?" fu l'unica cosa che riuscii a dire. "Grazie mille...", e stavo per abbracciarlo, solo che lui mi anticipò e disse: "Allora, come funziona?".

"Lo vuoi fare adesso?" chiesi strabiliato.

"E quando? Siamo soli, nessuno che ci disturba... dai, proviamo, ché altrimenti cambio idea."

Al solo sentire della possibilità che ritornasse sui suoi

passi mi scossi e tornai in me. "Ok, allora... devi metterti le palline sugli occhi e... cavolo, non abbiamo le cuffie!"

"Ah, già, le cuffie." Quindi si girò verso il vano portaoggetti della sua portiera ed estrasse un paio di cuffie da walkman. "Vanno bene?"

Ci sarebbero volute delle cuffie professionali, di quelle che si vendevano nei negozi di dischi, queste erano semplici cuffie con scarso potere fonoassorbente. E, cosa più importante, non avrebbero riprodotto nessun rumore di fondo, come era precisato nella spiegazione dell'esperimento. Ma non mi andava di deludere Giancarlo, e non volevo perdere l'occasione, perciò annuii e lo invitai a infilarle.

"Inspira lentamente per qualche secondo, cerca di perderti nel bianco che vedi al di là delle palpebre. Annulla i rumori e non pensare a niente."

Non rispose, si tolse le lenti (che posò sulle ginocchia) e portò le palline davanti agli occhi, così mi zittii e feci cenno a Beethoven di non fare rumori. Poi chiusi anch'io le palpebre e cercai di pensare intensamente a un oggetto. Li riaprii. Non mi veniva in mente nulla. E il respiro del cane mi pareva fosse troppo rumoroso. Ci riprovai, ma a cosa pensare? Iniziai a sudare. La Mehari? No, troppo facile. L'agenda rossa? Nemmeno. Questi oggetti di vita quotidiana sarebbero potuti andare bene per le persone qualunque, per Sasà o Bea, ma con Giancarlo avrei potuto correre il rischio di sembrare un sempliciotto.

"Quando iniziamo?" fece lui dopo un po'. "Devo andare al giornale..."

"Sì, ok. Sono pronto..." risposi, anche se non ero pronto per nulla.

"Mi stai mandando il segnale? L'oggetto?" Sembrava più che altro divertito dalla situazione.

"Sì, certo..." mentii mentre tentavo di recuperare la concentrazione.

Un oggetto, mi serviva qualcosa di non troppo comune,

qualcosa che potesse servire a mostrare l'efficacia dell'esperimento. Dovevo concentrarmi, solo che sentivo il fiato di Beethoven sul collo, e poi Giancarlo allontanò le palle dagli occhi e disse: "Nulla, Mimì, un beneamato nulla".

Rimasi a guardarlo senza sapere cosa dire o fare.

"Che ti dicevo? Il tuo supereroe ha fatto la figura dell'imbecille."

"È che fa caldo, e poi le cuffie non sono proprio quelle adatte..."

"Qual era l'oggetto?"

"L'oggetto?"

"Eh."

Rimasi a bocca aperta per un attimo, poi mi ripresi e risposi: "Non posso dirtelo. Ti condizionerei per i prossimi tentativi".

Giancarlo mi passò le sfere e sorrise: "Non ci saranno altri tentativi, Mimì, dovrai provare con Sasà la prossima volta, o con Viola. Te l'avevo detto che non possiedo superpoteri". Quindi mise in moto e disse: "Dai, muoviamoci, fa troppo caldo. Dove pensavi di portare il tuo amico?".

Ero ancora immerso nei miei pensieri e non risposi subito.

"Il cane..."

"Beethoven? Non so..."

"Sei mai stato in Villa Comunale?"

"Mmm, no, credo proprio di no."

"E allora venite con me, sto andando in redazione, vi do uno strappo. Lì potrai farlo correre sui prati."

"Non saprei come organizzare il rientro..."

"Il rientro? Mi aspetti", e inserì la prima.

Avrei dovuto essere contento di scorrazzare di nuovo in giro sulla Mehari con il mio eroe e con Beethoven, eppure non riuscivo a sorridere perché dentro di me sapevo di aver buttato al vento la mia grande occasione. Non era Giancarlo a non possedere superpoteri, la colpa era unicamente mia, avevo fallito nel momento più importante. Ma come avrei potuto confessargli che non mi era venuto in mente alcun oggetto senza passare per un incapace?

Per non fargli scorgere la delusione sul mio viso, mi girai a guardare Beethoven, le orecchie al vento e la lingua penzoloni, e stavolta sì che mi comparve un'immagine: si trattava del famoso cane di *Wacky Races-Le corse pazze* (uno dei miei cartoni preferiti), di nome Muttley, che faceva sempre coppia con Dick Dastardly, il cattivo della serie, l'eterno perdente. Deglutii e distolsi nuovamente lo sguardo, cercando di dedicarmi al cielo blu di luglio. Io almeno non ero cattivo.

Il treno delle diciannove

L'agente immobiliare tira su la tapparella e si gira per dedicarmi un gran sorriso. "Ed ecco la camera da letto, bella grande, spaziosa e luminosa, come del resto tutto l'appartamento."

Non gli rispondo perché mi arriva un sms sul telefonino. È mia moglie. "Tuo figlio mi ha appena detto che non si addormenterà finché non sarai tornato. C'è un treno alle diciannove. Ti aspettiamo."

Vorrei avere il tempo di risponderle, ma il ragazzo incalza. "Tra l'altro," dice, "considerato che la casa è disabitata da un paio di anni, è ancora in buono stato. Una tinteggiatura certo occorre, anche per togliere questo giallino dalle pareti, forse bisognerebbe rifare il bagno, ma le mattonelle", e batte il piede sul pavimento, "sono belle."

Potrei iniziare una sterile discussione sulla qualità dell'abitazione, ma sarebbe inutile e mi farebbe solo perdere tempo: alle sette voglio essere su quel treno che punta verso una casa che è la mia, per godere di quella stratosferica sensazione che mi assale quando mio figlio mi corre incontro a braccia aperte. Ho ancora poco tempo da dedicare ai ricordi.

"Chi abitava qui?" chiedo.

Lui sembra impreparato alla domanda e mi guarda stranito.

"Intendo... chi sono i proprietari?"

"Ah, no, la casa era in affitto. C'è stata una famiglia numerosa per una decina di anni. Il proprietario è un avvocato di Roma, persona a modo..."

“Allora era una famiglia numerosa e religiosa,” commento e indico con un rapido movimento degli occhi un segno bianco a forma di crocifisso sulla parete. Lui sorride e ribatte: “Sì, qua sotto doveva esserci il letto”.

“C’era il letto,” lo correggo, riferendomi a un letto molto più antico.

È strano. Le case stanno lì per decenni a contenere le vite di tante persone, storie diversissime, dolori e gioie di gente che non si conoscerà mai, e poi restituiscono tutto dopo un po’, come fa il mare, in genere a chi non c’entra nulla, tramite un semplice segno chiaro sulla parete gialla, lì dove un tempo c’era un crocifisso. O attraverso una mattonella scheggiata che porta con sé il ricordo di quella bambina che si fece cadere di mano la brocca, o anche grazie a delle iniziali incise nell’intonaco del palazzo, appena al di là del muretto del balcone.

“Anche qui, come può vedere, abbiamo i doppi infissi, come nel resto della casa...” e mi mostra le ante di legno all’interno e di alluminio all’esterno. “Le assicuro che sono le migliori in commercio, non so quanto spesero all’epoca i proprietari.”

Gli Scognamiglio, invece, avevano gli infissi di alluminio color oro, come si portavano allora, e le tende di broccato.

“Qui c’è un’ampia parete per un armadio, una cassettiera o, che so, un...” prosegue lui e indica il muro giallo davanti a me.

“Pianoforte,” lo interrompo.

L’agente mi dedica uno sguardo incuriosito e ribatte: “Be’, con tutto lo spazio che c’è in casa, mi sembrerebbe quantomeno strano metterlo qui”.

“Già, pure a me,” rispondo, e davanti ai miei occhi si staglia nitida la figura di Viola, i capelli raccolti in una treccia che le lascia la schiena nuda, le mani che volano a pochi centimetri dai tasti mentre le sue labbra che sanno di ciliegia intonano *Per Elisa*.

“Lei suona il piano?” si affretta a domandare quindi lui.

“No, lo suonava mia moglie,” rispondo ed esco dalla stanza, “...da ragazza.”

Fuori dal cerchio

I giorni di luglio passavano lenti. Sasà tornò a farsi vedere e per un paio di pomeriggi ci dedicammo a giocare alle figurine con Fabio, il quale anche quell'anno era riuscito, grazie alla foto di Fausto Salsano, a completare l'album Panini. Così ci aveva regalato alcuni dei suoi numerosi doppioni che non annoveravano, però, né Maradona, né Platini, né Zico. Per Sasà la figurina di Maradona era diventata una specie di ossessione, non parlava d'altro, e un giorno era arrivato addirittura a propormi un piano folle: una rapina all'edicola in piazza per sgraffignare l'intero cartone delle figurine sperando di trovare El Pibe.

Le auto per strada iniziavano a diminuire e le case a svuotarsi. La gente del quartiere, soprattutto mamme e figli, partiva per il mare. Gli unici che rimanevano sempre al loro posto erano Bagheera, che trascorreva il tempo passando da un cofano a un altro e miagolando sotto la nostra finestra, e donna Concetta, che chissà se ce l'aveva una famiglia. La mia, invece, restava a sfidare le lunghe giornate immobili interrotte solo da un latrato in lontananza o da un antifurto che si metteva a suonare all'improvviso, mentre eri intento a fissare la tenda che si spostava piano per far passare il vento caldo che portava in cucina l'odore del mare e l'eco delle risate dei bambini.

Io odiavo l'estate, perciò un pomeriggio, nel tentativo di

scacciare lo sconforto che iniziava ad assalirmi, mi ero spinto a provare uno dei miei esperimenti, e stavolta il ruolo di cavia era toccato a Bagheera. Non gli avrei mai fatto del male: in realtà, più che un esperimento, era un gioco. Avevo letto che i gatti sono attirati dagli spazi piccoli e che se disegniamo un cerchio sul pavimento, loro ci si infileranno di corsa. Perciò mi ero pavoneggiato con Sasà, Fabio e Viola sostenendo che avrei addomesticato il randagio, e i miei amici erano sembrati interessati alla cosa.

"Dobbiamo disegnare un cerchio sul marciapiede," avevo dato istruzioni.

"Con cosa?" aveva chiesto Fabio.

"Aspè," era intervenuto Sasà, ed era corso nella salumeria per fare ritorno con un gessetto. "Papà li usa per scrivere le offerte del giorno, glielo devo restituire..." aveva commentato mentre dipingeva una circonferenza in base alle mie direttive.

La parte più difficile era stata convincere Bagheera ad avvicinarsi; il gatto ci fissava a distanza, guardingo, come sempre accadeva quando nei paraggi c'era Sasà. L'esperimento era durato più di un'ora e gli altri erano già lontani quando Bagheera aveva deciso, finalmente, di entrare all'interno del cerchio di gesso. In realtà lo stupido gatto non aveva alcuna intenzione di stare al mio gioco, perciò mi ero dovuto servire di un espediente: vicino a un tombino, a pochi metri, avevo notato zampettare uno scarafaggio, così mi ero avvicinato e con il piede lo avevo spinto all'interno del cerchio. Come speravo, quando Bagheera aveva visto l'insetto, si era lanciato con un salto all'inseguimento.

"È entrato, è entrato!" avevo urlato allora, e i miei amici erano corsi da me fissando increduli il micio nero che, dopo aver ucciso il povero scarafaggio con una sola zampata, se ne stava tranquillo nel piccolo perimetro.

"Sei un genio, Mimì," aveva ripetuto più volte Sasà, mentre Viola sorrideva divertita, "ma come hai fatto?"

Mi ero dato una certa aria rispondendo: "Mi sono servito di una Blattodea, che ha immolato la sua umile vita per la scienza e per le generazioni future".

Quello fu uno dei massimi diversivi di quei giorni. Almeno finché la signora Iacobelli non stabilì che, in attesa di partire per le vacanze, i figli non potessero trascorrere le loro giornate accampati per strada, a giocare con gatti e scarafaggi; scongelò dal garage la sua Panda e ci caricò in auto, destinazione spiaggia di Coroglio, che allora nessuno immaginava essere inquinata nonostante proprio alle sue spalle si ergessero le bocche di fuoco dell'Italsider, la fabbrica di ferro che da decenni dava lavoro al quartiere di Bagnoli.

Ciò che mi apparve incredibile fu che la signora avesse deciso di portare anche me e Sasà. Seppi poi che Fabio aveva minacciato di non seguirla se non ci fosse stato Sasà e a quel punto Viola aveva fatto il mio nome, cosa che mi lasciò un tale senso di euforia per tutto il giorno che mi dimenticai quasi subito delle raccomandazioni di mamma, la quale mi aveva messo cinquemila lire in mano e aveva detto: "Qua stanno i soldi, non ti fare offrire dalla signora Iacobelli, mi raccomando, insisti per pagare con i soldi tuoi, non farmi fare la figura della pezzente a mammà". Poi mi aveva schioccato un bacio sulla fronte e aveva aggiunto: "E qui c'è la crema, non ti scordare di metterla, soprattutto sulle spalle, ché sei bianco come un melone".

Ma, dicevo, era tale l'esaltazione per la nuova e affascinante circostanza che dimenticai subito la precauzione di mia madre e restai in acqua con gli amici a giocare a schizzarci o a chi resisteva più tempo sotto senza respirare. A un certo punto Fabio e Sasà si diressero al bar per una partita di biliardino e io mi intrattenni sull'asciugamano accanto a Viola (la madre era poco più in là, intenta a leggere "Confidenze") cercando di non indugiare troppo a lungo con lo sguardo sul suo corpo steso al sole. Mentre lei parlava di Nick Kamen che, parole sue, da un paio di giorni non chiamava e non andava a prenderla, i miei occhi scivolavano dalle sue spalle costellate di lentiggini alla schiena, giù fino alla rotondità del sedere punteggiato di granelli di sabbia nera. Era davvero difficile prestare attenzione a quel che diceva.

"Ho paura che abbia un'altra," mi confidò, e io non seppi cosa rispondere, anche se in cuor mio sperai con tutto me stesso che fosse proprio così.

Quando Viola si alzò dal telo dicendo di avere fame, il danno era fatto e avevo le spalle rosse e brucianti. "Andiamo a mangiare qualcosa?", e allungò il braccio per sollevarmi. Tentai di restare nella sua mano il più a lungo possibile, ma lei dopo pochi passi la sfilò e tornò a parlare di Nick. Sasà e Fabio, nel frattempo, erano ancora immersi nella loro partita e la radiocronaca alla Enrico Ameri di Sasà arrivava fino al bancone dove ci sedemmo.

"Che cosa gradisci?" le chiesi cercando di assumere un atteggiamento da cavaliere.

"Un Piedone e una Coca," rispose subito lei, "tu?"

"No, io non ho fame," dissi, per paura di non farcela con i soldi.

"Non abbiamo terminato di leggere *La storia infinita*..." tentai quindi, mentre lei staccava con un morso secco l'alluce del Piedone.

"Già, ma in questo periodo sono troppo presa... e poi fra quindici giorni parto per le vacanze. Mi sa che se ne parla a settembre."

"A settembre tornano gli Scognamiglio," ribattei, ma lei non aggiunse altro.

Rincasai alle cinque del pomeriggio, digiuno, senza soldi in tasca e con le spalle e il viso in fiamme. "Disgraziato," disse mamma appena mi vide, "che ti avevo raccomandato?"

"È che sono stato preso da altre cose," replicai, e lei si allontanò dicendo: "Come devo fare in questa casa? Sembra che quando parlo io suoni la campanella della ricreazione!".

Guardai la nonna, seduta al tavolo della cucina con un

ago e un paio di jeans di Bea in mano, e le sorrisi. "Mimì," disse lei con gli occhi sull'orlo della piega, "non fare arrabbiare tua mamma."

"Nonna", e mi avvicinai come se nemmeno avesse parlato, "stasera devo mangiare con gli amici al pub..."

"Al che?"

"Mangiare con gli amici al pub, sai cos'è? È un locale all'avanguardia, pieno di luci e musica, dove ti servono panini grandi quanto Giove", e mimai la dimensione con le due mani unite, "una cosa da paninari insomma!"

"Da che? Mimì, ma comme parli, io nun te capisco!"

"Va be', lascia stare. Insomma... io mi devo recare in questo luogo solo che... ecco", e chinai il capo, "non ho denaro con me, i soldi che mi ha dato mamma stamattina li ho colpevolmente spesi tutti."

Lei si sfilò gli occhiali e mi dedicò uno sguardo serio. "E che ci hai fatto?"

"Ho comprato un gelato e una Coca-Cola a Viola."

"Chi è Viola?" chiese subito.

"La mia ragazza," risposi d'istinto, senza immaginare la caterva di problemi che mi ero appena tirato addosso con quella frase.

"Ah," disse infatti lei, rabbonita, "allora aveva ragione tua sorella, ti sì mis' 'a fà l'ammore!"

Non ho mai capito perché la nonna se ne usciva con questa frase ogni volta che qualcuno si fidanzava ufficialmente. Lo aveva detto anche a proposito di Alberto, il parrucchiere di mamma, che, però, l'amore s'era messo a farlo con un altro uomo. Non credo davvero pensasse che alla mia età potessi fare l'amore, era solo il suo modo di dire, perciò annuii serio.

"E sei innamorato?"

Feci di nuovo di sì con la testa, lei sorrise, si alzò e aprì un cassetto della credenza dal quale sfilò diecimila lire. "Tié," disse poi, e mi tirò un pizzicotto sotto il mento.

Mi allungai sulle punte, l'abbracciai e affondai le labbra

nella sua guancia ricoperta di peletti bianchi. Feci per allontanarmi, poi mi ricordai che dovevo fare una precisazione urgente.

"Nonna..."

"Che c'è ancora?" fece lei, che era tornata a cucire i jeans.

"Quello che ti ho appena confidato su Viola..."

"Eh..."

"Ti pregherei di non parlarne con nessuno, è un segreto tra me e te."

"Eh, Mimì, figurati, a chi l'aggia dicere? Vai tranquillo!"

Restai a scrutare la sua figura, ma lei non sollevò lo sguardo, così mi allontanai titubante, sperando che mantenesse il riserbo.

Mai speranza fu più vana: il giorno seguente in casa mi sorridevano tutti.

Napoli Centrale

Un'ora dopo Sasà si presentò alla mia finestra. "Esci," disse perentorio. In mano aveva un sacchetto di plastica giallo con qualcosa di rosso all'interno.

"Che c'è?"

"Mi devi accompagnare a tagliare i capelli."

"I capelli?" chiesi sbigottito.

In genere le nostre acconciature erano merito di Alberto, il quale, per non perdere le sue clienti, e per rapporto di buon vicinato, acconsentiva a darci un paio di sforbiciate ogni tanto accompagnate da un buffetto sul collo per invitarci a liberare subito la poltrona.

"Cos'hanno i tuoi capelli?" domandai appoggiato con i gomiti al marmo.

"Devo farmi fare un taglio da uno buono, da un barbiere vero."

Lo guardai allibito e lui, proteggendosi per non farsi vedere da donna Concetta alle sue spalle, cacciò una banconota da cinquantamila lire e due da diecimila. Strabuzzai gli occhi ed esclamai: "Perbacco, dove hai preso quei soldi?".

"Me li ha dati papà," rispose e cambiò subito discorso: "Allora, che fai, vieni?".

"Ok."

"Cosa porti in quel sacchetto?" chiesi per strada, ma non mi rispose e mi condusse in piazza Medaglie d'Oro, da uno che si faceva chiamare Carmelo ed era considerato una specie di guru del capello dai paninari del quartiere.

L'unico barbiere che avevo frequentato era quello dove mamma mi portava da bambino per le grandi occasioni, che poi erano sempre e solo i compleanni dei miei cugini, i figli delle sorelle di papà. Il negozio si chiamava Braccobaldo e si trovava in via Cilea, lontano da casa, tanto che eravamo costretti a prendere il 183, l'autobus che andava verso Fuorigrotta. Il barbiere era un vecchio signore attempato al quale tremava un po' la mano, però il servizio era economico e, soprattutto, al centro del locale c'era la bellissima poltrona blu che raffigurava, appunto, il famoso cane della Hanna-Barbera. Non so dove l'avesse presa e non ricordo se, in effetti, fosse proprio uguale all'originale, ma a me quella vecchia sedia a forma di cane piaceva molto.

"Mi raccomando la frangetta," diceva sempre mamma al povero vecchio, oppure: "Sulle orecchie non li accorci troppo!". Era fissata con il mio caschetto e guai se qualcuno glielo toccava. Qualche volta ci tentava papà. "Loredà, perché non porti Mimì a tagliare i capelli? Fa troppo caldo!" diceva, ma lei si impuntava e rispondeva come una belva: "Ma quale caldo, Mimì sta bene accussì!".

Insomma, nei miei primi anni di vita fui costretto a portare il caschetto senza fiatare e alle feste mi presentavo sempre con un taglio impeccabile, per la gioia di mamma che, sulla via del ritorno, commentava ogni volta allo stesso modo: "E anche stavolta abbiamo zittito quelle oche delle tue zie!".

Crescendo, le feste dei cugini finirono, ma l'amore di mamma per il mio caschetto no. Anche se non c'era più la necessità di recarsi da Braccobaldo, i capelli me li tagliava spesso lei o Alberto, cosicché il mio bel caschetto con il tempo si andò trasformando in un cespuglio di rovi.

Ma il giorno in cui misi piede per la prima volta nel salone di Carmelo, il mio taglio aveva ancora un suo perché, nonostante gli sfottò e le risatine dei presenti. Nel negozio, infatti, c'erano tre poltrone occupate da ragazzi un po' più grandi di noi, griffati dalla testa ai piedi, con sguardi fieri, gomma in bocca e jeans arrotolati sotto il ginocchio.

"Sei sicuro, Sasà?" chiesi appena fummo dentro. "Spenderai un sacco di soldi!"

"Mimì, statt' zitto e non fare il pezzente! Oggi è la mia giornata e me la voglio godere. Anzi, perché non ne approfitti pure tu e ti togli 'sto casco di banane dalla testa?"

"No, sarei pazzo a pensare di farla franca con mia madre."

Lui si fece serio e puntò i miei occhi. Aveva l'alito cattivo, una peluria nera sopra le labbra che si faceva ogni giorno più vistosa, e lo sguardo arcigno. "Mimì, ormai sì gruoss', dovresti iniziare a ribellarti ai tuoi. Vuoi fare lo schiavo per tutta la vita?"

Non risposi alla provocazione e non retrocessi di un millimetro nonostante lui si fosse offerto di pagare anche per me. Era davvero possibile che Angelo gli avesse dato tutti quei soldi? Di solito Sasà nelle tasche aveva a stento duecento lire e un gettone telefonico.

"Tu non li devi tagliare?" mi chiese a un certo punto il barbiere squadrandomi. Feci di no con il capo e lui ribatté: "Nientedimeno alla tua età te ne vai ancora in giro con il caschetto?".

Avrei dovuto dirgli che si facesse i fatti suoi, invece abbozzai un sorriso idiota perché alle sue parole i ragazzi presenti avevano riso come se fosse la battuta migliore del mondo. Fu Sasà, come sempre, a interrompere il siparietto. "Mimì è fatto così... e poi ognuno po' fa' quello che vuole!" disse, e Carmelo alzò le mani in segno di resa.

Quando, un'ora dopo, uscimmo, il mio amico era al settimo cielo e non smetteva di rimirarsi negli specchietti delle macchine parcheggiate. "Uà, Mimì, song' 'o mostro accussì, è vero?" domandava ogni volta e io annuivo divertito. In realtà in cuor mio pensavo a cosa avrebbe detto Angelo di quel taglio; Sasà, infatti, portava da sempre i capelli scompigliati che gli cadevano sulle spalle senza un senso, tanto che la madre a volte lo chiamava "il mio piccolo Baglioni"; a me, in verità, faceva pensare a Mowgli. In ogni caso, dopo l'intervento di Carmelo, di Baglioni o di Mowgli non era rimasto più nulla in Sasà, che adesso più che altro assomigliava a un moicano, con l'acconciatura rasata sui lati e lunga dietro.

Sotto casa insistette per venire direttamente da me e io capii che non voleva farsi vedere dai genitori. Aspettò paziente che mi cambiassi e non raccolse le provocazioni del nonno che lo prese in giro per il look. "Assomigli a 'nu delinquente!" fu la frase più gentile di nonno Gennaro.

Ero alle prese con il caschetto quando Sasà mi porse, infine, il sacchetto giallo che non aveva mai abbandonato fino a quel momento. Lo guardai senza capire, allora lui diede un colpetto di tosse e disse: "Iamm', Mimì, non mi far spiegare che non sono buono in queste cose, prenditi 'sto regalo e statti zitto".

"Regalo?" chiesi sbigottito.

Sasà non mi aveva mai regalato nulla, nemmeno un pacchetto di patatine della sua salumeria. E neanche io a lui, a parte il film a noleggio che però non aveva mai visto. Attraversavamo quell'età nella quale non c'è bisogno di altri regali se non la compagnia quotidiana l'uno dell'altro.

Aprii il sacchetto e tirai fuori il costume di Spider-Man.

Non potevo credere ai miei occhi e lui dovette accorgersene perché iniziò a ridere imbarazzato.

"Dove l'hai preso?" riuscii infine a chiedere.

"Dove l'ho preso? L'ho comprato da Nicola," rispose impettito, "ho dovuto trattare con quel tirchio, ma alla fine è dovuto venire dalla mia parte. Sono mesi che tene chillù vestito in vetrina!"

Corrucciai la fronte e replicai: "Sasà, sii sincero con me, mica l'avrai rubato, vero?".

"Ma quale rubato, Mimì, l'aggio accattat' con i miei soldi. Perché, non ti piace? È una vita che ci vai dietro..."

Mi rigirai più volte la stoffa fra le mani prima di lanciarmi addosso a lui con un abbraccio fragoroso. Il gesto istintivo, però, dovette turbarlo parecchio perché se ne restò lì senza muovere un muscolo e dopo un attimo commentò: "Ià, muoviti, che ce ne dobbiamo andare".

Piegai il costume con cura e lo poggiai sullo schienale della sedia ai piedi del letto, già fantasticando sul momento in cui avrei potuto indossarlo. Ero così felice che persino la mia moralità ne fu sopraffatta, e i dubbi – che pure avevo – su come Sasà fosse riuscito a entrare in possesso dell'abito svanirono presto. Mi infilai un'anonima camicia blu da mercato che mi aveva regalato mamma e ai piedi misi un paio di scarpe da ginnastica bianche che volevano somigliare alle Nike. Sasà, invece, portava una camicia a quadrettoni arrotolata al gomito, jeans e mocassini neri del padre. Era uno stile orribile, ma se glielo avessi fatto notare si sarebbe arrabbiato dicendo che non capivo nulla di moda.

Fabio, invece, rimase entusiasta del nuovo taglio di Sasà e gli diede più volte il cinque rimarcando che stava "una bomba!". Viola, al contrario, emise un grugnito e si accostò al mio orecchio: "Che tamarro, mi vergogno di uscire con lui!".

Avrei dovuto difendere il mio amico, invece non dissi nulla, un po' perché non volevo inimicarmi Viola, che già sembrava pentita di essere venuta con noi (non aveva più Nick Kamen che la veniva a prendere) e un po' perché, da qualche parte nascosta, anch'io iniziavo a provare un leggero fastidio in presenza di Sasà, per il suo aspetto, gli atteggiamenti guasconi e il dialetto.

Alle venti eravamo già davanti al pub *Napoli Centrale*, una delle prime birrerie della città situata dietro lo stadio Collana, al Vomero. L'interno del locale riproduceva un vagone degli inizi del Novecento, con eleganti panchine di legno al posto delle sedie. Fabio varcò la soglia con le braccia alzate simulando un saluto generale, come se fosse un assiduo frequentatore del pub; fra i quattro, del resto, era l'unico ad averci già messo piede, perciò passò l'intera serata a vantarsi e a mostrare la sua conoscenza dei vari panini.

Studiai con attenzione il menu per paura che le diecimila lire della nonna non bastassero, ma fu inutile: alla fine della serata, cioè un'ora dopo, Sasà cacciò quel che gli era rimasto dopo il taglio da Carmelo e disse che avrebbe pagato lui per tutti. Io spalancai la bocca, Fabio, invece, se la rise e diede l'ennesimo cinque a Sasà fingendo di essere ubriaco nonostante avesse bevuto due Pepsi. Viola non ebbe reazioni semplicemente perché già non c'era più; erano appena arrivati i panini al tavolo quando fuori dal locale si era presentato Nick Kamen sulla sua Vespa Special argentata.

"C'è il tuo amico," aveva detto Fabio, rivolgendo lo sguardo al vetro.

Viola si era girata e il suo volto aveva cambiato espressione. Fino a quel momento, infatti, se n'era stata tutto il tempo con il muso, nonostante i miei sforzi per dar vita a una discussione. Le avevo parlato di Morla, cercando di farla sentire in colpa perché non stava più venendo a trovarla, della giornata in Villa con Beethoven e di Giancarlo.

"Scrive cose importanti, fatti di camorra," avevo spiegato abbassando il tono della voce, come se solo pronunciare quel termine potesse metterci in pericolo, ma lei già aveva lo sguardo al vetro dietro il quale sorrideva Nick.

"Fabio, di' a mamma che io torno con Samuel," aveva detto, ed era uscita senza salutarci per saltare fra le braccia del belloccio con il ciuffo cotonato.

Ero rimasto a masticare l'hamburger senza riuscire a ingoiare finché Fabio mi aveva risvegliato dal coma profondo nel quale ero caduto.

"Mimì..."

"Eh?"

"Sono due ore che ti chiamo! Mi passi il panino di Viola?"

"Questo?" e avevo indicato il piatto di fronte a me.

"E quale se no?", e aveva riso, con Sasà che subito gli era andato dietro, fingendosi anche lui ubriaco.

Sotto casa ci salutammo all'americana, con il cinque, perché oramai eravamo adulti che trascorrono il sabato sera al pub. Ma mentre nei miei compagni potevo scorgere entusiasmo e orgoglio per la nostra improvvisa nuova condizione, io, al contrario, non riuscivo a godermela, troppo impegnato a soffrire per Viola. Forse aveva ragione la nonna, pensai una volta a casa, in amore si "arrefonde" e basta, avrei fatto bene a dedicarmi ai compagni, a Sasà, che con quel grandioso regalo mi aveva dimostrato tutto il suo bene e che con la partenza di Fabio per le vacanze sarebbe tornato a essere il mio migliore amico.

Saremmo stati di nuovo io e lui, come ai vecchi tempi.

Purtroppo le cose non andarono come avevo immaginato. I soldi Sasà non li aveva ricevuti in dono, li aveva rubati dalla cassa della salumeria. E non era neanche la prima volta, scoprimmo poi. L'agosto dell'ottantacinque lo trascorsi senza di lui, spedito in una colonia estiva per "fargli imparare un po' di buone maniere". Quando lo rividi, a settembre, molte cose erano cambiate: non portava più i capelli da guerriero indiano, ma rasati come un soldato, Viola aveva rotto con Samuel e mia sorella con Mauro, il nonno si era ufficialmente ammalato e Giancarlo andava ormai incontro ai suoi sicari.

La tua rosa

I primi giorni di agosto arrivò sull'Italia un'aria calda proveniente dall'Africa che rendeva difficile respirare. Il nonno aveva iniziato la chemioterapia e io cercavo di non indagare troppo, però quando si sistemava sulla poltrona con la flebo nel braccio restavo a fissare le goccioline che scendevano lente perché avevo sentito dire all'infermiere che bisognava controllare il livello del liquido e chiudere il tubicino prima che finisse. Il secondo giorno il nonno mi squadrò contrariato e disse: "Mimì, ma che fai tutto 'o tiempo vicino a 'nu viecchio? Vai, esci a giocare, che qua c'è la nonna!".

La sera precedente avevo insistito per restare al suo fianco davanti alla televisione, anche perché su Rai uno davano il concerto di Vasco Rossi da Bolzano. Avevo atteso trepidante tutto il giorno e alle venti e trenta mi ero piazzato davanti alla tv, costringendo il nonno, e il resto della famiglia, a sorbirsi un'ora e mezzo di live di quello che era diventato uno dei miei idoli.

"Chisto è proprio 'nu drogato!" aveva commentato nonna Maria, e papà, che qualcosa di musica capiva, aveva ribattuto: "Ma no, è solo un rocker!".

"Rock o no, me sta facenn' venì male 'e capa. Ma non possiamo cambiare?" aveva chiesto nonno Gennaro e io, per risposta, gli avevo sfilato il telecomando di mano per infilarmelo sotto il sedere. Almeno quella sera la famiglia Russo al completo (tranne ovviamente Bea) doveva sottostare alla volontà del giovane Mimì.

Ma gli altri giorni furono strani e malinconici; l'estate mi era piombata addosso con tutta la sua devastante forza e trascorrevo buona parte del tempo a scrivere sull'agenda rossa il romanzo che iniziava a prendere forma, e la restante parte sui libri, o alla finestra, a lanciare i Corn flakes a Bagheera, o nella portineria con papà, o su da Morla, che con il gran caldo ormai trascorreva le ore a bearsi al sole. La guardavo, immobile e annoiata, e mi convincevo sempre più che quella non era la sua vita e avrei dovuto fare qualcosa per liberarla. Se avessi potuto avrei liberato pure il nonno, perché anche restarsene tutto il tempo su una poltrona con un ago nel braccio non era mica una gran vita. E poi avrei affrancato mamma che, come Morla, conduceva un'esistenza che non era la sua e a volte mi sembrava quasi di scorgerle negli occhi lo stesso sguardo triste della testuggine degli Scognamiglio.

Un giorno in cui ero giù di corda mi dedicai a un nuovo esperimento. Da Alberto (avevo accompagnato mamma dal parrucchiere dopo tanta insistenza) mi ero imbattuto in una rivista nella quale era descritto un test che rendeva possibile sviluppare le nuvole in casa con un semplice barattolo, del ghiaccio e della lacca. Lasciai, perciò, mamma a vantarsi come sempre dei miei risultati scolastici e tornai a casa. Nonna aveva molti barattoli di vetro conservati nella dispensa, le servivano per quando preparava le melanzane, i funghi o le carote sott'olio. Ne presi uno di medie dimensioni e lo riempii di due dita di acqua calda, quindi misi del ghiaccio su un piattino che sistemai in cima al contenitore (per inumidire le pareti in vetro) e, per ultimo, prima di richiudere, spruzzai all'interno un bel po' di lacca della nonna (quella di Bea era intoccabile, mi avrebbe ammazzato).

"Mimì, non mi consumare tutta la lacca!" proruppe nonna Maria mentre tagliava le punte ai fagiolini.

Convinto che dal vasetto dovessero venir fuori le stesse

nubi che sovrastano gli oceani, dopo un po' aprii il coperchio e spruzzai lacca finché la nonna non urlò: "Ué, Mimì, ma che fai? La lacca costa!" e si alzò per fermarmi. Solo che ormai il danno era fatto e le piccole nuvolette di vapore venutesi a creare erano ben poca cosa rispetto alla casa invasa dalla lacca Elnett.

"Marì, Marì," gridava il nonno dalla poltrona, "ma che stai facenn', qua non si respira più! Marì..."

Quella volta mi presi una bella ramanzina da papà, anche se, come sempre, la nonna fu dalla mia parte; in fondo ero un ragazzino costretto a passare l'estate con dei vecchi dentro a due stanze. Questo, in sostanza, fu l'argomentazione di nonna Maria, e nessuno, nemmeno papà, trovò come ribattere.

Ovviamente di andare al mare non se ne parlava, soprattutto dopo che al nonno era stato riscontrato il cancro alla prostata, e poi papà rispondeva sempre allo stesso modo, che faceva caldo, le spiagge erano affollate e i nonni non potevano restare soli, il che si rivelò una bugia perché una sera in cui era più loquace e su di giri (ad agosto lo era spesso perché la città che si svuotava lo metteva di buonumore) confessò: "Mimì, cosa ti piacerebbe fare quest'estate?" e direzionò il getto d'acqua sull'edera rampicante degli Scognamiglio.

"Mangiare una pizza," risposi senza distogliere gli occhi dalle pagine.

"Ma quale pizza," replicò subito lui, "ce ne andiamo due giorni fuori!"

Sollevai lo sguardo e posai l'indice sulla riga appena lasciata a metà. "In che senso?" domandai stupito.

"Facciamo un paio di giorni al mare. Volevo portare tua mamma in Puglia. Eh, che ne pensi? Dicono che lì ci sia un mare che sembra la Sardegna..."

Non potevo crederci. "Dico che è un'ottima idea, una delle migliori dell'ultimo periodo!", e chiusi in un sol colpo *Le tigri di Mompracem*.

Avrei avuto anch'io un'esperienza da vivere e da riportare, un'avventura come quelle di Salgari. Non avrei visitato le giungle dell'India, ma mi sarei accontentato della Puglia; d'altronde, anche il grande autore mica era stato per davvero nei luoghi da lui narrati!

Mi alzai e mi avvicinai a papà, lui mi mise un braccio attorno alle spalle e mi sorrise, mentre il rumore della pompa attutiva il frastuono di una sirena in lontananza e l'acqua gelata sfrigolava al contatto con le mattonelle ancora calde.

Nei giorni successivi fui preso dall'accudire Red, il pesce rosso di Viola. La sera prima che lei partisse per le vacanze avevamo deciso di salire a salutare Morla e trascorrere così un po' di tempo insieme. Io mi ero presentato con la mia storia da leggerle, lei con il pesce che sguazzava nella boccia. Mi aveva guardato con occhi supplichevoli e aveva detto: "Ho pensato che ti avrebbe fatto piacere prenderti cura di lui, siete i miei migliori amici, potreste farvi compagnia finché non torno".

Il discorso sull'amicizia e la compagnia mi aveva conquistato subito, perciò non avevo titubato un attimo per dare il mio assenso, nonostante già sapessi che a casa me la sarei dovuta vedere con una vagonata di domande e rimbrotti da parte dei miei.

Viola aveva poggiato la teca di vetro su una sedia di plastica e si era distesa accanto a me sul dondolo, la testa sulla mia coscia. Ero rimasto a fissarle i lunghi capelli che si diramavano sulla mia pelle per poi cadere nel vuoto, e alla fine avevo iniziato a leggerle la mia storia, che lei, però, aveva interrotto dopo poco. "Quante stelle ci sono stasera!" aveva esclamato, e io mi ero sentito in dovere di dire la mia: "In realtà ci sono sempre, ne puoi ammirare tante in questi giorni perché non c'è la luna piena e perché la città ad agosto produce meno luce artificiale".

Lei aveva proseguito senza ascoltarmi: "Saranno migliaia... ma nessuna cade, quasi facessero un dispetto a me, eppure fra un po' è la notte di San Lorenzo...", e aveva sorriso mentre si passava la lingua sul metallo dell'apparecchio, una cosa che faceva spesso senza accorgersene.

"Gli astri visibili a occhio nudo sono circa tremila, ma le stelle presenti nella nostra galassia sono molte di più, forse duecento miliardi, e parliamo solo della Via Lattea, che è una galassia di medie dimensioni. Se consideriamo che in uno spicchio di cielo", e avevo sollevato l'indice e il pollice verso l'alto a racchiudere nel piccolo spazio fra le mie dita un po' di blu, "possono esistere anche duecentomila galassie, siamo in grado serenamente di affermare che in ogni sperduto angolo dell'universo esistono milioni di miliardi di..."

"Uffa, Domenico, sei proprio noioso, ma chi se ne frega di quante stelle ci sono in cielo! E, poi, che ne sai, le hai contate?"

"No, un tempo avevo considerato la cosa, ma l'esperimento risulterebbe alquanto difficile, anzi impossibile, ci sono studi..."

"Scherzavo," aveva ribattuto seria, per poi aggiungere: "Speravo di vederne cadere qualcuna così da esprimere un desiderio. Tu ce l'hai un desiderio?".

"Be', sì," avevo balbettato e lei aveva incalzato: "Avanti, dimmene uno, uno solo!".

Avrei potuto confessarle di nuovo il mio amore non corrisposto, dichiararmi di fronte al cielo immenso, ma rischiavo di farla andare via, e sarebbe stato un vero disastro. Perciò avevo risposto: "Ne ho due in verità...".

"Sentiamo..."

"Il primo è che il nonno guarisca. Si è ammalato e, anche se nessuno in casa ha il coraggio di affrontare l'argomento, credo che non se la passi troppo bene..."

"Mi dispiace," aveva risposto senza guardarmi.

"Il secondo desiderio, che è più un sogno in realtà, è di conseguire il mio intento, realizzare qualcosa di importante nella vita, diventare astronauta e vagabondare nel cosmo per carpirne i segreti, oppure fare lo scienziato e scoprire la cura per i tumori, in tal modo guarirei anche il nonno, altrimenti decifrare un importante codice matematico che possa aiutarci a dare risposta ai tanti perché che ci accompagnano..."

"Sei esagerato," mi aveva interrotto, "voli troppo in alto e rischi di farti male quando cadrai. Perché non desiderare qualcosa di più concreto? Qualcosa che puoi avere subito...", e aveva cercato i miei occhi.

Io, però, nonostante gli insegnamenti del mio amico Matthias, ero ancora incapace di accorgermi dei segnali che Viola mi stava lanciando, perciò avevo proseguito: "Be', il fatto è che non vorrei passare inutilmente sulla terra, come quasi tutti, aspirerei a donare il mio contributo, lasciare una traccia della mia esistenza, dare un significato alla mia piccola vita".

Ero fiero di quel discorso complesso davanti alla mia amata, la quale, però, era scoppiata a ridere e aveva commentato: "Sei proprio un imbranato", ed era rimasta a fissarmi, il suo viso a pochi centimetri dal mio. Il cuore aveva iniziato a battermi forte in petto.

"Se non l'avessi capito, ti sto dicendo di baciarmi. Non era un tuo desiderio? O preferisci diventare un matematico?"

"Baciarti?" avevo domandato con la bocca felpata.

"Già," aveva replicato con una risolutezza mai vista prima, "ora o mai più!"

E allora avevo lasciato agire l'istinto e mi ero lanciato sulle sue labbra senza nemmeno sapere cosa fare. Era stata lei ad aprire per prima la bocca e mi ero ritrovato davanti alla sua enorme lingua che si muoveva per soffocarmi, come se non riuscisse a trovare una via di fuga, e poi avevo incontrato il freddo della macchinetta ed ero arretrato d'istinto, solo che lei non mi aveva mollato per altri trenta secondi, un'eternità. Ero rimasto con la bocca aperta e il cuore all'altezza del gargarozzo, nel tentativo di reprimere la voglia di pulirmi le labbra con il dorso della mano.

"Come immaginavo..." aveva commentato dopo.

"Cosa?"

"Non sai baciare... nemmeno un po'."

Sarei voluto sprofondare e replicare che neanche lei mi sembrava poi tanto esperta, invece avevo taciuto ed ero rimasto fermo per paura che potesse improvvisamente rendersi conto che a baciarla non era stato Nick Kamen, ma il suo amichetto quattrocchi fissato con gli esperimenti e le collezioni.

"Mi togli una curiosità?" aveva chiesto poi.

"Sono a tua disposizione."

"La storia del braccio rotto per difendermi era una bugia, vero?"

Ero arrossito e avevo chinato il capo prima di annuire. Non le avrei di certo raccontato una menzogna. Viola però aveva sorriso aggiungendo: "Lo sapevo, quel Sasà è un pallista!".

Ero rimasto in silenzio e lei aveva cambiato argomento. "In ogni caso, le stelle non servono, i desideri non cadono dal cielo, semplicemente arrivano, un giorno, per caso, per una coincidenza, proprio quando hai smesso di pensarci."

Non sapevo cosa dire e avevo proseguito con il mio mutismo.

"Mimì", e non mi chiamava mai così, "tu sei un caro amico, noioso a volte, senza un minimo di fascino e capacità di sedurre, però sei buono, colto, intelligente, leale e di compagnia, e io ti voglio bene e non ti voglio perdere, perciò sappi che questo bacio rimarrà unico, un sogno d'estate che porterai con te. Io amo Samuel con tutta me stessa, anche se lui è uno stronzo!"

La descrizione sembrava quella di un cane, fidato e giocherellone, perciò per un attimo avevo pensato di ribattere a muso duro, soprattutto perché non ero d'accordo sulla sua teoria riguardo alla capacità di seduzione, ma non riuscivo a trovare le parole, quasi la sua saliva contenesse un potente veleno paralizzante.

"Ma non poteva esserci lui stasera qui, accanto a me?"

aveva commentato ancora lei e si era sollevata a sedere con un balzo. "Invece chi lo sa in quale campeggio romagnolo del cazzo sta con gli amici e qualche troia!"

"Simili parole nella tua bocca stonano," ero riuscito a reagire, "e poi non puoi saperlo, può essere che in questo momento stia anche lui dedicando lo sguardo alle stelle e pensi a te...", e avevo deglutito per buttare giù il pizzico di euforia che ancora mi era rimasta in bocca dopo il bacio.

Viola mi aveva dedicato un sorriso amaro e aveva ribattuto: "Ma chi, Samuel? Certo, sei proprio un inguaribile romantico tu, ma come fai?".

Poi si era alzata senza attendere la mia risposta. "Devo andare, domattina papà ci sveglia all'alba, abbiamo l'aereo per la Sardegna alle otto."

Solo dopo mi aveva sfilato gli occhiali per stamparmi un bacio sul naso. "Ci vediamo a settembre, mi devi leggere il tuo romanzo e dobbiamo ancora finire la storia di Atreiu..."

Avevo sorriso senza voglia e l'avevo scortata con lo sguardo fino all'interno della casa. Pochi istanti e il rumore della porta che si chiudeva l'aveva portata via da me.

Avrei dovuto essere felice per il mio primo bacio, nonostante mi aspettasse un agosto con il solo Red, invece avvertivo uno strano nodo allo stomaco per via delle parole poco entusiasmanti con le quali mi aveva descritto e, mentre fissavo il pesce che nuotava nervoso al chiarore della luna, avevo ripensato alla strana sensazione della sua lingua nella mia bocca e al senso di oppressione che mi aveva preso.

"È il tempo che hai perduto per la tua rosa che ha fatto la tua rosa così importante..." avevo pronunciato quindi nel silenzio dei tetti, volgendo lo sguardo alle stelle che sarebbero rimaste a fare compagnia a me, a Red, a Beethoven, Matthias, e a tutti quelli che anche ad agosto continuavano a girare in tondo nelle proprie bocce.

Quando non avrai ogni cosa a portata di mano, quando imparerai a sperare con tutta te stessa che un sogno si avveri, allora avrai imparato anche tu a essere romantica. Questo avrei dovuto risponderle.

Mi ero affacciato alla balaustra per trovare un po' d'aria fresca e lo sguardo mi era caduto su due individui all'angolo della piazza che non si scambiavano una parola e sembravano guardarsi attorno. Erano gli stessi tizi che qualche settimana prima avevano fatto la spola avanti e indietro per la strada come se fossero alla ricerca di qualcosa, quelli di cui Matthias mi aveva parlato. Stavolta se ne stavano fermi ai bordi del marciapiede e guardavano fisso in direzione del mio palazzo.

A un certo punto quello più mingherlino aveva sollevato lo sguardo e quasi mi era sembrato di incontrare i suoi occhi. Ero arretrato d'istinto, ma quando, pochi secondi dopo, ero tornato a sporgermi, la coppia già non c'era più. Era stato solo un attimo, eppure non riuscivo a calmarmi. Possibile che qualcuno avesse segnalato la mia presenza? Che mi stessero spiando per capire cosa facevo in casa d'altri? E se quei due fossero stati agenti in borghese?

All'improvviso ero stato preso dal panico, avevo salutato in fretta Morla, afferrato la boccia con Red, e mi ero chiuso alle spalle la porta di casa Scognamiglio affrontando i gradini di corsa mentre l'acqua del povero pesce mi cadeva come una cascata ora su una mano ora sull'altra.

Un bicchiere di vino annacquato

Quando papà mi aveva parlato della Puglia, non avevo realmente confidato nelle sue parole perché non si contavano le volte in cui aveva promesso di portarci chissà dove. Invece, incredibilmente, riuscì davvero a organizzare un paio di giorni al mare, anche se non a Ferragosto, come avrebbe desiderato, perché non aveva trovato alberghi liberi, bensì la seconda settimana del mese.

Due sere prima della partenza infilò il dépliant dell'hotel sotto il piatto della moglie e attese tutto impettito che lei lo scovasse. Mamma, però, non si accorse subito della sorpresa perché era intenta a gestire l'ennesima discussione con Bea, che più cresceva e più diventava insofferente nei confronti della famiglia.

Quella volta il tema del litigio era il viaggio che Mauro si apprestava a fare con gli amici. Mia sorella era venuta a sapere delle intenzioni del fidanzato e lo aveva ricattato spiegandogli che l'unico modo per sperare di farlo davvero, il viaggio, sarebbe stato portarla con sé. Perciò quella sera Bea aveva raggiunto nostra madre in bagno (le due facevano ancora pipì insieme nonostante il disappunto della nonna) e, con occhi fintamente supplichevoli, le aveva chiesto il permesso di seguire Mauro in giro per l'Europa.

"Non se ne parla proprio!" aveva urlato Loredana Russo dal gabinetto, in preda a una crisi isterica, tanto che il nonno, imprecando, era stato costretto ad alzare il volume di una spanna per cercare di capire cosa stesse dicendo il giornalista alla tv.

Era successo che nel pomeriggio a Palermo un poliziotto che di nome faceva Antonino Cassarà, detto Ninni, uno che investigava su Cosa Nostra e faceva parte del pool antimafia con Giovanni Falcone, era stato ucciso sotto la sua abitazione insieme a un ragazzo della scorta, Roberto Antiochia.

Palermo era per me qualcosa di troppo lontano nel tempo e nello spazio, perciò preferii restare ad ascoltare la diatriba fra Bea e mamma anziché avvicinarmi al nonno che fissava assorto lo schermo e ciondolava il capo a destra e a sinistra, e a papà, che indossava lo sguardo serio delle grandi occasioni.

"Rosà, ma tu hai capito tua figlia che sta dicendo?" urlò mamma piombando nel soggiorno con due grandi falcate, ma il marito la zittì con un brutto gesto.

"E figurati se tuo padre poteva prendere una posizione una volta tanto!" chiosò lei. Fu il nonno a risponderle: "Loredà, statte zitta 'nu mument' che nun me fai capì niente!".

Mamma, sconfitta, sospirò, afferrò Bea per un braccio e la condusse nella stanza da letto per continuare il litigio in santa pace. Quando la nonna ebbe infine terminato di friggere le melanzane, un inviato da Palermo stava mostrando il luogo dell'attentato e Bea si era seduta a tavola accigliata e con le braccia incrociate al petto.

"Che schifo l'umanità..." commentò nonna Maria e fece scivolare le cotolette nei piatti.

"È stato un incosciente," ribatté papà mentre stappava la bottiglia di vino che comprava da un contadino dei Camaldoli ogni sabato mattina. "Aveva tre figli..." aggiunse poi, "non doveva rischiare", e si riempì il bicchiere.

"Se la pensassero tutti come te," si inserì mia sorella, che per un attimo aveva sollevato il capo dal piatto, "non esisterebbero i poliziotti, i giudici. Saremmo tutti indifesi."

“Che c’entra,” rispose lui, visibilmente contrariato, “non si può fare l’eroe se a casa hai una famiglia.”

“Allora adesso chiediamo alla gente di non sposarsi, così abbiamo un sacco di valorosi combattenti da sacrificare contro la lotta alla mafia e alla camorra!” ribatté lei a muso duro.

Rimasi a guardarla con un’espressione di meraviglia sul volto perché non ero di certo abituato a discussioni di Beatrice che non riguardassero maschi, amore, musica o moda, e per un attimo fui fiero di lei, del coraggio con il quale si stava opponendo ai poteri forti della casa. Perciò decisi di intervenire: “Dovrebbero esistere dei corsi appositi per forgiare supereroi. Spider-Man combatterebbe la mafia senza doversi preoccupare dei figli a casa. I supereroi non hanno legami affettivi”.

Ma la mia proposta rimase inascoltata perché papà pensò a rispondere alla figlia: “Ué, picceré,” alzò la voce, “se stai facendo la ribelle per il fatto del viaggio, sappi che mamma ha ragione, non vai da nisciuna parte. Anzi”, e accennò un sorriso, “vieni con noi!”, e indicò con il mento il piatto della moglie.

Mamma strabuzzò gli occhi e non disse una parola. “Che significa?” chiese dopo qualche secondo.

“Significa che andiamo tutti e quattro al mare!” ribatté lui con il sorriso a deformargli le guance sulle quali si arrampicava una barba di tre giorni.

Sulla stanza calò il silenzio, intervallato solo dal commento alla televisione di un testimone che per poco non si era trovato in mezzo agli spari.

“È uno scherzo?” domandò Bea.

“Ma quale scherzo? Non posso decidere di portare la mia famiglia al mare?” rispose lui stizzito.

Il nonno, evidentemente incuriosito dalla novità, spense la televisione e si alzò a fatica dalla poltrona per avvicinarsi alla tavola.

“E loro?” chiese mia madre, indicando la nonna.

"Sono solo due giorni..." rispose papà.

"Sì, Loredana, sono solo due giorni, nun ve preoccupate per noi..."

"E con quali soldi?" incalzò mamma.

"Uuh, Loredà, tu e 'sti soldi! Non pensare ai soldi. Non ti lamenti sempre che non andiamo mai da nessuna parte?"

"Sì, però..." cercò di controbattere lei, ma il marito la fermò subito. "Per tre giorni faremo i gran signori: bagni, ristoranti, visite ai trulli, alle grotte di Castellana e allo Zoosafari."

"Lo Zoosafari?" intervenni d'istinto.

"Eh, Mimì, lo zoo, a te piacciono gli animali, no?"

A quel punto lanciai un urlo di entusiasmo, e allora mamma scoppiò a ridere e Bea, seppur controvoglia, le andò dietro mentre papà riempiva con il suo vino da mille lire a bottiglia i bicchieri dei presenti. Anche il nonno, approfittando del marasma, infilò il bicchiere sotto il fiasco che il genero continuava a mescere e trangugiò il vino nell'indifferenza generale.

C'era voglia di festeggiare in casa Russo. Voglia di essere come tutti gli italiani, che in quegli anni non sembravano passarsela male. Voglia di ridere e non stare lì a rovinarsi la serata con l'ennesima discussione. Voglia di non ascoltare un'altra brutta notizia che arrivava da lontano. Voglia di credere, forse, che davvero esistesse da qualche parte un supereroe nascosto che proteggeva le persone perbene e caricava sulle proprie spalle tutte le brutture del mondo.

Quella sera la compassione e lo sgomento per il povero Ninni Cassarà, e per tutti i morti innocenti ammazzati dalla mafia, durarono il tempo di buttar giù il secondo bicchiere di vino annacquato.

Almeno in casa Russo.

Dopocena Bea e Mauro si fermarono a discutere, lui sulla moto e lei affacciata alla finestra. Io lasciai il nonno e papà davanti al televisore (mia madre e la nonna erano intente a chiacchierare mentre una stirava e l'altra passava lo straccio sul lavello) e scesi sperando di rintracciare Giancarlo, che in genere tornava a quell'ora. Tutti quei discorsi sugli eroi e sulla guerra alla criminalità mi avevano dato la forza di spingermi là dove non mi ero mai spinto e nella mia testa ora non esisteva che un obiettivo, una missione: avvertire il mio amico dei timori che iniziavano a ronzarmi in testa da quando Matthias mi aveva fatto quello strano discorso. Avrei dato voce alla mia paura e così contribuito alla salvezza di un eroe e, forse, a quella del mondo.

"Ma che devi fare conciato così?" chiese mamma appena sbucai in soggiorno.

In un momento di grande euforia mi ero infilato il costume di Spider-Man, convinto che mi avrebbe dato la forza di fare quel che andava fatto.

Il nonno si voltò e dalla sua poltrona disse: "Ué, è che è stato, è arrivato Carnevale e manco me ne sono accorto?", e si mise a ridere.

Papà, invece, non disse una parola, almeno fino a quando non fu costretto dalla moglie a intervenire, perché a farmi scendere vestito in quel modo in pieno agosto a lei proprio non andava.

"Ma che male c'è?" brontolai.

"Già, che male c'è?" commentò papà in un primo momento.

Lo sguardo assassino della moglie gli consigliò di cambiare linea. "Mimì, ci facciamo ridere appresso dalla gente, togliti 'sto coso per favore."

"Come dobbiamo fare con questo ragazzo?" disse allora mamma e guardò preoccupata la nonna, la quale sospirò e cercò di minimizzare. "So' cose da ragazzi..."

"Ma quali cose da ragazzi, mamma, Mimì ha dodici anni ormai. Lo sai la gente che va dicendo? Che è un ragazzo strano, lo so perché qualcuno parla e non parla, mi fa capire. E allora io passo le giornate a raccontare i suoi pregi, la sua intelligenza, così da zittirli. E mò dovrei permettere che se ne vada in giro così, di modo che gli possano ridere dietro?"

"Loredà," intervenne di nuovo papà, "ma alla fine che ce ne fotte a noi della gente?"

Me ne stavo accanto alla porta d'ingresso, con il vestito invernale addosso, a sudare e a guardare l'orribile teatrino che si stava svolgendo dinanzi a me.

"Già, figlia mia, tuo marito tiene ragione," si associò il nonno, "la gente può dire quello che vuole, a noi non deve importare. Ricorda che questo quartiere è sempre pronto a riempirsi la bocca e poi vota la Dc!"

"Che c'appizza la politica?" urlò mamma.

"C'entra, c'entra sempre..." rispose il nonno con disappunto e tornò alla televisione dopo aver concluso con una frase dedicata a me: "Comunque, stai a sentire i tuoi genitori, che ne sanno più di te. Attacca 'o ciuccio addò vo' 'o padrone, accussì si dice".

"Mimì, ma perché devi fare prendere collera a tua madre? Perché scendere con quel coso addosso?" intervenne la nonna con voce dolce.

Titubai un istante prima di rispondere: "Perché devo fare una cosa che farebbe solo un supereroe, devo avvertire un amico di un pericolo", e gonfiai il petto. "Non ho tempo per i vostri stupidi e miseri discorsi umani."

Non avevo mai pensato per un solo istante, come invece suggeritomi da Matthias, di parlare con la mia famiglia di quei due ragazzi che ogni tanto comparivano in piazza; sapevo bene che, nel migliore dei casi, non mi avrebbe ascoltato, nel peggiore, mi avrebbe deriso.

Mamma si alzò e mi afferrò per il braccio, quindi mi guardò dritto negli occhi e disse: "Lievat' stu coso a cuollo se no stasera nun esci!".

Un supereroe non si dovrebbe far piegare dalla madre, ma dipende anche da che madre si ritrova. Dopo una rapida occhiata circolare, capii di essere solo in quella battaglia impari e che nessuno avrebbe osato prendere le mie parti per mettersi contro Loredana Russo sul piede di guerra. Scivolai allora sconsolato nella camera da letto e mi cambiai, quindi aprii la porta di casa e uscii senza salutare, con il viso rabbuiato.

Percorsi la via per intero, per vedere se Giancarlo fosse per caso già arrivato e avesse parcheggiato all'inizio della strada, ma della Mehari non c'era traccia. Incappai soltanto in una coppia che si baciava con foga contro il muro di un fabbricato e tornai sotto casa proprio nel momento in cui donna Concetta risaliva il marciapiede dopo aver smontato il suo bancariello. Nel vedermi corrucciato, aggrottò le sopracciglia ed esordì: "Né, Mimì, che è stato, t'hanno fatto arrabbiare?", e allungò la mano per sorreggersi al cemento del palazzo.

"Sto cercando Giancarlo," dissi, "devo parlargli con una certa urgenza. Per caso lo ha visto?"

Lei fece di no con la testa e allora ne approfittai per porle la domanda che da un po' volevo farle. "Signora donna Concetta, lei sta sempre qui, dalla mattina alla sera, il suo aiuto potrebbe rivelarsi prezioso, potrebbe dare un notevole contributo alla vittoria del bene sul male..."

Lei sorrise. "Mimì, tieni semp' voglia 'e pazzià!"

"Mai stato più serio in vita mia," risposi deciso, "volevo solo chiederle se per caso negli ultimi tempi avesse notato due ragazzi strani aggirarsi nei paraggi."

"Che ragazzi?" fece, ringalluzzita.

"Due tipi sospetti che frequentano la zona. Li ha visti?"

Lei sembrò alzare gli occhi al cielo e rispose: "Mmh, no, Mimì, nun aggio visto a nisciuno, sempre la stessa gente".

"Ne è proprio sicura?"

"Sì, so' sicura, pecché?"

"Ho validi motivi per credere che quei due malintenzionati vogliano compiere qualche brutta azione..."

Donna Concetta sollevò un po' il mento sul quale faceva bella mostra di sé un grosso neo peloso e liquidò la questione con questa frase: "Mimì, tu liegg' troppi fumetti, sient' a me, nun ce sta nisciuno fetente, al più ogni tanto arriva qualche mariunciello, roba di poco conto. Tu, comunque, stai sempre attento, guardati attorno e nun turnà tardi la sera, che mamm't giustamente se preoccupa".

Detto questo sfilò al mio fianco e proseguì. Restai a guardarla scomparire nel buio mentre riflettevo sul perché spesso chi ha, nemmeno si accorge di avere, e chi non ha impara presto a percepire e a valorizzare quel poco che gli è rimasto. Pensavo, insomma, a Matthias, che pur senza occhi era arrivato a vedere ciò che donna Concetta probabilmente non avrebbe notato mai.

In quel mentre Mauro si allontanò rombando con la sua moto verso la piazza e Giancarlo piombò nel viale con la Batmobile. Nel silenzio di quella sera di inizio agosto la voce di Vasco proveniente dallo stereo della sua auto sembrava avvolgere l'intera strada. Il mio amico spense la musica e allora riuscii a distinguere anche il rumore del freno a mano dopo che il motore si era arrestato. Mi avvicinai: Giancarlo aveva il volto tirato e non sembrava allegro come sempre.

"Ciao," lo salutai, e solo allora lui sembrò accorgersi della mia presenza, "come stai?"

"Ué, Mimì, oggi non è stata proprio una bella giornata..." esordì mentre raccoglieva la borsa dal sedile.

"Per l'attacco di Palermo?"

"Che ne sai tu di Palermo?" ribatté uscendo dall'auto.

"Papà e il nonno stavano guardando la televisione, e in casa si è accesa una discussione sugli eroi e sulla lotta alla mafia."

Giancarlo infilò lo stereo sotto il braccio e non rispose. Allora proseguii con il mio repertorio migliore: "Io continuo a credere che la gente abbia bisogno di fidarsi di qualcuno di superiore, di forte, qualcuno che, però, sia fra noi materialmente, uno al quale chiedere protezione, che possa combattere per noi e tenere lontano il male. Gli adulti ridono delle mie fissazioni, eppure, quando guardano le notizie alla tv, li vedo farsi piccoli piccoli e sprofondare nella paura".

Lui fece uno sbuffo e rispose: "Le cose, Mimì, possono cambiarle solo gli uomini. Il male viene dagli uomini e solo gli uomini possono combatterlo. Più che di eroi, c'è bisogno di gente che ci creda, persone che aspirino a cambiare le cose in meglio", e si passò una mano fra i capelli. "Gli ideali, Mimì, i grandi ideali hanno trasformato il mondo, non i superpoteri. Gente normale, come te, come me, che credeva fortemente in qualcosa. Le idee vere, forti, non muoiono mai." Poi si mise in cammino verso il nostro palazzo.

"Ti devo dire una cosa..." riuscii a bisbigliare mentre gli andavo dietro a fatica.

"Cosa?"

"Non so, probabilmente è una sciocchezza..."

Lui, forse stanco di quei discorsi e convinto che volessi di nuovo parlare di superpoteri, non mi lasciò finire e ribatté: "A settembre c'è Vasco a Napoli, lo sapevi?".

Sgranai gli occhi e feci di no con la testa.

"Già. Potresti portarci la tua Viola..." aggiunse mentre sfilavamo accanto alla famosa parola *ama*.

Risposi con una smorfia che non voleva dire nulla, ma lui seppe interpretarla perché replicò subito: "Mimì, sai quante Viole incontrerai nella tua vita? Adesso ti sembra che lei sia il centro del tuo mondo, poi capirai che non è così, fra qualche anno la vita ti si aprirà come un ventaglio. Devi essere paziente e goderti il momento, ogni momento".

Continuai a guardare per un po' il selciato prima di chiedere: "Non vai in vacanza tu?".

"No, ho ottenuto un contratto di due mesi dal giornale, per la sostituzione estiva. Tu, invece, che fai, dove vai?"

"In Puglia," dissi subito, fiero di avere anch'io, finalmente, una risposta.

"Bella la Puglia," sembrò entusiasta.

Sotto il palazzo trovammo la solita testa bianca del signor D'Alessandro che scortava i nostri movimenti con gli occhi, ma Giancarlo non se ne accorse, infilò le chiavi nella toppa e spinse il portone. Lo accompagnai all'ascensore e mi fermai a osservarlo mentre attendevo con lui; aveva una leggera abbronzatura sul viso che lo rendeva più adulto e dalla camicia di lino gli uscivano alcuni peli scuri del petto. Per un istante pensai di riprendere le fila del discorso, di raccontargli di quei ragazzi che ogni tanto comparivano all'inizio della strada, ma era troppa la paura di annoiarlo, di farlo stancare di me, così me ne uscii con tutt'altro.

"Sto scrivendo una storia..." dissi d'un fiato.

Lui aprì la bocca per emettere un entusiasmante "Wow!", quindi aggiunse: "Fantastico! E di cosa parla?".

Titubai.

"Dai, racconta..."

L'ascensore si arrestò al piano con il solito *clang*.

"Di amore...", e abbassai lo sguardo.

"Perché lo dici come se ti vergognassi?"

"Ho provato anche a scrivere di cose più importanti, però, ecco, non mi viene, è che sono preso dalla mia vicenda in questo momento. Solo che... davanti a te avrei voluto fare una figura diversa. Il problema è che non ne so molto di camorra..."

Giancarlo si infervorò. "Ma chi te le mette in testa tutte queste fesserie? Camorra? A dodici anni? Ma poi l'amore è una delle emozioni più potenti che c'è in giro, se non la più potente. L'amore è l'unica cosa che ci permette di vincere la morte, ci avevi pensato mai, piccolo scienziato?" disse strapazzandomi i capelli.

Poi si infilò nella cabina e precisò: "Quando hai finito, la voglio leggere...".

Rimasi solo nell'androne vuoto, a guardare l'ascensore che non c'era più e a riflettere sulle sue parole: l'amore vince la morte.

No, non ci avevo mai pensato, altrimenti avrei speso gli ultimi mesi a studiare e sperimentare solo l'amore anziché perdere del tempo con la telepatia.

I Quindici

Il viaggio in Europa alla fine non lo fecero né Beatrice, né Mauro. I due non si videro per qualche giorno, poi, un pomeriggio, di ritorno da una sortita per impossessarmi di un manifesto funebre che aveva attirato la mia attenzione in via Suarez (dove era venuto a mancare tale Gigino, di professione "parcheggiatore"), trovai Mauro sotto il nostro portone, seduto sulla sua moto con accanto Bea in piedi. Gli sorrisi e ci demmo il cinque, come ormai facevamo da un po', lui ricambiò senza troppa enfasi e allora indirizzai uno sguardo a mia sorella che se ne stava con le braccia incrociate sul petto e il viso rabbuiato ma fiero.

La sera andai da lei, stesa sul letto dei nostri genitori a fissare il soffitto. "Entra e chiudi la porta," comandò dopo che ebbi bussato. Mi sedetti al suo fianco e capii che aveva pianto. Lei si voltò e mi guardò seria. "Mi sono lasciata con Mauro," esclamò.

Non risposi, non sapevo cosa dire.

"Anzi, mi ha lasciata lui," aggiunse.

"Per quale motivo?"

Bea sorrise amara. "Perché? Perché non ha le palle!"

Alzai lo sguardo al soffitto, ma lei non aveva terminato, si sollevò a sedere e mi agguantò le spalle, poi esclamò con slancio: "Mimì, non ti innamorare mai, l'amore è una gran fottitura!". Quindi si rituffò sul materasso e si voltò dall'altro lato.

Anche lei, come la nonna, cercava di mettermi al riparo dai pericoli dell'amore, senza immaginare che il suggerimento giungeva troppo tardi: io mi ero già innamorato di Viola, e mi sarei innamorato ancora, di lì a due anni, di Marianna, una ragazza del Vico, il liceo classico al quale mi sarei iscritto dopo l'esame di terza media.

"Prima o poi ti imbatterai nella persona giusta, occorre solo avere pazienza," sussurrai, ma lei non rispose.

"E con ogni probabilità avrai anche tanti figli," aggiunsi, "e uno lo chiamerai Domenico..."

Lei finalmente si girò, una lacrima che le scendeva lungo la guancia e un sorriso appena accennato sul volto. "E che ne sai tu? Ora sai leggere anche nel futuro oltre che nel pensiero?"

"Puri calcoli matematici. Statistica. Ho letto su una rivista che una donna su quattro non ha figli. Tenuto conto del fascino che emani sugli uomini, considerando che nostra madre ci ha avuti da giovane, che godi di buona salute e di un carattere equilibrato, possiamo ritenere che entrerai a far parte dei tre quarti di donne italiane che genera figli."

Lei rimase per qualche secondo a bocca aperta e poi scoppiò a ridere, con il volto ancora imbrattato di lacrime e trucco. "Sei tutto pazzo tu, lo sai?" Quindi si rialzò a sedere sul letto e aggiunse: "Però, mi dispiace, ma se sarà maschio non lo chiamerò Domenico".

"Perché, Mimì non ti aggrada?"

"Di Mimì ne basta uno, due sarebbe troppo!", e si mise di nuovo a ridere.

"Stupida", e finsi di colpirla, ma lei si fece seria e sprofondò nel mio petto.

"Io ci sarò sempre," dissi allora con voce austera, per darmi un tono.

"Ma va'," rispose e mi tirò un buffetto sulla spalla, "sei un maschio, il tempo di trovare una femmina che ti faccia rimbecillire e te ne andrai, e chi ti vedrà più!"

"Ma no," abbozzai, solo che Beatrice mi interruppe subito: "Avresti dovuto essere donna, una sorella sì che mi avrebbe fatto comodo...", e restò con la guancia sulla mia spalla, a tirare su con il naso e a stringermi come mai aveva fatto, forte, così forte che sentii il suo poderoso seno esplodere contro di me e pensai a Sasà, che era in colonia e mi mancava ogni giorno di più.

"Scherzavo," sussurrò poi nel silenzio della stanza, "sono felice di averti come fratello."

"Anch'io provo la stessa folgorante sensazione di gioia nell'averti come sorella," balbettai per cercare di vincere l'imbarazzo.

Lei sospirò e ribatté: "Mimì...".

"Dimmi."

"La prossima volta che incontri una donna, fammi una cortesia... tieni la bocca chiusa."

Il giorno della partenza per la Puglia non mi reggevo in piedi perché avevo passato quasi tutta la notte accovacciato sul balcone della cucina a scrivere. La sera precedente, infatti, nel silenzio della strada, era giunto l'inconfondibile borbottio della Mehari. Mi ero avvicinato, Giancarlo aveva abbassato l'audio dello stereo e aveva esclamato: "Grande Mimì!". Quindi mi aveva invitato a sedermi al suo fianco e per una decina di minuti avevamo chiacchierato del più e del meno, del mio viaggio dell'indomani, della sua strana estate a Napoli, della storia che stavo scrivendo e che sembrava procedere a buon ritmo, finché mamma era venuta a chiamarmi. A quel punto lo avevo salutato e le ero corso dietro.

"Ma di che parli con quel ragazzo?" aveva chiesto lei una volta a casa.

"Di tutto, principalmente di scrittura," avevo risposto orgoglioso.

"Mimì, stai con Sasà, con Fabio, ragazzi della tua età. Lui è troppo grande per te, potrebbe influenzarti..."

"Sasà è partito, come Fabio del resto, che comunque non

è mai stata persona di mio gradimento. Che intendi dire che può influenzarmi?"

Lei si era chinata all'altezza del mio viso e aveva risposto: "Ma che ne saccio, tuo padre dice che quel giornalista scrive cose pericolose. Mi preoccupa vederti al suo fianco così spesso".

"Non scrive cose pericolose, mà, scrive cose vere, quelle che nessuno ha il coraggio di scrivere."

"Sì, può darsi, Mimì, ognuno si sceglie la vita che desidera. Se lui vuole rischiare, che rischi, ma tu sì ancora piccirillo, devi crescere e scegliere da solo il tuo futuro. Pure sto fatto che scrivi... non vorrei che lo facessi per imitarlo!"

A quel punto ero sbottato. Avevo scrollato le spalle e avevo fatto un passo indietro prima di ribattere: "E se pure fosse? Io almeno imito un modello, un esempio, un eroe. Voi chi imitate invece? Beatrice chi imita? Le oche starnazzanti alla tv?".

"Fai buono a non avere idoli alla tv," era intervenuto il nonno dalla sua poltrona, "quelli so' tutti sciem'. Sai come si dice... 'Na femmena e 'na papera arrevutaino 'na città!"

"Ué, papà, nun te ce mettere pure tu adesso, Mimì è un ragazzino e deve pensare a giocare, non alla camorra!"

Finalmente quella parola era uscita dalla sua bocca. In soggiorno era sceso il silenzio, e la nonna, che fino ad allora aveva assistito impassibile alla discussione mentre infornava la sua torta di mele senza uvetta (come piaceva a me e a Bea), aveva fatto uno strano risucchio con la bocca prima di intervenire: "Mamm't tene ragione, dovresti giocare a pallone con Sasà e non pensare a cose che non ti riguardano!".

"Ecco, adesso ti ci metti pure tu," avevo sbraitato, "a dirmi cosa devo fare. Non mi piace il calcio", e il nonno aveva strabuzzato gli occhi e voltato il capo per fissarmi, "non mi trovo più a mio agio con Sasà, non abbiamo gli stessi interessi e non la pensiamo allo stesso modo. E poi non mi sembra che lui sia felice e spensierato. Nella vita l'importante è avere un ideale che ci guidi a compiere le azioni giuste!"

"Per quello c'è il Padreterno, Mimì..." aveva detto ancora la nonna.

"Io non credo in Dio", e nonna Maria aveva sfilato subito il rosario dal reggiseno per baciarlo e chiedere così perdono per quel nipote degenere, "credo nelle persone, negli eroi. Giancarlo è uno di questi..."

Mamma aveva incrociato le braccia, poi aveva sbuffato: "Ma comme aggià fa cu' te... va be', fai chello che vuò, io ci ho provato", ed era andata a togliere i panni dalla lavatrice.

"Perché fai dispiacere tua madre?" era stata la domanda di nonna, che si era seduta a fatica dietro la tavola della cucina.

"Perché ho una testa, e mi piace farla funzionare," avevo risposto, quindi le avevo dato la schiena e mi ero rifugiato nella stanza da letto.

Avevo aperto l'agenda rossa e tentato di scrivere. La chiacchierata con Giancarlo mi aveva fatto riflettere. "Coltivala ogni giorno," aveva detto a un certo punto lui, riferendosi alla scrittura, "ti accorgerai che è un grande potere nelle tue mani." E allora mi era venuto in mente di narrare anche della mia voglia matta di diventare un supereroe, del vano tentativo durante l'inverno di sviluppare la telepatia e di come, in realtà, con il passare del tempo e grazie all'incontro con lui, mi fossi reso conto di essere un ragazzo normale, come tutti gli altri, e che l'unico modo per cercare di diventare non un supereroe, ma almeno fiero di me stesso, sarebbe stato dedicarsi a quella specie di scintilla che mi si accendeva nella pancia ogniqualvolta iniziavo a scrivere.

"Ma noi due giorni ammà sta!" esclamò papà, rosso in viso, quando mamma si presentò davanti all'auto con l'intero guardaroba.

"Rosà, è dal viaggio di nozze che non vado in vacanza. Perciò me la voglio godere e cambiarmi anche tre volte al giorno se è il caso. Tieni quaccosa a dicere?"

"Ué," s'intromise donna Concetta dall'altro lato della

strada, “Loredana tene ragione!” sentenziò, e papà non ebbe proprio più nulla da controbattere.

Cinque minuti dopo salimmo in auto e ci allontanammo sventolando fazzoletti ai nonni che ci salutavano commossi dalla finestra. E in effetti era una gran festa, soprattutto per me, che mai mi ero allontanato da Napoli, e per mamma, che dopo anni di rinunce e sacrifici poteva fare, anche se solo per due giorni, la signora, come la Iacobelli, che andava da Alberto il parrucchiere una volta a settimana.

Papà guidava e ogni tanto afferrava la mano di mamma, oppure si girava e ci sorrideva. Bea in quei giorni era insopportabile, teneva il muso tutto il tempo e a stento rispondeva quando veniva chiamata in causa. Aveva un atteggiamento strafottente e provocatorio, come se l’essersi lasciata con Mauro l’avesse portata a odiare il mondo e a ritenerlo responsabile del suo dolore.

Per fortuna era tale l’entusiasmo all’interno della Simca che ben presto anche Beatrice ne fu contagiata, soprattutto quando arrivammo in autogrill, e allora lei e mamma persero più di un’ora a girovagare fra gli scaffali, con papà che blaterava perché si stava facendo tardi. A un casello ci imbattemmo anche in un venditore abusivo di audiocassette e Bea supplicò nostro padre di acquistare quella pezzotta del Festivalbar, cosicché il resto del viaggio lo trascorremmo in compagnia dei Righeira, la Nannini, la Berté, Fiorella Mannoia e lui, Vasco, con la sua *Cosa succede in città*, canzone che avevo ormai imparato a memoria, con malcelata sorpresa di mia sorella.

Giungemmo a Fasano che era pomeriggio inoltrato e filammo dritti in albergo. La mattina dopo, alle dieci in punto, eravamo allo Zoosafari. Mamma sorrideva, ma si vedeva che era tesa, e pregò più volte il marito di controllare che la macchina fosse ben chiusa prima di iniziare il tour. Papà, invece, non lo avevo visto mai tanto euforico; e infatti in un momento di grande eccitazione violò la promessa fatta alla moglie e aprì il finestrino per fotografare il “Re della savana”, che se ne stava tranquillo a prendersi un po’ d’ombra sotto un faggio. Non l’avesse mai fatto! Mamma diventò una furia e tutta la sua paura fino ad allora contenuta esplose: “Rosà, ma sì scemo! Chiudi quel vetro, che il leone ci zompa al collo!”.

“Loredà, mamma mia, aspetta nu’ mumento,” rispose lui, con un occhio infilato nell’obiettivo.

Mamma gli strappò la macchina con un gesto fulmineo e lo incenerì con lo sguardo. “Chiudi. Adesso!”

“Mamma, non farti prendere dal panico, il Panthera leo è solito trascorrere almeno venti ore al giorno immobile e inizia la caccia solo di notte. E poi qui parliamo di esemplari in cattività...”

“Ma comm’ fa a sapé tutte ’ste cose?” chiese allora papà mentre sterzava per allontanarsi dalla zona.

“E come fa? Non lo vedi che sta sempre davanti a un documentario?”

“Non è proprio così,” precisai, “queste notizie le ho apprese su “I Quindici”, più precisamente nel volume dedicato al regno animale.”

“Non scoperai mai, mai!” commentò sottovoce Bea al mio fianco.

“Hai visto?” rispose papà, e guardò la moglie. “E tu che dicevi che sarebbe stato un investimento eccessivo. Per l’istruzione dei miei figli non bado a spese!” concluse fiero.

Per amor del vero, avrei voluto ribattere che Beatrice, in realtà, non aveva mai aperto un solo volume della collana, ma preferii zittirmi.

Un pomeriggio di due anni prima aveva bussato alla nostra porta un signore attempato, con solo pochi capelli attorcigliati sulla fronte e una folta corona, vestito con un abito grigio smorto, cravatta giallognola e mocassini beige che si portavano dietro la fatica degli anni. Si era seduto al tavolo della cucina e, sorseggiando il caffè offertogli dalla nonna, si era messo a spiegare nel dettaglio il contenuto della famosa enciclopedia e perché sarebbe stato altamente diseducativo, agli albori del nuovo secolo, crescere dei ragazzi senza avere in casa, a portata di mano, un simile tesoro dal quale apprendere ogni giorno qualcosa di nuovo, con il quale costruire le fondamenta della propria cultura.

Io ero in estasi. Mamma era andata subito al sodo chiedendo il prezzo. "Comode rate" era bastato dire all'uomo per convincere papà a fare il grande passo. Tutto ciò che poteva essere pagato nel tempo, per Rosario Russo si tramutava in un affare da cogliere al volo.

"Ma dove ce la mettiamo?" aveva protestato mamma e lui, per darsi un tono, aveva risposto: "Per la cultura in questa casa ci sarà sempre spazio!", e aveva cercato poi lo sguardo compiacente del rappresentante.

In quei due anni l'enciclopedia era stata utilizzata solo da me, nonostante nel tempo fosse diventato quasi impossibile sfilare un volume dalla mensola perché prima bisognava disfarsi di una serie di gingilli della nonna posti sul davanti. Dopo dieci rate papà aveva iniziato a lamentarsi del costo eccessivo dell'operazione e aveva chiamato l'editore per chiedere la restituzione del prodotto.

"Ma non avevi detto che per la cultura in questa casa ci sarebbe sempre stato spazio?" aveva commentato nostra madre ironica, e poi aveva sentenziato: "In ogni caso, non ridare indietro proprio niente, ché quella striscia di dorsi colorati arredano e vivacizzano la stanza".

Giungemmo nella zona degli elefanti, con i loro corpi maestosi, le proboscidi penzolanti, la camminata pacata, le orecchie che si muovevano in continuazione, tipo radar. Anche sugli elefanti sapevo tutto quel che c'era da sapere: sono erbivori, hanno l'udito e l'olfatto molto sviluppati per compensare una vista piuttosto debole, non sono così tranquilli come sembrano, e i maschi possono essere aggressivi e manifestare insofferenza verso l'uomo. Perciò quando papà suonò il clacson perché in tal modo, secondo lui, l'animale si sarebbe voltato per farsi fotografare in primo piano, chiusi gli occhi e pregai che andasse tutto bene. Solo che la frittata era fatta: il grosso pachiderma si girò con espressione tutt'altro che pacifica e mamma iniziò a urlare, e allora nostro padre ci ordinò di restare fermi e muti. L'elefante attaccò l'ingombrante nasone al mio vetro e rimase a studiare la situazione per un po', quindi si scocciò e si ritirò a passo lento. Le uniche parole di Rosario Russo furono: "Chillu bestione m'ha spurcato tutto 'o finestrino!".

Da ultimo arrivammo nell'area degli struzzi e io rimasi senza parole. Erano a pochi metri da noi e ci scrutavano guardinghi. Un esemplare più coraggioso si avvicinò e mi rubò un sussurro di meraviglia: era altissimo, molto più della nostra auto, e anche il corpo era possente. Papà gonfiò il petto e mi spiegò fiero che Beep Beep, l'animaletto che alla tv sfuggiva ogni volta al povero Willy il coyote, era uno struzzo, e io assentii per non dargli un dispiacere, anche se, in realtà, sapevo bene che Beep Beep non era affatto uno struzzo, ma un Geococcyx californianus, chiamato anche volgarmente Roadrunner, un uccello velocissimo definito anche come "Il corridore della strada". Lo avevo letto proprio su un albo dei "Quindici", che riportava anche una foto del pennuto.

Nonostante c'entrassero poco con il cartone della Warner Bros, trovarmi quegli struzzi davanti mi affascinò oltremodo: conoscevo bene il loro portamento, le caratteristiche, le gambe sinuose, le ali cortissime, sapevo tutto di loro, come per gli altri animali. Vederli dal vivo, però, fu tutt'altra cosa, e mi colpì parecchio, tanto che durante il viaggio di ritorno non aprii bocca nonostante le barzellette che papà continuava a sciorinare provocando l'ilarità sommessa della mamma e gli sfottò di Beatrice.

Mentre in auto andava in scena il solito teatrino di casa Russo, io pensavo fra me e me che non mi sarebbero bastate cento enciclopedie per imparare quello che avrei potuto assimilare in un unico giorno di vita vissuta.

Al ritorno portammo con noi ricordi, fotografie, sorrisi, dolci, racconti e piccoli souvenir di ceramica che riproducevano i trulli in miniatura. Ad aspettarci c'erano i nonni, che ci strinsero forte, quasi piangendo, nemmeno fossimo appena tornati dalle Americhe.

La pesca è come la vita

Era da poco passato Ferragosto quando papà mi venne a svegliare all'alba. Spalancai gli occhi e mi ritrovai il suo faccione a pochi centimetri dal mio. Dalla persiana aperta per metà arrivava un bagliore grigiastro, nell'aria si avvertiva ancora l'umidità della notte e, con un po' di attenzione, si riusciva persino a cogliere un cinguettio lontano.

"Che c'è?" chiesi preoccupato.

"Niente," rispose subito lui, accovacciato ai bordi del mio letto, "andiamo a pescare."

"A pescare?"

"Eh..."

"E dove?"

"A Miliscola."

"E dov'è?"

"Ma dove sei nato tu? A Capo Miseno."

Avrei dovuto rispondere che non conoscevo il luogo perché lui non mi ci aveva mai portato, ma lasciai correre e domandai: "Che ore sono?".

"Le cinque meno un quarto", e guardò l'orologio, "dai, scendi dal letto."

Mi stropicciai gli occhi. Mamma ronfava su un lato, i capelli che ingombravano il cuscino e il respiro profondo, e mi feci rapire dal suo dormire sereno, il petto che si sollevava piano mentre il resto del corpo restava immobile. Una volta mi ero messo in testa di effettuare un test sul sonno, anzi sulla mancanza di sonno. Avevo letto che alcuni dei più grandi uomini della storia, fra i quali spicca Leonardo da Vinci, avevano preferito sostituire la fase bifasica del sonno con una polifasica. In sostanza Leonardo era solito alternare quattro ore di veglia a venti minuti di riposo, cosicché nel corso di una giornata riusciva ad avere ventidue ore da dedicare alle sue attività con soli centoventi minuti di riposo. Con quel trucco avrei potuto leggere una notte intera! Avevo anche realizzato uno schema con gli orari dei vari sonnellini (calcolando che la mattina a scuola non mi era possibile certo chiudere gli occhi), ma avevo desistito quasi subito, al secondo tentativo, destato dalla sigla a tutto volume di *Sentieri*, la telenovela che ogni pomeriggio la nonna guardava in religioso silenzio.

Dalla cucina si sentiva il borbottio della caffettiera intervallato dall'inconfondibile rumore delle pantofole del nonno che strusciavano sul pavimento. Affogai in uno sbadiglio e mi alzai a sedere sul materasso, i piedi scalzi sulle mattonelle fresche, a guardare imbambolato la semioscurità mentre ripensavo al sogno appena interrotto. Ero con Sasà, in un luogo che non mi sembrava di conoscere, al mare comunque, e lui se ne stava tutto il tempo in acqua a cercare i pesci sul fondo con una maschera; quando lo chiamavo, non rispondeva, quando lo strattonavo, sgusciava fuori e diceva con quella voce meccanica che gli usciva dalla bocca a causa del tubo: "Uà, Mimì, qua sotto è 'nu spettacolo, è pieno di pesci!". Allora gli chiedevo di passarmi la maschera, ma lui fingeva di non sentire e tornava a calarsi. E quando gli avevo afferrato di nuovo il braccio, era risalito in superficie, si era sfilato infine il boccaglio e aveva detto solo: "Mimì, devi aspettare, ora tocca a me, che sono più bravo di te. Quando ho finito, fai tu. Devi imparare a rispettare i ruoli".

Mi ero messo paziente in attesa, solo che a un certo punto avevo avvistato una medusa gigantesca, proprio enorme, che stava per agguantargli il viso fra i suoi lunghi tentacoli, così ero tornato a strattonarlo, ma lui niente, aveva sollevato la mano dall'acqua, il viso ancora sotto, e mi aveva mostrato il dito medio, e allora la medusa lo aveva acchiappato e il mare si era fatto pieno di schiuma e lui combatteva per staccarsi il grosso medusone dalla faccia e poi... poi mio padre mi aveva svegliato.

"Sei ancora lì?" disse papà affacciandosi nella stanza.

Mi trascinai in soggiorno, il pensiero ancora alla medusa e a Sasà. Il mio amico mi mancava da morire. Mi mancava la sua presenza certa, il sorriso beffardo, la sua capacità di arginare i problemi con una semplice alzata di spalle. Ah, che cosa avrei dato per avere la sua stessa abilità, uno sbuffo alla vita ogniqualvolta questa mi faceva del male.

"Dai, andiamo, che si fa tardi," mi esortò papà, quando fui vestito.

Non amavo granché la pesca, tutte quelle ore a non far niente mi sembravano sprecate. Nel tempo necessario per far abboccare un sarago o una spigola avrei potuto scrivere un bel po' di pagine, oppure finire di leggere *Lo Hobbit* di Tolkien, adocchiato agli inizi di agosto nella maestosa libreria del signor Scognamiglio, circa quattrocento pagine da leggere d'un fiato prima del ritorno dei coniugi dalla Sicilia, a metà settembre. Perciò tentai di ribellarmi. "Non dire fesserie, non hai nulla da fare, in casa fa caldo e io tengo bisogno di una compagnia. E poi, se vuoi, potrai fare il bagno..."

"Non mi attrae il mare, lo sai. Posso portare con me un libro e l'agenda? Almeno utilizzo al meglio il tempo a mia disposizione."

"Ma quale agenda e libri, Mimì,ià, infilati il costume. Ti fai un bel bagno e prendi un po' d'aria di mare, che in Puglia te ne sei stato sempre all'ombra e me pare 'nu fantasma. E poi mi aiuti a pescare," tagliò corto. "Per una volta lascia le scartoffie a casa."

Papà portò con sé la sua cassetta degli attrezzi da pesca che custodiva gelosamente da anni nello sgabuzzino, una specie di ammezzato ricavato con una controsoffittatura in cartongesso sopra il bagno. "Rosà, ma sta roba della pesca non la possiamo buttare?" tentava mia madre ogni tanto, nei mesi invernali, ma lui si imbestialiva e rispondeva in malo modo: "Loredà, io una passione tengo, e lascia respirare ogni tanto pure a me!".

Arrivammo a Capo Miseno intorno alle sei meno un quarto, i primi raggi di sole che sbucavano dal mare impastavano di giallo le rocce del monte e le piccole case dai colori pastello che si addossavano sulla striscia di terra che separa il Tirreno dal lago Miseno. Di fronte a noi l'isola di Procida sembrava dormire tranquilla, protetta dall'Epomeo alle sue spalle, il vulcano di Ischia ancora avvolto dalla foschia.

Sulla spiaggia di Miliscola c'erano altri tre pescatori. Uno di questi, la barba folta, gli zoccoli ai piedi e una pancia grande quanto un *Tango* (il pallone bianco e nero che aveva Fabio e che ci faceva sentire veri calciatori), papà lo conosceva, perciò rimase a parlare con lui per un po' mentre io affondavo i piedi nella sabbia alla ricerca di conchiglie. Raggiunsi mio padre che già stava preparando gli attrezzi, e lui, mentre cacciava ogni singolo oggetto dalla cassetta, iniziò a istruirmi scrupolosamente, come se a me importasse qualcosa delle nozioni di pesca.

Non abbiamo mai avuto gli stessi interessi: lui amava le macchine, il calcio, la pesca appunto, cose che a me invece incuriosivano poco. Non mi ha mai davvero rimproverato, né ha cercato di ostacolare le mie passioni in qualche modo, non credo per spirito di libertà e rispetto degli altri, quanto perché a lui non stava a cuore come passassi le giornate, l'importante era che non gli creassi problemi. Avevamo trovato il nostro equilibrio, io non pretendevo chissà che e lui non faceva molte domande.

"Questo è il cucchiaino," disse mentre allestiva la canna, armeggiando con una specie di esca con tre ami, "il galleggiante," proseguì soddisfatto l'elenco, "la lenza, la mosca e il pasturatore. Sai cos'è il pasturatore?" chiese con aria fiera e mi guardò. Si era già sfilato la maglia e il pallore del suo petto villoso quasi mi accecava. Indosso aveva un costume stinto e un cappellino da baseball che lo proteggeva dal sole fin sotto i baffi.

Feci di no con la testa.

"È un arnese che serve ad attirare i pesci di fondo e di superficie. Rilascia un po' di bigattino, così da richiamare..."

"Non so cosa sia questo bigattino."

"Ma tu non eri quello che sa tutto, il genio di casa?" scherzò prima di tornare ad assumere le vesti dell'insegnante. "Sono le larve," aggiunse serio.

Allora non potevo capirlo, ma credo che quella volta avesse voluto portarmi con sé più che per farsi aiutare (non mi chiese nulla in tal senso), per mostrarmi la sua preparazione in un campo specifico. Nonostante l'età, penso si sentisse in soggezione davanti a me; lui che non aveva studiato, non aveva letto un libro in vita sua e non amava granché i film, lui che non sapeva nulla del mio mondo e di ciò che mi piaceva, stava cercando, a suo modo, di avvicinarsi a quel figlio strano, colto e curioso, di portarmi dalla sua parte, nel suo, di mondo, fatto di piccole cose che però conosceva bene, per mostrarmi che anche lui valeva qualcosa.

"Perché non ti fai il bagno?" chiese poi.

"Dopo," risposi.

"Guarda che alle nove ce ne dobbiamo andare, ché arriva la gente e non si trova più un pesce."

Restammo in silenzio per quasi tutto il tempo, lui con lo sguardo fisso al galleggiante, io a giochicchiare con un bastoncino di legno, finché fu lui a parlare: "Oggi non sembra essere giornata. A te non piace la pesca, eh?" domandò all'improvviso.

"Non conquista la mia attenzione," risposi con lo sguardo alla sabbia.

"A me, invece, rilassa, non mi fa pensare, e poi mi piace

il contatto con la natura, guarda che posto Mimì, uno spettacolo!"

"Sì, già," ammisi, anche se in realtà ero preso da tutt'altro.

"Possibile che a te piacciano solo le parole?" domandò allora lui.

"Non sono solo parole, sono storie," replicai.

"E a che ti servono le storie quando la realtà è tanto bella?"

"I libri ti permettono di viaggiare, visitare luoghi sconosciuti, incontrare personaggi incredibili. Non sai cosa ti perdi..."

Lui fece una smorfia e tirò su con il naso, quindi mosse un po' la lenza.

"Ma cosa vuoi fare da grande, Mimì, ci hai già pensato?"

"Lo scrittore," risposi di getto, "o l'astronauta. O il matematico. Vediamo."

Si girò a fissarmi e scoppiò a ridere. "Una cosa normale proprio no, eh?"

"Che significato dai alla parola 'normale'?"

"Che ne so, ti piace studiare, potresti diventare avvocato o ingegnere. Quelli fanno soldi a palate", e mi strizzò l'occhio.

"Non mi interessano i soldi, voglio realizzare qualcosa di importante, di unico..."

"Dovresti camminare con in piedi per terra..."

"Perché, che male c'è ad avere dei sogni?"

Si voltò di nuovo. "Nella vita non c'è troppo spazio per i sogni, lo capirai presto... meglio un lavoro sicuro che ti dia la possibilità di mettere su famiglia e vivere tranquillo."

Lanciai un sasso in acqua e mi alzai. "E se io non lo desiderassi un lavoro sicuro? Se non volessi una vita tranquilla? Io voglio che nel mio futuro ci siano spazio e libertà, voglio inseguire i miei sogni e volare alto, il più lontano possibile dalla realtà e da questa vita."

Papà sembrò incupirsi. "Cos'ha che non va la tua vita?"

Titubai e lui incalzò: "Allora? Di cosa ti lamenti?".

"Niente, lascia stare", e lanciai uno schiaffo nell'aria prima di allontanarmi di qualche passo.

"Vieni qui," disse, "arò vai, stiamo parlando."

Tornai indietro, con la rabbia che sembrava esplodermi nel petto e il viso che tentava di non lasciarsi vincere dal pianto. "Non voglio fare l'avvocato," aggiunsi a denti stretti, "e neanche qualsiasi altro lavoro che mi obblighi a trascorrere il giorno seduto sempre allo stesso posto."

Lui si accigliò e rispose: "Mimì, il mio lavoro ci ha permesso di avere tutto quello che abbiamo".

Avrei voluto rispondere che non avevamo proprio niente, ma non trovai il coraggio e restai in silenzio.

"Siediti qui," disse allora e lasciò cadere la mano sulla sabbia.

Mi accovacciai accanto a lui senza dire una parola. "Mimì," cominciò con voce greve, "del tuo futuro puoi fare quello che vuoi, non sarò io a metterti i bastoni fra le ruote, né tua madre. Sono fiero di come sei e mi fido di te. Solo, non bisogna per forza diventare uno importante, avere successo, non si deve per forza scoprire la penicillina per essere contenti della propria vita. Ho solo paura che hai pretese eccessive. Va bene voler sognare, ma bisogna anche imparare a vivere nel presente, a godersi quello che si ha."

Non lo avevo mai sentito fare un discorso tanto serio e fino a quella mattina avevo pensato che mio padre non avrebbe mai potuto esprimere un concetto così profondo. Perciò lo guardai smarrito mentre lui concludeva: "Per me può fa l'avvocato o il bidello, basta ca sì felice!".

Non avevo più argomenti e non sapevo come comportarmi di fronte a una persona che mi sembrava di non conoscere. Perciò, ancora una volta, non parlai.

"In realtà ti ho portato con me perché ti dovevo dire una cosa..."

Aveva gli occhi socchiusi e il sole che adesso gli batteva sul volto evidenziava le piccole rughe attorno agli occhi.

"Ecco, insomma, tua madre mi ha chiesto di parlarti del nonno...", e deglutì.

"Del nonno?"

"Già," rispose.

"Deve morire?" andai dritto al punto.

Lui rimase a fissarmi e non disse nulla, però sentii la sua mano stringersi attorno alla mia spalla, mentre un vortice di dolore mi strizzava la pancia e saliva su veloce verso l'esofago.

"Non subito, Mimì, ma morirà."

"Quando?"

"Non lo so, qualche mese... forse un anno."

"Qualche mese?" chiesi, e una lacrima sgusciò fuori dalla palpebra senza che potessi fare nulla. "Anche un anno è troppo poco," aggiunsi, ma lui non rispose. "Fra un anno non sarà cambiato nulla della mia vita."

Papà mi scrutò per cercare di dare un senso alle mie parole.

"Se avessi più tempo, potrei velocizzare gli studi per diventare un medico e inventare una cura," proseguii, mentre le lacrime ormai si rincorrevano una dopo l'altra sulle mie guance.

Lui sorrise amaramente e ribatté: "Il nonno è vecchio, non ha tutto quel tempo. È nelle cose della vita, lui andrà via, poi tu e Bea diventerete adulti e avrete dei figli, e poi andrò via io. È un ciclo, Mimì, è normale".

"Ma chi lo dice che è normale?" alzai la voce. "Dove sta scritto che è normale? Non ci vedo nulla di normale nel perdere il nonno, o te!"

"Funziona così," disse poco convinto.

"E funziona male allora", e mi sollevai di scatto. "Non lo chiamerei ciclo, ma scherzo. Sì, un grande scherzo che si ripete da sempre."

Anche papà si alzò, e agguantò la canna. "Mimì," disse poi con un tono di voce paziente, "sei grande ormai, devi sapere accettare queste cose, devi prepararti alla vita."

Avevo gli occhi pieni di lacrime e il muco che mi colava

dal naso, eppure lui manteneva la calma, almeno esteriormente.

"Ma come ci riesci?"

"A fare che?" domandò.

"Ad accettare sempre tutto."

Lui girò il capo, ma io ero mi ero già lanciato verso il mare. Sfilai la maglietta correndo, lanciai gli occhiali sulla sabbia e mi tuffai in acqua, sperando che almeno le onde riuscissero a prendersi le mie lacrime. Quando riemersi, papà era ancora sulla battigia, con la canna da pesca in mano, e mi guardava stranito.

"Non vieni?" urlai.

Esitò.

"Vieni da me!"

Allora infilò di nuovo la canna nella sabbia e fece due passi in avanti, fermandosi con i piedi nell'acqua. "Mimì," disse quindi, "non fare così..."

Lui che da sempre si ritirava davanti alle emozioni, ora si trovava spalle al muro.

"Vieni qui," lo supplicai un'altra volta con un sussurro.

Papà inspirò una gran quantità d'aria prima di avanzare veloce nell'acqua, e in un attimo mi fu vicino. Mi guardava senza sapere cosa fare.

"Non è giusto," ripetei, ancora piangendo, "non ha atteso che diventassi adulto."

"Mimì, il nonno è vecchio," disse e mi abbracciò.

Il mare bagnava per metà i nostri corpi insolitamente uniti, il sole riscaldava la pelle bianca delle schiene, e una leggera brezza solleticava i capelli. Si erano fatte le otto e mezza e sulla spiaggia erano comparsi i primi bagnanti. Sarei rimasto volentieri a godere di quell'abbraccio indeciso che affiorava dall'acqua, a riempirmi della sensazione di sicurezza che solo un padre, seppur scalcinato come il mio, riesce a darti. Invece il galleggiante a pochi metri da noi si mosse; papà sgranò gli occhi e, al secondo strappo, si liberò dalla mia stretta e corse verso la terraferma. “Uh, Maro’!” esclamò afferrando la canna. “Vieni, Mimì, corri, chisto è gruosso assai!”

Mi sciacquai il viso e tornai al suo fianco, per dargli la giusta soddisfazione.

“Hai visto?” disse mentre si dava da fare con il mulinello, “la pesca è comme ’a ’vita, s’addà aspettà pazienti perché primma o poi quaccosa ’e buono arriva semp’!”

“Tu mi aspetterai?” replicai allora d’istinto, mentre infilavo gli occhiali.

“In che senso?” fece voltandosi solo un attimo.

“Aspetterai che sarò grande prima di andartene?”

Il pesce si stava battendo con tutte le sue forze rompendo l’acqua in mille schizzi, e due bambini si fermarono al nostro fianco per osservare la scena. Papà non distolse lo sguardo dalla sua preda e, con la voce rotta dallo sforzo, rispose: “Puoi starne certo, Mimì, puoi starne certo”.

Poi diede un ultimo colpo con il polso e un’enorme ricciola sbucò dall’acqua luccicando come il più prezioso dei tesori.

A casa andai subito a documentarmi e quando il nonno chiese cosa si mangiava per pranzo, risposi: “Una Seriola dumerili”.

Sulla tavola calò il silenzio.

A colpi di muso

Fu durante quell'estate che Matthias iniziò a essere strano. Non parlava più, non sorrideva, aveva le labbra screpolate, stava immobile per ore. Il pomeriggio scendevo e non lo trovavo con la sigaretta in bocca, a cantare e sorridere ai passanti, ma rannicchiato sul cartone, accanto al cane.

Un giorno, a fine agosto, mi avvicinai e lo chiamai, ma lui non si svegliò. Chiesi a Beethoven cosa fosse successo e questi, per tutta risposta, mi leccò prima la mano e poi passò alla guancia del padrone. Matthias finalmente si accorse della mia presenza.

"Mimì," disse, e tentò di mettersi a sedere, "scusami, sono un po' stanco."

Sembrava parecchio debilitato. Restai con lui tutto il pomeriggio, anche se non fu facile perché si addormentava ogni due minuti. Gli parlai dell'imminente ritorno di Viola e di Sasà, e di come mi sentissi solo. Proprio a lui che era solo da sempre. Quando lo salutai per tornare a casa, mi afferrò il polso e disse: "Mimì, se un giorno, per caso, non mi dovessi trovare qui sotto, prendi Beethoven con te. Prenditi cura di lui. Me lo prometti?".

Lo guardai sbalordito. Era un dono enorme, oltre che una grande responsabilità. Perciò sorrisi, fiero delle sue parole, e lo salutai. Non mi venne neanche per un istante il sospetto che Matthias stesse chiedendomi aiuto, che fosse malato e infelice e dopo tanti anni di solitudine stesse, infine, cedendo. Non ero pronto per una simile prova; io che, senza esserne cosciente, nella vita avevo quasi sempre preso più che dato, non avrei saputo neanche da dove iniziare con lui.

Cinque mesi dopo anche Matthias scomparve dalla mia vita. Stavo tornando da scuola quando vidi due poliziotti fermi proprio nel posto occupato dal mio amico e, poco più in là, un'ambulanza con la sirena spenta. Mi bloccai un attimo per la paura e poi corsi più forte che potevo verso i due agenti che stavano parlando alla radiotrasmittente, con lo zaino che mi sbatteva contro la schiena.

Matthias non c'era più, e neanche Beethoven.

Era successo che un passante si era avvicinato al corpo inerte del tedesco e aveva scoperto l'orribile verità: il suo fegato malato non aveva più retto, avremmo saputo in seguito. Matthias fu coperto con un lenzuolo e portato via, lontano dagli occhi infastiditi della gente. Nessuno, a parte me, ha pianto per lui. Nessuno, a parte me, si ricorderà di lui. Quattro anni dopo, quando finalmente il muro di Berlino venne abbattuto, rimasi per ore a guardare le immagini alla televisione, cercando di scorgere in quel marasma di gente incredula e felice il volto della donna che il mio amico aveva tanto amato e per un attimo, un solo fotogramma, quasi mi sembrò di vedere lui lassù in cima, sorridente, a picconare i mattoni. Ho sentito dire che finché si rimane nel cuore anche solo di una persona, non si muore mai. Se è vero, allora Matthias morirà con me.

Ma dovevo pensare a Beethoven, come mi aveva chiesto lui quel giorno d'estate. Venni a sapere da Angelo che il cane era finito in un canile municipale e che con ogni probabilità sarebbe stato abbattuto. Decisi di non dire nulla ai miei e studiai il percorso per arrivare in quel sudicio carcere. Dovetti prendere tre autobus e sbagliai anche fermata, ma alla fine riuscii a raggiungere il canile.

Beethoven era accucciato in un angolo e l'uomo che mi

accompagnò alla gabbia tirò un pugno all'inferriata dicendo: "Qua c'è un tuo amico!".

Mi inginocchiai e chiamai il cane, lui sollevò il capo e drizzò le orecchie, poi restò a squadrarmi da lontano, quasi non credesse ai suoi occhi. Solo dopo fece uno scatto e in un attimo era vicino alla griglia, a leccarmi le dita avvinghiate al ferro, la coda che scodinzolava senza tregua.

"Beethoven," ripetei all'infinito, con le lacrime che mi offuscavano la vista, mentre il mio amico saltava come un forsennato per l'intera gabbia e abbaiava e ululava, tanto che l'uomo ordinò di farlo calmare altrimenti gli altri animali avrebbero iniziato anche loro a ribellarsi. Tentai di spiegare al tipo che il cane era mio ed ero venuto a riprenderlo, ma lui disse: "Ci vuole tuo padre, a te non lo posso dare".

"È mio il cane..." obiettai.

Lui mi scrutò a lungo e ripeté: "Mi dispiace ragazzo, servono i tuoi genitori".

Chiamai casa e rispose mamma al primo squillo. "Dove sei? Tuo padre ti sta cercando..."

"Al canile, da Beethoven, il cane di Matthias," risposi impassibile.

"Al canile? Ma che fai lì?"

"Sono venuto a prenderlo."

"E dove lo vuoi portare?"

"Da noi."

"Sì asciut' pazz', Mimì?" urlò lei.

"O faccio ritorno con lui o non torno," risposi senza titubare.

"Guarda che tuo padre ti fa 'na mazziata se sa questa storia."

"Non me l'ha mai fatta papà una mazziata..."

Rimase in silenzio e allora ne approfittai per spiegarle che serviva la loro firma per prendersi il cane.

"Mimì, ma dove ce lo mettiamo? Ià, torna a casa..."

"Non torno," ribattei risoluto.

"Mò ce lo dico a tuo padre," replicò allora, lasciandomi al telefono.

Chiusi la conversazione e andai da Beethoven. I miei genitori arrivarono dopo un'ora, ma non avevano l'espressione che mi sarei aspettato, non sembravano poi così arrabbiati. Mamma mi abbracciò e papà dedicò uno sguardo al cane e uno a me, infine domandò: "È il cane di quel tuo amico?".

Annuii.

"Vuoi portarlo con noi?"

Annuii.

"Te ne occuperai tu? Gli darai da mangiare e lo porterai fuori tutte le sere?"

Annuii. Solo allora lui sorrise e aggiunse: "Ok, vada per Beethoven!".

"Uh, Gesù, Rosà," intervenne mamma, che evidentemente in auto aveva stretto ben altri patti con il marito, "foss' asciut' pazz' pure tu? E dove ce lo mettiamo?"

"Loredà," rispose lui, "ci ho pensato... io ho sempre vissuto in famiglie numerose. Tuo padre è malato, Beatrice sta più fuori che a casa, tua madre ha un'età... che vuoi fare, aspettare che se ne vada pure Mimì e rimanere solo con me? Lo sai che non sono tanto di compagnia..."

La mamma non seppe che rispondere e il custode liberò il cane proprio nell'attimo in cui io saltavo al collo di papà e lei a quello mio. Perciò Beethoven fu costretto ad aprirsi la strada a colpi di muso per scalfire un abbraccio familiare cementato di dolore, gioia, amore e resistenza.

Un fiore sotto un temporale

"E qui, finalmente, c'è il terrazzo, il pezzo forte della casa!" annuncia la mia guida e apre le ante.

Gli vado dietro con cautela, sono agitato ed emozionato, e una miriade di immagini mi si sta riversando sulle pupille. Il terrazzo è molto diverso da come lo ricordavo, più piccolo, contenuto, e tutti quei colori che riempivano i miei giorni non ci sono più. Una trentina di anni fa la parete era ricoperta da una buganvillea che tinteggiò la nostra meravigliosa estate, guarda caso, proprio di viola. C'erano gerani e ortensie che sbucavano dai vasi e piante di ogni tipo, c'erano il dondolo, le sedie a sdraio, un cesto di margherite sul quale si posavano sempre le api e poi, in un angolo, la lavanda, che profumava di campo; su un muretto si ergevano i girasoli, che ci davano le spalle perché loro se ne fregavano del mio amore e puntavano dritti il sole.

Adesso non c'è nulla di tutto questo, solo un vento freddo senza odori che sembra spazzare ogni cosa e rami secchi di una vecchia pianta rampicante rimasti impigliati nella rete di ferro che serviva da sostegno. Non c'è il dondolo, non ci sono sedie, nessuna piantina, se non alcune foglie gialle sparse sulle piastrelle scolorite. A terra, in un angolo, c'è il motore di un condizionatore fermo da chissà quanto. Lì, un tempo, era sistemato un grande vaso con dentro il famoso "Cuscino della suocera", il cactus che, con ogni probabilità, aveva l'età di Morla e che, come lei, come tutti quelli che su questo strano mondo ci restano per parecchio, aveva capito che della vita non ci si può fidare fino in fondo e si era indaffarato a costruirsi una corazza di spine per proteggersi.

Compio due passi e mi chino a guardare, anche se so che è impossibile, che Morla non può esserci, l'ho portata via da qui all'epoca. Chissà se è ancora viva, se ha avuto fortuna e ha trovato una strada migliore da percorrere.

"Le mattonelle vanno lucidate," interviene il ragazzo, pensando che stia guardando lo stato del pavimento, "il sole e gli agenti atmosferici le hanno un po' maltrattate."

Non gli rispondo e resto a fissare l'angolo che la testuggine aveva scelto per le sue numerose pennichelle. Una volta dormiva così profondamente che non si era accorta della mia presenza nemmeno quando avevo iniziato ad accarezzarle il guscio, neanche quando avevo sussurrato il suo nome. Fui costretto a darle un piccolo colpo sul carapace per destarla, preoccupato che fosse morta; lei sembrò stirarsi e cacciò prima le quattro zampe, poi la testa. Aveva ancora gli occhi chiusi e io restai incantato a guardarla perché assomigliava alla nonna quando si assopiva il pomeriggio sulla sedia della cucina, con il busto eretto, gli occhi socchiusi e uno strano sorriso piantato sul volto. Dormiva beata nelle posizioni più assurde nonna Maria ma se provavi a chiamarla, si destava all'improvviso e chiacchierava come se non si fosse mai addormentata, e se le facevi notare che aveva gli occhi chiusi, si risentiva e negava. La sua frase preferita era "'a notte nun pozz' durmì", che faceva il paio con le lamentele mattutine del nonno, il quale, dal canto suo, interveniva lo stesso per sbugiardarla. "Marì," diceva "ma se ti ho sentito russare!", e allora lei si innervosiva, faceva la faccia storta e ribatteva guardandomi: "Non lo stare a sentire, dice sulo fesserie, ma quale russare!".

Non so perché la generazione dei nostri nonni era così restia ad ammettere di aver bisogno di dormire e mangiare, come tutti gli esseri umani. Forse era stata la guerra e la povertà a farli crescere con l'idea che il sonno e il cibo fossero agi per gente dissoluta.

"Le previsioni addirittura annunciavano neve per oggi," mi interrompe l'agente, con il collo infossato nel giubbino e le mani in tasca, mentre dà uno sguardo distratto al cielo. "In ogni caso," prosegue poi, "il balcone, come vede, è bello grande, nei mesi estivi si può anche mangiare fuori, e inoltre", e si sporge dalla ringhiera, "affaccia direttamente sulla piazza..."

Mi appoggio al muretto e guardo giù, la piazza tanto diversa da quella dell'ottantacinque. Rivado con gli occhi alla videoteca di Nicola, a quel luogo ora occupato da una grande pizzeria, e poi mi soffermo sul punto dove per la prima volta notai quei due ragazzi, e allora stringo i pugni, anche se me ne rendo conto con un po' di ritardo.

"La terrazza prende sole tutto il giorno, può anche mettere delle sdraio," aggiunge il pischello, e quasi sto per ribattere che stia zitto un attimo perché i ricordi sono tanti e non riesco a contenerli.

Mi stacco dal parapetto e mi avvicino al punto dove spesso mi accovacciavo a leggere i miei libri o dove scrivevo. Poco più in là c'era Viola, che si stendeva sul dondolo, un rametto di lavanda fra i denti, ad ascoltare la grande ricerca di Atreiu senza dire una parola. Chiudo gli occhi e inspiro nel tentativo di sentire di nuovo quell'odore di ciliegia del Labello che lei si passava ogni due per tre sulle labbra, ma i profumi, purtroppo, sono scomparsi con i fiori e con quell'estate e ora riesco a percepire solo l'aroma asciutto della guaina che ricopre una porzione di parete, oltre a una leggera zaffata di muffa proveniente dall'interno.

Quasi dimenticavo un dettaglio importante: mi volto d'istinto verso il punto più lontano del terrazzo e copro la distanza con tre rapide falcate, quindi mi sporgo con mezzo busto al di là del muretto, sul lato più esterno del balcone, e mi soffermo a osservare l'intonaco del palazzo: *SFMV, 15 giugno 1985*, recita la scritta.

Un brivido mi sale lungo le braccia. Non pensavo che le iniziali incise da Sasà quella sera potessero vincere il tempo e tornare da me. Invece sono ancora aggrappate lì, e chissà per quanto ancora resisteranno.

"Il filo dell'antenna scende dall'altro lato," mi interrompe l'agente immobiliare, convinto che abbia fatto quella corsa solo per accertarmi che ci sia una parabola che mi consenta di guardare la partita e le serie tv. Mi giro e quasi sto per ridergli in faccia, lui se ne accorge e mi guarda titubante, probabilmente domandandosi cosa abbia detto di tanto divertente.

"No, mi scusi, è che sono contento," dico allora, "ho trovato quello che volevo ritrovare."

Il giovane mi guarda spiazzato.

"Ho recuperato dei vecchi amici," aggiungo allora. Poi gli poggio una mano sulla spalla e torno dentro senza voltarmi.

L'ultima volta che salii quassù con Viola tentai di leggerle il primo capitolo del romanzo che stavo finendo di scrivere, ma lei non sembrò molto interessata. Certo, era una storia piena di limiti e vuoti di trama, con un linguaggio inutilmente ricercato e, forse, privo di emozioni; però c'era lei lì dentro, c'eravamo noi, quel periodo della nostra vita che si sarebbe prima o poi seccato come la pianta rampicante rimasta prigioniera dopo la morte.

Non so se non le piacque o se è perché aveva altro per la testa quel giorno, con il suo Nick Kamen partito per un campeggio in Emilia-Romagna. Quello che so è che non ebbi più modo di leggerle e di scrivere altri capitoli perché a settembre le nostre vite, la mia, la sua, ma anche quella di Sasà e di Fabio, cambiarono di colpo e la spensieratezza che aveva accompagnato quell'estate si dissolse come un fiore sotto un temporale.

Agosto alle spalle

E alla fine terminarono anche le lunghissime serate trascorse in solitudine, con la voce della televisione che veniva a disturbare i miei pensieri o le letture, con i film di Nino D'Angelo che la nonna amava guardare fino a tardi su Canale 21, le insalate di riso che restavano in frigo per tre giorni, la lotta alle zanzare e agli scarafaggi (uno ce lo trovammo in casa e mamma ebbe una crisi di panico che nonna Maria fu costretta a fronteggiare con ardore mentre papà rincorreva l'animaletto per tutta la casa con un Dr. Scholl in mano, lo zoccolo di legno con il quale, in verità, si sarebbe potuto uccidere un uomo), le gite sul lungomare (due) senza mai fermarsi perché papà non voleva pagare i parcheggiatori abusivi e allora mamma blaterava tutto il tempo mentre io mi godevo il vento che entrava dal finestrino della Simca, le chiacchierate sul letto dopo pranzo con Bea che, chissà per quale motivo, d'estate aveva voglia di passare un po' di tempo con me (forse perché di tempo, in quel periodo, ne aveva parecchio a disposizione), i cruciverba che la nonna mi costringeva a finire al suo posto perché lei sapeva riempire solo le caselle a due voci (tipo le iniziali di qualche attore famoso, la sigla di un capoluogo o le targhe), gli sguardi rubati di nascosto al nonno che si faceva sempre più scavato in viso e andava in affanno per un nonnulla, le soste dinanzi alla vetrina della videoteca di Nicola, i cenni d'intesa con donna Concetta, che mi salutava da lontano sollevando impercettibilmente il capo, le passeggiate con mamma e nonna al mercatino di Antignano, che chiudeva solo nei giorni di ferragosto, i pomeriggi trascorsi per strada in compagnia unicamente di Bagheera, a guardare le finestre dei palazzi che mi cingevano, enormi cubi di cemento pieni di oggetti e vite che sembravano dormienti, con qualche tapparella che ogni tanto si alzava spezzando il silenzio, una tenda che si scostava al passare di una brezza gentile, la testa bianca di D'Alessandro che faceva capolino, un paio di spalle macchiate di vecchiaia che si coprivano con una canotta bianca, l'acqua di un vaso appena innaffiato che picchiettava l'asfalto ancora rovente, a pochi metri da me.

Agosto era alle spalle.

Ai primi di settembre ci ritrovammo tutti riuniti nei pressi del lago d'Averno, in un grande ristorante gestito da uno dei soliti amici alla lontana di papà, per festeggiare i diciotto anni di Bea e il diploma che aveva conseguito a luglio con non poca fatica e un trentasei che rubò solo sorrisi in famiglia. Quando tornavo a casa con un sette spesso mamma chiedeva sorpresa perché non avessi preso otto, ma se Beatrice conquistava una sufficienza in matematica o in italiano papà quasi apriva una bottiglia di spumante tanta era la felicità. Ho imparato allora che bisogna educare da subito i genitori alla mediocrità, così da non essere costretti a rincorrere tutta la vita i nostri limiti per rubare loro un agognato sguardo di ammirazione.

Mia sorella per l'occasione indossava un vestito turchese lungo fino a terra, con uno spacco che toglieva il fiato e un decolleté che mostrava tutto quello che c'era da mostrare, tanto che i camerieri più di una volta buttarono l'occhio e la nonna fu costretta a riprendere la nipote con un "Bea, stai più composta".

La famiglia Russo era al gran completo e anche il nonno, seppure acciaccato, sedeva al mio fianco. Mia sorella si accompagnava con il nuovo fidanzato, un certo Pino, un ragazzo dalla faccia scialba che aveva conosciuto al Bagno Elena, giù a Posillipo, e che non diceva mai una parola, e al cospetto di papà balbettava e sembrava sciogliersi come neve al sole. Non mi era antipatico, ma Mauro, pur con il grande ego e la buffonaggine che lo accompagnava, almeno metteva allegria. Perciò speravo che prima o poi lui e Bea tornassero insieme.

Fu una bella serata, ricca di risate, brindisi, canti, battute, barzellette, abbracci. Eravamo felici di trovarci lì e ognuno di noi diede il suo contributo per rendere il compleanno speciale. Anche il nonno, che si comportava come aveva sempre fatto, come se la malattia non gli si fosse abbarbicata sulla faccia a ricordarci la sua presenza.

Mi persi nel modo timido della nonna di portarsi la forchetta alla bocca, negli occhi spaventati, chissà perché, di mamma, che vagavano da un volto all'altro, nelle parole cariche di energia e luoghi comuni di papà, che quella sera si lasciò andare un po' più del solito con il vino e alla fine pretese che il povero Pino gli desse del tu, nonostante l'espressione contrariata della figlia.

A Bea i nostri genitori regalarono un libretto di risparmio, una specie di quaderno che al momento non compresi cosa fosse. Fu mamma a spiegare: "Qui sopra ci sono dei soldi per te," disse, rivolta alla figlia, "li abbiamo messi da parte negli anni, per il tuo futuro", e quasi scoppiò a piangere mentre la abbracciava e proseguiva: "Sarai sempre la mia piccola principessa", e questa volta, forse perché rabbonita dai soldi, Beatrice, anziché prendersela, le offrì un dolce sorriso. Poi intervenne papà, con un tono di voce un po' troppo alto e impastato dal vino, il quale non tollerava che si piangesse alle feste. "Bea, mamm't è 'na chiagnona! È solo il nostro modo di farti un grosso in bocca al lupo per la vita che ti prepari ad affrontare. Non siamo ricchi, ma quel poco che abbiamo è tuo, è vostro", e guardò anche me prima di buttar giù l'ennesimo bicchiere.

Poi arrivò il turno del mio regalo per Bea. Dopo grandi tentennamenti e dopo aver ascoltato mille pareri sbagliati da parte di mamma che mi aveva consigliato, in sequenza: fuseaux fluorescenti fucsia adocchiati al mercatino ("Con pochi spiccioli, la fai contenta"), leggings di finta pelle (sempre sulla stessa bancarella), un paio di jeans 501 per i quali mi sarei dovuto vendere un organo, un paio di occhiali da sole pezzotti stile Ray-Ban (visti sulla bancarella accanto a quella dei leggings), una fascia colorata per i capelli, uno smalto pieno di brillantini, degli orecchini a stella grandi quanto la mia testa, un paio di scaldamuscoli (che non si sa Bea quando avrebbe usato, visto che in famiglia non andavamo molto d'accordo con lo sport, almeno quello praticato), e un bikini in saldo pieno di fiori colorati, decisi che avrei fatto di testa mia e mi direzionai verso l'unica scelta possibile, quella che, con ogni probabilità, mi avrebbe attirato addosso una caterva di sguardi sgomenti.

In realtà avevo un asso nella manica, perché da un po' aveva fatto la sua comparsa nelle edicole l'albo di Lupo Alberto, il fumetto che raccontava le vicissitudini del famoso lupo e degli altri comprimari, la gallina Marta in primis, che era la sua fidanzata. Sapevo che Alberto era l'unico personaggio disegnato su carta ad attirare le attenzioni e le simpatie di Beatrice, che una volta mi aveva raccontato di aver letto una striscia e di essersi molto divertita. Perciò intrapresi la mia prima grande operazione commerciale e andai a trattare con Nicola Esposito per l'acquisto dei volumi usciti fino a quel momento. Il problema è che non ero molto portato per le trattative poiché tendevo sempre ad andare incontro alle richieste altrui (che mi sembravano del tutto legittime), così dopo un quarto d'ora di negoziato mi ritrovai con un bel problema da affrontare: non avevo i soldi necessari a comprare il regalo per mia sorella.

Sarei potuto andare da papà, ma già sapevo che di soldi non voleva sentire parlare. È sempre stato un tipo strano:

finché si trattava di acquistare un'auto a mamma per permetterle di andare al lavoro, non faceva problemi, così come fu sua, sapemmo poi, l'idea di aprire un libretto di risparmio alla figlia, ma se gli andavi a chiedere spiccioli, si turbava e iniziava a trovare mille scuse. A mamma non potevo rivolgermi, altrimenti avrebbe cercato di farmi desistere per poi costringermi a comprare i fuseaux viola, perciò alla fine sgattaiolai dalla nonna, da sempre la più corruttibile in famiglia. Ero convinto che avrei dovuto supplicare a lungo, invece lei, ascoltato il mio intento, si commosse e mi diede subito i soldi che mi mancavano.

Quando Bea aprì il pacchetto con dentro i fumetti trattenni il fiato, mentre con la coda dell'occhio scorgevo mamma che allungava il collo. Mia sorella si aprì in un gran sorriso e in un "Wow" sentito, poi mi invitò ad abbracciarla. Papà afferrò la macchina fotografica e infilò l'occhio nell'obiettivo per rubare il momento, un raro abbraccio tra i suoi figli. "Venite pure tu e mamma, anzi, venite tutti," gridò a quel punto Bea, e allora nostro padre fu costretto ad affidare l'incombenza dello scatto a un cameriere.

"Ma che sono, fumetti?" sentii chiedere a mamma un attimo prima del clic e mi girai d'istinto a guardare alla mia destra, proprio mentre Bea mi schioccava un bacio sulla guancia sinistra.

Nella foto nessuno fissa l'obiettivo: papà guarda me che guardo mamma, quest'ultima ha gli occhi verso il basso, in direzione di Lupo Alberto, Bea mi sta baciando, e i nonni sorridono alla nipote. L'unico che guarda dritto è Pino.

Nonostante le tante imperfezioni, è l'immagine che più di tutte mi ricorda l'adolescenza e la mia semplice e ridente famiglia, la quale è riuscita a vincere le difficoltà grazie a quella leggerezza che da bambino cercavo di combattere con tutte le mie forze e che ho scoperto poi essere il più grande tesoro fra i tanti che mi ha lasciato.

Grande Mimì

Il diciannove settembre, come ogni anno, la famiglia Russo si alzò presto; era il giorno del miracolo di san Gennaro. Il sangue si scioglie tre volte l'anno, il sabato precedente la prima domenica di maggio, il diciannove settembre, per l'appunto, e il sedici dicembre. Noi, però, andavamo a settembre, il giorno della celebrazione del santo, al quale i nonni erano molto devoti.

Quell'anno nonno Gennaro non ce la fece a scendere, così alle otto in punto fummo io, papà, mamma e nonna Maria (che entrava nella Simca una volta ogni dodici mesi, proprio in occasione del miracolo) a infilarci in auto. Trenta minuti dopo eravamo nel Duomo, ad assistere all'apertura della cassaforte che conteneva la teca con le ampolle del sangue. La nonna si fece subito il segno della croce e, con il rosario in mano, scoppiò nella solita litania, una serie di preghiere e suppliche alle quali partecipava l'intera chiesa per invocare il miracolo. Il mio amore per la scienza e l'astronomia mi impediva di avere fede in qualcosa di divino, perciò seguii la famiglia più che altro perché quella mattina non avevo nulla da fare.

Da quando era tornato dalla colonia, infatti, Sasà sembrava un altro: portava i capelli rasati, non spiccicava una parola ed era sempre serio. Siccome non si faceva vedere in giro, Fabio e io eravamo andati a cercarlo nella salumeria del padre, ma Angelo ci aveva detto che il figlio era occupato. Il giorno dopo gli avevo citofonato e lui mi aveva risposto, con tono molto freddo, che non poteva scendere. Il Sasà spensierato, buffone, prepotente, scugnizzo, non c'era più, al suo posto era tornato un ragazzo con lo sguardo adulto e carico di rabbia, l'atteggiamento da Marine e la mascella contratta. Fabio smise subito di occuparsi del problema e non lo cercò più, io continuai a tentare di parlargli per settimane, ma lui ogni volta rispondeva a monosillabi e se ne rimaneva per gran parte del tempo da solo in disparte. Solo una volta decise di darmi un abbozzo di spiegazione, quando gli chiesi se volesse giocare con le figurine. "Mimì," disse, "ma lo vuoi capire che non mi diverte più giocare con te? Ormai mi so' fatto gruoss'!", e mi lasciò con la figurina in mano e la bocca aperta.

Dopo qualche mese il nostro rapporto si era del tutto sfilacciato e nel giro di un anno ci perdemmo di vista. Non ho mai saputo con esattezza cosa fosse accaduto. Forse, per la prima volta nella sua vita, si era trovato in una situazione di difficoltà, ad affrontare ragazzi più forti e più grandi di lui. Forse c'entrava la malattia della madre che, avevo sentito dire, lanciava urla terrificanti durante la notte e poi malediceva il marito e iniziava a bestemmiare. O forse, semplicemente, la nostra amicizia si stava esaurendo, come si esauriscono tutti i rapporti. Per mesi, seppure fossimo tanto diversi, ci eravamo supportati e sopportati, ci eravamo appoggiati l'uno all'altro per tentare di affrontare gli ultimi gradini che ci avrebbero condotti nel mondo.

Forse non era la nostra amicizia a essere finita, ma l'infanzia.

Quando avevo rivisto Viola ero rimasto senza parole. Sembrava essersi trasformata, con i capelli sciolti diventati del colore del miele che le cadevano sulle spalle, la pelle di mandorle, indossava dei pantaloncini di jeans cortissimi (tipo la Daisy di *Hazzard*, la cugina di Bo e Luke amatissima da me e Sasà che qualche volta aveva assunto anche il ruolo di attrice protagonista nelle mie fantasie notturne) e un paio di Superga gialle.

Mi era venuta incontro con un sorriso smagliante (nonostante portasse ancora l'apparecchio per i denti) e mi aveva stretto forte. Sembrava un'altra, non solo per l'aspetto fisico, ma perché si portava appresso una sicurezza che prima non possedeva. Probabilmente l'estate le aveva donato la consapevolezza di sé e della sua bellezza, fatto sta che mi era sembrato di non conoscerla e che quella ragazza che mi abbracciava fosse ormai una donna che con me non c'entrava nulla, al pari di mia sorella Bea.

Invece lei era stata molto carina e aveva detto che ci saremmo dovuti incontrare presto perché voleva parlarmi e ascoltare il romanzo, cosa che mi aveva lasciato alquanto sbalordito poiché pensavo che nemmeno si ricordasse della mia storia.

"E poi dobbiamo mantenere una promessa..." aveva detto prima di andarsene.

"Quale promessa?"

"Morla..."

E così quella mattina al Duomo ero euforico perché nel primo pomeriggio l'avrei rivista; avevamo appuntamento a casa degli Scognamiglio, i quali sarebbero tornati dalle vacanze proprio nel fine settimana. Le avrei riportato anche Red, che in quel mese a casa Russo aveva raddoppiato il peso. In verità mi ero imposto di cibarlo una volta al giorno e con poche scaglie, perché sapevo che i pesci rossi possono mangiare fino a farsi scoppiare lo stomaco e con troppo mangime l'acqua sarebbe diventata una melma. I primi tempi le cose erano funzionate, il pesce era vispo e l'acqua linda; finché era intervenuta la nonna, la quale aveva stabilito che il povero Red fosse debilitato. "Vorrei vedere te a magnà una volta al giorno!" aveva esclamato spodestandomi dal compito e iniziando a nutrirlo di nascosto, quando io non c'ero. Me n'ero reso conto perché la sera trovavo l'acqua nera e il povero Red che annaspava sotto la superficie in cerca di ossigeno.

"Hai dato del cibo ulteriore al Carassius auratus?" le avevo chiesto più di una volta, ma lei mi aveva guardato con un'espressione di panico, cosicché mi ero visto costretto a lasciar perdere, con il risultato che a fine estate Red sembrava essersi tramutato in una carpa.

Dopo una mezz'ora di litanie, papà soffocò un sospiro, mi prese per il braccio e disse: "Mimì, che dici, fuggiamo?", e mi strizzò l'occhio. Annuii divertito e, dopo un breve cenno fatto alle donne, ci avviamo con non poca fatica verso l'uscita.

"Le aspetteremo qui," disse una volta all'esterno, "lì dentro non si respira."

"Non ti interessa assistere alla cerimonia?" chiesi.

"Ma figurati, tanto il miracolo avviene comunque."

"Tu ci credi?" volli sapere mentre cercavamo un posto al riparo dalla calca.

"Boh, non ci ho mai pensato," rispose soave.

Papà faceva le cose perché così doveva andare, accettava quello che la vita gli portava ogni giorno e non obiettava. E chissà che non avesse ragione.

"Spero che il sangue si sciolga, questo sì," aggiunse, con la sigaretta che gli cadeva spiegazzata dalla bocca, a mo' di Jigen, l'amico di Lupin.

Non era mai stato un grande fumatore come il nonno, più che altro gli piaceva darsi un tono in determinate occasioni. E quello era uno di quei momenti: se ne stava sul sagrato della chiesa con il sorriso sotto i suoi soliti baffoni (che spesso mi facevano pensare a Tom Selleck di Magnum P.I.), con indosso una camicia bianca di due taglie più grandi, dei jeans scuri tenuti su grazie a una cintura di finta pelle scorticata attorno ai fori e dei mocassini lucidi che usava solo due, tre volte all'anno. Sul naso portava un paio di occhiali simili ai Ray-Ban (che sarebbero diventati tanto di moda l'anno successivo grazie a Tom Cruise e al film *Top Gun*) e si guardava intorno con aria fintamente disinteressata. All'epoca non potevo capirlo, in fin dei conti ero un ragazzino ingenuo, ma con gli occhi di oggi mi sa che Rosario Russo su quello spiazzo fosse intento ad ammirare le bellezze delle signore vestite di tutto punto che si riversavano fuori all'improvviso per il gran caldo, sfilandosi di dosso scialli di seta, foulard, cappelli e giacche.

"È mai accaduto che il sangue non si sia sciolto?" chiesi e lo costrinsi a distogliere lo sguardo da una donna in carne intenta ad asciugarsi il sudore con un indice infilato nell'insenatura dove si incontravano i suoi grossi seni.

"Dicono che le volte che non si è sciolto sono sempre successe tragedie," fece lui, e si toccò il piccolo corno che portava appeso al polso, quindi inspirò l'ultimo tiro dalla sigaretta e si allisciò i baffi.

"Papà, non dirmi che credi alle superstizioni!"

"Saranno pure superstizioni, ma sempre meglio che il miracolo avvenga. Non so se sia vero, non ricordo, ma qualcuno dice che nell'ottanta non si sia sciolto...", e mi guardò.

Ero ancora giovane per associare un evento drammatico a un anno specifico, perciò rimasi a guardarlo senza capire.

"Il terremoto, Mimì, te lo ricordi?" incalzò allora lui.

E come no! Ricordo che papà mi aveva afferrato al volo, ma siccome la scossa non terminava, aveva urlato a tutti di ripararci sotto lo stipite della porta (ancora oggi mi chiedo a cosa potesse mai servire, di certo era impensabile che l'intero palazzo crollasse e rimanesse in piedi solo la cornice della nostra piccola porta che divideva la stanza da letto dal soggiorno). Lui, però, era il capofamiglia, e se diceva "tutti sotto la porta", tutti andavamo sotto la porta. Mamma piangeva, la nonna recitava in modo ossessivo il rosario, il nonno aveva gli occhi socchiusi e le orecchie tappate con le mani, come se in tal modo potesse convincersi che non ci fosse alcun sisma, Bea non diceva una parola, papà guardava le pareti con aria preoccupata, e io guardavo papà. Poi mamma aveva iniziato a urlare: "Crolla tutto, crolla tutto, crolla tutto!" – anche se non stava crollando niente – allora papà, che sapeva sempre come fare per calmarla, l'aveva colpita con un ceffone in pieno viso. Era la prima volta che lo vedevo picchiare mamma, ma era anche la prima volta che assistevo a un terremoto. A ogni modo lo schiaffo aveva avuto il merito di interrompere all'istante la crisi isterica di nostra madre, la quale aveva infilato la testa sotto l'ascella del marito e si era zittita.

Per fortuna anche i peggiori novanta secondi della vita prima o poi passano; quando la terra si era fermata, ci eravamo fissati attoniti un istante, lo sguardo carico di paura e gioia, poi papà aveva urlato: "Tutti fuori!".

In men che non si dica eravamo all'esterno insieme alle altre famiglie che gridavano, piangevano e correvano all'impazzata. Io ero in braccio a mamma, mentre Beatrice era con papà. Tutto il condominio era lì, gente in mutande, con le pantofole, in pigiama, che singhiozzava, si guardava attorno smarrita. L'intero quartiere si era riversato per strada, come avveniva solo per le grandi feste rionali. Quella volta, però, non c'era niente da festeggiare, se non il fatto di essere ancora vivi.

"Auspichiamo che il sangue del santo martire si sciolga presto," risposi allora, e papà scoppiò a ridere.

Viola dopo pranzo non si presentò.

Rimasi ad attenderla per un'ora dagli Scognamiglio, con Red che nuotava nella sua boccia poco più in là e la bozza del romanzo sotto il braccio. I personaggi non avevano i nostri stessi nomi: Viola per esempio si era tramutata in Alice, in omaggio a uno dei miei libri preferiti, mentre io mi chiamavo Mattia, in onore al Pascal di Pirandello. Manco a dirlo, Alice e Mattia, dopo varie vicissitudini, si fidanzavano, e quel pomeriggio avrei voluto leggerle proprio quel passo significativo.

Pensai che forse era stata bloccata dalla madre e che sarebbe venuta appena possibile, così mi dedicai a Morla, le diedi la solita fetta di lattuga e rimasi ad accarezzarle la testa mentre osservavo il cielo farsi sempre più scuro. Sembrava che dovesse piovere da un momento all'altro, allora mi alzai e mi misi a girare per le stanze, anche perché conoscevo a memoria la libreria e il terrazzo, ma sapevo poco del resto della casa e pochissimo dei suoi veri abitanti, quella coppia di anziani che non c'era mai.

Nell'angolo del soggiorno mi avvicinai a un grosso mappamondo di legno che una volta Sasà si era divertito a far girare all'impazzata, mi sedetti sul divano di broccato e mi persi nella visione di un quadro, una scogliera al tramonto, appeso accanto alla finestra. Sotto al dipinto c'era un tavolino di vetro che ospitava un vaso di terracotta ornato di fiori. Guardai il mio Casio e sbuffai, poi mi alzai e mi diressi verso il corridoio (che attraversai sfiorando con l'indice la libreria) per giungere, infine, in bagno. In un mobiletto c'erano tutti gli oggetti di uso quotidiano riposti con ordine: il rasoio, un pennello, la schiuma da barba Proraso, la colonia, una confezione di ovatta, l'Acqua di rose (che usava anche mamma e che una volta avevo provato, convinto che profumasse davvero di rosa), una scatola di cotton fioc, l'acetone, una serie di boccette di smalto, un dentifricio nuovo.

Entrai poi nello studio dell'ammiraglio e mi sedetti dietro la grande scrivania di cristallo sul tappeto persiano al centro della stanza. Accostata alla parete di destra c'era un'altra piccola libreria occupata da un'enciclopedia Treccani, e poi volumi di diritto, sulla navigazione e altri che non capivo nemmeno di cosa trattassero. Rimasi un po' lì finché un potente tuono mi destò. Corsi sul terrazzo proprio mentre le prime gocce iniziavano a picchiettare il pavimento e mi affacciai per capire se i nuvoloni neri che si stavano addensando sulla piazza mi avrebbero concesso ancora un po' di tempo o se sarei stato costretto a chiudermi in casa, semmai a tornare giù da me. E fu allora che notai ancora una volta quei due tizi fermi che si guardavano in giro. Stavolta sembravano nervosi, gettavano spesso lo sguardo all'orologio e parlavano fitto.

Chissà, forse se l'attimo dopo non avessi visto Viola correre al riparo mano nella mano con un ragazzo che non conoscevo, avrei finalmente tentato di capire chi fossero e perché passassero il loro tempo a perlustrare la zona e l'ingresso della nostra strada, forse ne avrei parlato davvero con papà, avrei tentato di avvertire nuovamente Giancarlo, sperando che stavolta fosse pronto ad ascoltarmi. Invece sentii la rabbia risalirmi nelle vene e mi allontanai di getto dalla balaustra, afferrai la boccia e scesi a casa a posare il povero Red lì dove aveva trascorso l'estate.

"Ma non dovevi ridarlo alla tua amica?" chiese mamma preoccupata di doversi sorbire per sempre la presenza del pesce in casa, ma io non risposi e risalii in fretta e furia dagli Scognamiglio, strinsi Morla fra le mani e dissi: "L'estate è finita, amica mia, e io le promesse le mantengo".

Mi chiusi di nuovo la porta di casa alle spalle e scivolai furtivo all'esterno con la tartaruga in una mano, in direzione della piazza, dove i due tangheri ancora si guardavano in giro fumando una sigaretta dopo l'altra. Il cielo si lasciò andare a un grosso gorgoglio e subito dopo la pioggia si fece fitta, come da tempo non succedeva. Le gocce cadevano con un tonfo sordo sul selciato e ben presto l'aria fu invasa dall'odore dell'asfalto bagnato. Morla si era ritirata all'interno del guscio, anche perché io correvo sotto la pioggia disinteressandomi di lei. Correvo per rimuovere la rabbia e la delusione, per cancellare quell'estate trascorsa ad attendere il ritorno di Viola, a scrivere una storia che esisteva solo nella mia fantasia. Correvo per uscire una volta per tutte da quella vita che non mi regalava mai nulla, per liberarmi della speranza che fino ad allora mi aveva tenuto immobile, in attesa.

Arrivai davanti al parco della Floridiana completamente fradicio, il caschetto incollato in testa, la t-shirt verde di Hulk inzuppata, gli occhiali appannati e le espadrillas pesanti e piene d'acqua. Mi intrufolai fra i viali alberati, incurante delle tante pozzanghere che incontravo sul cammino, e cercai un posto isolato, anche se il parco del Vomero si era svuotato. Mi addentrai in un boschetto e mi sedetti tra il fogliame bagnato e il fango, sotto una grossa quercia che mi riparava dal temporale. Nell'aria l'odore del terreno e del muschio. Appoggiai Morla accanto a una grossa radice e attesi.

Lei non si mosse, la testa e le zampe al sicuro dentro il carapace. Allora affondai la mano nella terra fangosa e dissi: "Dai, ci sono io qui, non aver paura, non fare come mio padre, che è terrorizzato dalla libertà. Tu sei grande, hai vissuto tanto, sei saggia, e sai qual è la cosa giusta".

Morla non si muoveva, perciò chiusi gli occhi e rimasi in silenzio ad ascoltare il mio respiro e l'acquazzone che rimbalzava sul fogliame e sui tronchi, ripensando a Viola che si allontanava sorridente con un altro e a Sasà che non ne voleva più sapere di me. Quando li riaprii, la pioggia sul mio viso si mescolava alle lacrime e Morla aveva cacciato fuori la testa e gli arti e si approssimava a compiere un primo passo.

"Vai, piccola..." la esortai, e lei sembrò quasi voltarsi per chiedere il permesso. "Sei libera, finalmente," aggiunsi e mi sentii euforico, come se il suo gesto di coraggio fosse in parte anche mio, riguardasse anche me.

La tartaruga si diresse decisa verso un cespuglio a mezzo metro e io mi aprii in un sorriso: l'indomani sarebbe rispuntato il sole e un giorno nuovo avrebbe atteso me e Morla.

"Buona fortuna, amica di un'estate," sussurrai alzandomi piano per non spaventarla, quindi mi allontanai senza voltarmi.

"Ué, grande Mimì."

La voce di Giancarlo mi ridestò. Ero giunto sotto casa senza nemmeno rendermene conto.

"Ma che fai, sei tutto bagnato. Vieni qui!" mi fece segno da sotto un balcone.

Lo raggiunsi. A pochi metri di distanza c'era donna Concetta, anch'essa rifugiatasi lì sotto con il suo borsone.

"Perché non ti ripari?" chiese Giancarlo.

"È solo pioggia..."

"Già..." commentò, "sono dovuto scendere per srotolare il tettuccio della Mehari, se no sai che macello. E poi altrimenti stanotte Bagheera non avrebbe saputo dove dormire..." e sorrise. "Quando inizia la scuola?" volle sapere poi. Aveva le mani in tasca e guardava le auto posteggiate sulle quali tamburellava il temporale.

"Fra qualche giorno."

"E Sasà?"

"Non ci vediamo più..."

Si girò a cercare il mio sguardo. Scrollai le spalle e dissi: "Non vuole stare con me".

"Gli hai fatto qualcosa?"

"Non che io sappia. È tornato così dalla colonia estiva."

"Gli hai chiesto il motivo?"

"Non esplicitamente."

"Dovresti farlo," disse risoluto. "Bisogna parlare con gli amici, Mimì, dirsi le cose, chiarire. Altrimenti ci si perde senza sapere neanche il perché."

"Siamo molto diversi," obiettai.

"Embè, che vuol dire? Può darsi che cresciate in modo differente, che avrete vite diverse e lontane, ma il fatto che abbiate condiviso una parte fondamentale della vostra esistenza, be', questo non lo potrete scordare mai. Dillo al tuo amico."

Annuii e lui iniziò a pulirsi gli occhiali bagnati con un fazzoletto prima di domandare ancora: "E Viola?".

Stavolta non risposi.

Lui fece un sospiro e cambiò discorso: "Lunedì vorrei andare al concerto di Vasco...".

"Davvero?"

"Già, se non mi trattengono come al solito in redazione."

"Ti avrei sempre voluto chiedere del tuo lavoro, se ti appassiona... " ne approfittai per dirgli.

"Molto," rispose subito.

"E non provi paura?"

"No, di cosa dovrei aver paura?"

Tentennai, poi decisi di lanciarmi. "Della camorra. Non la combatti?"

Lui stavolta mi passò la mano sul caschetto bagnato. "Ma che ne sai tu della camorra?" domandò quindi. "Comunque no, non combatto la camorra, per quello ci sono i giudici e i poliziotti."

"Però scrivi di loro..."

"Sì, già, scrivo. E scrivere è bellissimo, dovresti averlo capito," rispose con una strana luce negli occhi. "Ti permette di raccontare alla gente, di far conoscere i fatti. Le persone, per scegliere, devono sapere. E un giornalista 'giornalista' questo dovrebbe fare: scrivere, raccontare, informare, scatenare l'inferno."

Stavo per riprovare a dirgli di quei due ragazzi appostati spesso all'inizio della strada, ma lui, notando la mia titubanza, mi anticipò. "Quella storia che stavi buttando giù..."

"Credo di averla finita... o quasi," risposi subito.

"Ma dai," sobbalzò, "allora mi hai fatto un bel regalo di compleanno!"

"È il tuo compleanno? Che notizia sbalorditiva. Auguri!", e mi tuffai fra le sue braccia.

Lui sembrò colpito dal gesto perché arretrò d'istinto, forse anche per evitare di bagnarsi, ma alla fine mi strinse a sé commentando come al solito: "Grande Mimì...".

"Quanti anni compi?" volli sapere una volta staccatomi.

"Ventisei."

"Ai miei occhi di adolescente sembravi più grande," risposi con sincerità.

"Sono gli occhiali che mi invecchiano", e sorrise.

"Sì, potrebbe essere una spiegazione." Poi mi guardai le

mani, imbarazzato, e aggiunsi: "Nei prossimi giorni ti porto il regalo...".

"Ma dai..."

"A ogni modo, mi sa che dovrò cambiare il finale alla mia storia. Avevo pensato a una soluzione romantica, ma in questo momento non mi va più di parlare di romanticismo. Però non so come modificarla."

Giancarlo sembrò contento. "Non aver paura di cambiare, Mimì, anzi fallo spesso, nella scrittura e nella vita", e mi diede un buffetto affettuoso sulla guancia. Quindi sollevò lo sguardo al cielo, gli occhiali che gli sobbalzarono sul naso arricciato, e commentò: "Ora vado, ha smesso di piovere. Ci vediamo presto allora", e si allontanò con un saltello.

Era già a qualche metro di distanza quando si voltò. "Mimì..."

"Eh..."

"Il finale... potresti lasciarlo aperto a più possibilità. Mica devi per forza trovare una soluzione per far contento il lettore, non tutte le storie hanno un buon finale", e mi strizzò l'occhio.

È vero, Giancà, non tutte le storie hanno un buon finale.

23 settembre 1985

Il ventitré settembre era la sera del grande concerto di Vasco Rossi a Napoli, per il tour di *Cosa succede in città*. Siccome mia sorella era uscita con Pino (sì, i due resistevano, purtroppo), mentre aspettavo che fosse pronta la cena infilai l'audiocassetta (la copia che mi ero premunito di registrare per me) nel walkman di Bea e mi sdraiai sul letto dei miei con la luce spenta, immaginando di trovarmi lì, sotto il palco del grande rocker, insieme a Giancarlo, l'unico amico che mi era rimasto.

Sasà era fuori dalla mia vita, con Fabio avevamo tentato di trascorrere un pomeriggio all'aperto, ma ci eravamo resi conto subito che il nostro stare insieme aveva a quel punto poco senso, e Viola, be', mi aveva messo da parte come un fustino sporco.

Perciò quella sera quasi riuscii a sentire mia la rabbia con la quale cantava Vasco e, quando partì la chitarra elettrica di *Deviazioni*, iniziai a muovere le gambe su e giù, mentre tiravo pugni sul materasso. Se pure entrò qualcuno, richiamato dal casino che stavo facendo, non me ne accorsi, con la cuffia nelle orecchie, la musica sparata a palla e gli occhi chiusi. Ma in effetti c'erano poche probabilità che arrivassero i miei, la tv in casa Russo la sera assorbiva tutte le attenzioni. Le note di *Portatemi Dio* mi aiutarono a prendere una decisione sofferta, ma giusta: a Giancarlo, per il compleanno appena passato, avrei regalato il costume di Spider-Man che tanto amavo. Poco importava che la misura non fosse quella giusta, di certo non mi aspettavo che lo indossasse, però era una cosa alla quale tenevo e mi sembrava giusto donarla a lui. "Da anni sono alla vana ricerca di superpoteri e supereroi, ma non ho mai trovato né gli uni, né gli altri. Tu per me sei quanto di più vicino ci sia a un eroe, è giusto che questo lo tenga tu." Così gli avrei detto.

Poi sulla mia strada arrivarono canzoni come *Toffee* e *Ogni volta* e allora mi placai e smisi di tirare pugni, e restai a piangere al buio, nel tentativo di vincere quel dolore che non riuscivo a sfilare dal petto. La nonna si sbagliava: a toglierti qualcosa non è l'amore, innamorarsi al massimo ti fa diventare uno scemunito, come mi chiamava papà, è la perdita l'unica cosa che davvero ti fa arrefondere. È con la perdita che stavo avendo a che fare su quel letto, la perdita di un amore, di un'amicizia, di un luogo che si era fatto nido e di una fase della vita che sentivo di stare per abbandonare per sempre.

Ripensare alla casa degli Scognamiglio mi riportava con il pensiero a Morla e la cosa, se possibile, mi faceva stare ancora peggio. La verità è che mi ero pentito quasi subito del mio gesto, non solo perché il signor Scognamiglio se l'era presa con papà, sostenendo che fosse colpa sua se la tartaruga era scomparsa, ma soprattutto perché mi era sorto il dubbio che la povera Morla in cattività non sapesse viverci. Perciò la mattina seguente ero corso di nuovo in Floridiana, ma della testuggine non c'era più traccia.

Erano passate le otto quando suonarono alla porta. Io non mi accorsi di nulla, preso dalle parole di *Siamo solo noi*, per cui mi ritrovai Viola nella stanza e quasi mi strozzai con la saliva per lo sbigottimento.

"Mimì, con quel coso nelle orecchie non senti nulla, donna Concetta ti sta chiamando da dieci minuti fuori alla finestra per dirti che Viola ti vuole parlare," esordì mamma accendendo di colpo la luce e invitando l'ospite a entrare nella stanza prima di richiudersi la porta alle spalle.

Mi alzai di scatto, il cuore in gola e un'espressione stupida sul viso.

"Sono venuta a riprendermi Red," disse lei e la speranza che per un attimo aveva albergato in me si liquefece all'istante.

"È in cucina," risposi con voce gelida, e approfittai del silenzio per strofinarmi la mano sugli occhi, nella speranza che Viola non si accorgesse del pianto.

Indossava una gonna larga da cui spuntavano gli anfibi di quando era una punk e una maglietta senza maniche. Aveva i capelli raccolti e il viso serio. Era più bella ed elegante del solito.

"In realtà avrei anche bisogno di parlarti," disse poi.

"Di che?"

"Di me, di noi."

L'avrei dovuta invitare a sedere lì, sul letto dei miei, dato che avevamo la stanza a nostra disposizione, ma mi vergognavo troppo della mia casa che, d'improvviso, mi sembrò così triste. E poi immaginavo i commenti che si stavano scambiando in soggiorno, perciò mollai il walkman, infilai le espadrillas, e la scortai all'uscita, già pronto a doverla difendere dagli assalti della famiglia. Per fortuna non ce ne fu bisogno: il nonno e papà continuarono a guardare la televisione come se nulla fosse, le donne sembravano indaffarate a cucinare. Quando ebbi tra le mani la boccia di Red, mamma si voltò e disse: "Sicuro che non gradisci nulla? Un po' di succo d'arancia? Vuoi sederti a mangiare con noi?".

Viola, con un sorriso imbarazzato che mostrò come al solito la macchinetta, le mani intrecciate sul davanti e il busto un po' incurvato, ringraziò e declinò con cortesia l'invito. L'attimo dopo eravamo per strada.

"Sediamoci qui," disse indicando lo scalino di marmo del palazzo, e prima di lasciarsi andare raccolse la coda della gonna con le mani. Aveva ancora un velo di abbronzatura che le rendeva le gambe del colore del grano, e dalle labbra proveniva l'irresistibile aroma di ciliegia.

Posai la boccia con il pesce fra di noi e mi sedetti. La scritta *ama* campeggiava a qualche metro, come Bagheera che, sdraiato su un'auto, sollevò la testa e cominciò a fissarci. Viola abbozzò un sorriso che non ricambiai, inspirò un attimo e cominciò: "Il mio ultimo ragazzo si chiamava Gabriele...", e rimase a guardarmi. Tentai di non muovere nemmeno un muscolo del viso anche se il verbo al passato mi aveva fatto sussultare.

"Non dici nulla? Lo sapevi che mi ero fidanzata con un altro?"

"Perdona l'interruzione..." risposi e mi alzai di scatto; sopra di noi il signor D'Alessandro ci fissava senza remore. "Ma che vita inutile e noiosa deve essere la sua per starsene a guardare quella degli altri da lassù ogni giorno?" trovai infine il coraggio di domandargli, e rubai una fragorosa risata a Viola. Il vecchio tirò indietro la testa più veloce di Morla quando avvertiva la presenza di Sasà nelle vicinanze e io tornai a sedermi.

"Scusami, è che ho deciso di fare un po' di pulizia nella mia vita..."

Lei non sembrò accusare il colpo e proseguì: "Con Samuel ormai è finita da un pezzo, si è comportato molto male con me, allora ho cercato di vendicarmi, di dimenticarlo, e mi sono messa con Gabriele. Però è stato inutile, non lo amavo, continuo ad amare Samuel e..."

"Viola, non capisco cosa tu voglia davvero da me," ebbi la forza di interromperla.

Lei si bloccò e mi guardò le labbra prima di risalire agli occhi. Un ragazzo poco più in là balzò su un Sì della Piaggio e accese il motore pedalando. L'odore di smog ci raggiunse mentre Viola replicava alle mie parole. "Lo sai, durante l'estate ho ripensato varie volte al nostro bacio e ho ascoltato sempre la cassetta di Vasco che mi hai fatto, e... insomma, quella frase che mi hai scritto, la dedica, te la ricordi?"

"Se fossi un supereroe, la mia unica missione sarebbe proteggerti," risposi di getto.

Lei sorrise e ribatté: "Ecco, già, lo vedi? È che gli altri ragazzi non sono così romantici e... insomma... certe volte mi piacerebbe avere qualcuno come te accanto...".

Poi smise di parlare e si concentrò su Red che si agitava nel vaso. Il mio cuore iniziò a battere di nuovo senza regola e allungai la mano verso la sua.

"La tua amicizia è una delle cose più preziose che ho, e non voglio perderla..." aggiunse con gli occhi bassi, intrecciando le dita alle mie.

A quelle parole cacciai con un soffio l'aria che avevo trattenuto nei polmoni e ribattei: "Viola, io credo che dovresti avere maggiore rispetto della nostra amicizia, se ci tieni così tanto".

Lei sembrò colpita dalla frase e restò in silenzio a fissare l'asfalto. Donna Concetta, intanto, sistemata la bancarella fra due auto in sosta, chiuse la sedia pieghevole e se la infilò sotto il braccio che reggeva il solito borsone, quindi, prima di iniziare la lenta risalita verso la piazza, si rivolse a noi: "Ragazzì", e ci offrì anche un sorriso sdentato, "state sempre insieme voi due, ve vulite bene, ma pecché nun ve mettite 'a fa' l'ammore invece di parlare sempre? Proprio non vi capisco a vuie giuvine! Stateve buone, ci vediamo domani...", e sparì dietro l'orlo del palazzo.

Viola mi guardò e scoppiò a ridere e io, di fronte al suo sorriso genuino, non seppi resistere e le andai dietro. Poi fummo costretti ad alzarci per permettere a una madre con il passeggino di entrare nel palazzo. Quando ci trovammo di nuovo soli, ci risedemmo e lei tornò a parlare: "È che sono confusa, a volte sei così noioso e non mi piaci; altre volte, però, sembri più grande anche di Samuel e degli altri che si atteggiano a fare gli adulti. Sei strano...", e tornò a fissarmi la bocca.

"Io sono io, Viola," dissi, "sono sempre lo stesso in realtà..."

Un piccolo scarafaggio zampettò sul bordo del marciapiede a un metro da noi e Bagheera si lasciò andare a un grosso sbadiglio prima di cacciare fuori la lingua per dedicarsi alla seduta serale di lavaggio.

"Ho voglia di baciarti," ammise accarezzandosi una coscia, e il mio cuore tornò a pompare troppo sangue.

"Perché?" ebbi la lucidità di chiedere.

"Non lo so il perché", e alzò la voce, "è un periodo strano, però so che quando sono con te, mi sento bene e..."

Non la feci finire di parlare e mi lanciai sulle sue labbra. Lei non sembrò colta alla sprovvista e infilò di nuovo la lingua nella mia bocca, e ancora una volta ebbi la sensazione di affogare mentre tentavo di tirarmi su gli occhiali. Poi, però, in men che non si dica quel bacio diventò la cosa più bella che avessi mai provato e con la coda dell'occhio mi sembrò addirittura che la scritta *ama* si illuminasse e iniziasse a lampeggiare.

Non so dire quanto durò, se cinque minuti o trenta secondi, so che fu una scintilla inaspettata che accese la notte e la mia vita. So che le cose belle spesso accadono all'improvviso, a volte proprio quando hai smesso di desiderarle, come aveva detto Viola una volta sul terrazzo.

Forse ci saremmo baciati per tutta la sera e poi ci saremmo finalmente fidanzati, e avremmo aspettato un'altra partenza degli Scognamiglio per tornare di nuovo lassù, nel nostro nido, a fare l'amore per la prima volta. Non lo so. Perché dal fondo della strada una parte del mio cervello sentì sopraggiungere la nostra canzone preferita, mia, di Viola e di Giancarlo. *Una splendida giornata* cantava Vasco mentre il giornalista, nel buio, poco più in là, posteggiava l'auto. E un'altra parte del mio cervello, ne sono certo, mentre continuavo a baciare Viola, dovette pure pensare che il mio amico in quel momento avrebbe dovuto essere al concerto.

Giancarlo Siani ebbe appena il tempo di spegnere lo stereo, ma non riuscì a mettere neanche un piede fuori dalla sua Mehari. Un colpo sordo, e poi un altro, e un altro ancora, e le nostre lingue smisero di muoversi, e le bocche si divisero, e i corpi piombarono in piedi con un balzo, e le mani si cercarono mentre gli occhi si spalancavano esterrefatti verso l'oscurità, dove doveva trovarsi il mio supereroe.

Uno sparo ancora, e poi un altro, e un altro subito dopo, e Viola e io ci ritrovammo separati, e mio padre uscì di casa con le pantofole, e Bagheera schizzò giù dall'auto e scomparve nel buio, e la testa bianca di D'Alessandro fece di nuovo la sua comparsa, e anche il signor Iacobelli, al settimo piano, si affacciò. Un altro colpo, e poi un altro, e di nuovo, e mia mamma stava urlando, e anche una signora da un palazzo adiacente urlava, e Viola mi guardava senza capire, e mio padre stava correndo all'esterno, e il nonno era spuntato sull'uscio con la flebo in mano, il povero Red nuotava come impazzito nell'acqua che ancora vibrava per i boati, la nonna chiedeva di Bea e le mani di mamma mi coprivano il volto, nel tentativo di proteggermi.

E poi arrivò il silenzio, una sorta di terribile apnea che durò un solo lungo istante, perché quello successivo un ultimo sparo se lo rubò, e si prese anche tutto il resto: il tempo, che smise di correre, e Viola, che all'improvviso non era più al mio fianco. Si prese il mio bacio più bello, il sapore di ciliegia che ancora avevo sulle labbra, le chiacchierate estive con Giancarlo. Si prese la mia storia, che da quel giorno sarebbe rimasta sepolta in un cassetto, e il terrazzo degli Scognamiglio, che pure si affacciarono, proprio nel punto dove erano incise le nostre iniziali. Si prese il mio sguardo di bambino, gli esperimenti, i giochi con le figurine e il Super Santos, le tante collezioni, i libri per ragazzi, si prese Sasà e Fabio, le canzoni di Vasco, la mia infanzia, e quella di Viola. Si prese gli strambi progetti, il mio modo aulico di parlare, la fissazione per i fumetti, il cinema e i superpoteri. Si prese il vestito di Spider-Man che avrei dovuto regalare al mio eroe e l'amore per la mia città.

Mi restituì solo Giancarlo, che se ne stava lì, a una ventina di metri da me, con una maglietta bianca addosso, nella sua adorata Mehari crivellata di proiettili, rannicchiato con una gamba un po' sollevata, la testa penzoloni su un lato e un rivolo di sangue su quel volto che aveva perso il solito sorriso.

Il mare sempre luccica, domani è già domenica e forse forse nevica

"E questo è tutto," dice infine l'agente immobiliare mentre ci dirigiamo verso la porta. "Per quel che riguarda il prezzo," chiarisce poi una volta sul pianerottolo, "un po' possiamo tentare di scendere. Non troppo, perché, come vede, la casa è molto bella, ma qualcosa si può fare...", e resta lì a fissarmi in attesa che gli ponga la fatidica domanda.

Io continuo a guardarlo senza controbattere, cosicché lui infila una mano nel taschino della giacca ed estrae il biglietto da visita che mi offre con finta noncuranza. "Per qualunque ulteriore informazione, non esiti a chiamarmi," dice. "Anzi, se le interessa, posso farle avere anche la piantina..."

Resto ancora in silenzio e allora lui desiste. "Va bene, scendiamo", e guarda l'orologio, "perché a breve ho un altro appuntamento", e infila le chiavi nella toppa.

In quel momento la porta di fronte a noi si apre e compare una ragazzina di circa quindici anni, i capelli castano chiari che le cadono dritti sulle spalle, una t-shirt scura sotto un chiodo di pelle, dei jeans attillati neri e strappati sulle ginocchia, e anfibi ai piedi. Mastica un chewing gum e ci guarda di sottecchi. Le dedico un sorriso che però lei non ricambia, mentre la mia guida armeggia con il telefonino e nemmeno sembra aver notato la nuova presenza.

Durante la discesa in ascensore la ragazza si mette a scorrere la pagina di Facebook sul cellulare e io cerco di non fissarla puntando lo sguardo sulle sue scarpe. Giunti al pianterreno, lei sgattaiola nell'androne, dove c'è un ragazzo della sua età appena sceso dalle scale che, nell'incrociarla, abbassa timidamente lo sguardo. Allungo il passo d'istinto e per un attimo penso di fermarla per chiederle qualcosa, qualunque cosa, della sua casa per esempio, che i genitori di Viola vendettero un anno dopo quella sera maledetta, o di questo ragazzino timido chiaramente innamorato di lei, o della sua adolescenza per certi versi simile alla nostra, trascorsa qui, in una strada chiusa che sembra non riuscire a scrollarsi di dosso la tragedia alla quale ha assistito anni fa.

Solo che l'agente immobiliare mi blocca sull'uscio. "Signor Russo," dice con il solito tempismo, "dovrebbe firmarmi queste carte...", e mi porge la cartellina verde accompagnata da una penna anch'essa verde. "È la sua dichiarazione di aver preso visione dell'appartamento..." aggiunge quasi a volersi scusare.

Faccio un veloce scarabocchio e con tre falcate sono in strada: la nuova Viola si è allontanata di qualche metro ed è già per mano con un ragazzo barbuto che sulla spalla porta con orgoglio il fodero di una chitarra. Solo quando scompaiono dietro l'angolo del palazzo mi accorgo del giovane timido alle mie spalle che non riesce a distogliere lo sguardo dalla coppia.

"Mi sembra di capire che conosce la zona. Di cosa si occupa, se posso chiederglielo?" mi distrae l'agente.

"Di persone," rispondo continuando a fissare il ragazzo poco più in là.

L'intermediario non sembra capire, ma nemmeno si sforza troppo perché, mentre ce ne stiamo lì, immobili nel silenzio di questo pomeriggio invernale, dal cielo iniziano a cadere vorticosamente soffici palline bianche che si accumulano sui cofani delle auto in sosta. Nevica, come in quel lontano 1985.

"Wow, nevica," dice allora il mio interlocutore sollevando lo sguardo.

"Sono uno psicologo," rispondo invece io.

"Allora forse le potrebbe interessare uno studio professionale", e si gratta la testa, "ne affittiamo uno proprio qui di fronte..."

"No, vivo a Roma, mi dispiace."

"Ah," ribatte perplesso, forse domandandosi perché mai sia venuto a vedere una casa qui. Alla fine dice solo: "Le auguro una buona serata", e si allontana con passo pesante.

L'attimo seguente squilla il cellulare.

"Viola."

"Ciao amore, dove sei? Ce la fai a tornare?"

"Prendo il treno delle diciannove," rispondo mentre osservo un uomo di spalle dalla corporatura robusta intento ad alzare la saracinesca di quella che un tempo era la salumeria di Angelo.

"Ma dove sei?"

"Poi ti spiego. È una storia lunga."

Lei resta in silenzio un attimo e poi dice solo: "Ok, però non farci attendere troppo, tuo figlio chiede di te".

"Qui sta nevicando..." commento e faccio due passi in avanti.

"Ma dai? Davvero? Che bello! Chi se la ricorda la neve a Napoli!"

"Già," rispondo.

Io, in realtà, la ricordo.

L'uomo di fianco alla saracinesca si gira di profilo e mi ruba un sussulto. Saluto Viola, infilo il cellulare nella tasca del cappotto e mi rimetto in cammino, supero la finestra della mia vecchia casa e mi fermo davanti al muro, a una trentina di metri dalla salumeria. Il muro con la scritta *ama*. Quello che ha visto tutto e che ora porta su di sé il sorriso di Giancarlo. È stata mia madre a chiamarmi per dirmelo. "Mimì, lo sai che hanno deciso di dedicare un murale a Giancarlo? Lo faranno su quella parete, hanno mostrato le immagini al telegiornale," ha gracchiato nel cavo, mentre sentivo la voce di papà sullo sfondo che andava ripetendo alla moglie di non stare troppo al telefono perché la chiamata sui cellulari costa.

Quattro anni dopo la morte del mio eroe ci trasferimmo anche noi. Papà trovò lavoro presso un altro stabile, un palazzo elegante di via Cilea, e la nostra vita cambiò. Il nonno non c'era più e la nonna si era ammalata di Alzheimer, Beethoven si era fatto un vecchio cane che arrancava quando lo portavamo giù, e Bea, dopo qualche anno passato a bighellonare, si era fatta assumere da un negozio di profumi in via Scarlatti, posto che ha conservato fino al giorno in cui ha incontrato Giuseppe, trent'anni, laureato in economia e commercio con un master in business administration non so dove e un paio di esperienze a Londra e Roma. Tornato a Napoli per gestire l'azienda di ristorazione della famiglia (tre locali fra il centro storico, Chiaia e il Vomero, che oggi sono diventati otto, di cui uno a Milano e uno a Roma), si imbatté chissà come in mia sorella, la quale, insieme a qualche chilo, aveva perso anche la boria un po' cafona che si portava appresso negli anni ottanta per trasformarsi in una splendida donna capace di rendere i maschi che le ronzavano attorno delle belle statuine al suo cospetto.

Il matrimonio con Giuseppe le ha regalato tre figli, due femmine e un maschio, primogenito nonché primo nipote della famiglia, che però non si chiama Rosario come il nonno perché su questo punto Bea non volle sentire ragioni; si presentò una sera a casa e spiegò a nostro padre che con tutta la buona volontà non se la sentiva di affibbiare quel nome obsoleto al figlio, e poi c'era il padre di Giuseppe, Salvatore (che pure è un nome obsoleto a dirla tutta), l'uomo partito con una piccola friggitoria in un vicolo di Chiaia che in un ventennio era stato capace di mettere in piedi una florida azienda. Perciò mio nipote si chiama Salvatore e gli amici lo chiamano Sasà, cosa che procura a me e alla madre un certo prurito sotto il naso. A Bea perché, nonostante le origini, o forse proprio per queste, con il tempo si è trasformata da ragazza alternativa alla Cindy Lauper in signora del Vomero che se la prende con i ragazzetti scostumati che arrivano con la metro dalla provincia; a me, invece, perché il nomignolo non può non portarmi alla mente il mio di Sasà, perso troppo presto e, forse, con troppa sufficienza.

La nonna morì qualche anno dopo e alla fine dei suoi giorni neanche più ci riconosceva. Nel giro di due mesi la seguì Beethoven, che un pomeriggio, senza dire niente a nessuno, andò nella sua cuccia, chiuse gli occhi e sparì in silenzio, così come aveva sempre vissuto. Fu mamma a chiamarmi per dirmelo, perché io già non vivevo più con loro, essendomi trasferito a Roma per frequentare la facoltà di Psicologia che all'epoca a Napoli non esisteva. La mia curiosità verso le scienze, la passione per i superpoteri, la fissazione per la telepatia, la necessità che sentivo di avere un modello da seguire (che altro non era che bisogno di empatizzare con chi mi era attorno) negli anni si erano tramutati in desiderio di studiare le profondità dell'animo umano.

Quanto piansi quando seppi della morte di Beethoven! Una domenica di qualche mese prima – era da un po' ormai che il cane si trascinava stancamente per la casa – mi ero avvicinato e gli avevo sussurrato all'orecchio, quasi a volerlo pregare, di attendere il mio ritorno e di non farmi brutti scherzi. Ma evidentemente il buon vecchio amico proprio non ce l'aveva fatta ad aspettare, anche perché, preso dalla mia nuova vita, scendevo a Napoli ben poco.

E poi, due giorni dopo la morte di Beethoven, una mattina fredda di febbraio che scagliava su Roma una specie di nevischio color cenere, mentre stavo attendendo l'autobus che mi avrebbe portato all'università per seguire il corso di psicologia sociale, mi imbattei in lei, Viola, che seppi poi essersi iscritta alla facoltà di Lettere nella capitale perché il padre aveva smesso di volare e aveva aperto una società di elisoccorso lì.

Era in piedi accanto a me, ad aspettare lo stesso pullman. Non era cambiata di una virgola, se non per il fatto che non portava più la macchinetta, perciò rimasi a fissarla con la bocca aperta mentre lei se ne stava con la testa china su un libro fotocopiato, una mano in tasca e l'altra a reggere il pesante volume, le gambe intrecciate e un cappellino di lana con il pompon e i paraorecchi. Quando avvertì la mia presenza, si voltò e mi squadrò brevemente, poi tornò a leggere. Non mi aveva riconosciuto. D'altronde, il Mimì di un tempo, il quattrocchi bassino, con il caschetto e la parlantina strana, aveva lasciato il posto a un ragazzo dalla corporatura normale, con i capelli di mezza lunghezza disordinati sulla testa, il naso un po' aquilino, le lenti a contatto e lo sguardo sicuro.

Impiegai quasi un minuto per farmi riconoscere, e quando lei finalmente si produsse in un'espressione attonita, quando sussurrò timida il mio nome, quando mi guardò con gli occhi grandi e luccicanti che riverberavano sul suo visino pallido cinto dal cappello, quando infine mi abbracciò portandomi sotto il naso lo stesso profumo di ciliegia di un tempo, allora sì, capii che era arrivato, finalmente, il nostro giorno.

Il dolore per Giancarlo, per la terribile scena alla quale avevo assistito, per l'infanzia che quella sera del 23 settembre 1985 mi fu strappata, all'inizio mi tolse ogni energia, ogni speranza. I primi anni mi trascinai stancamente, continuai a studiare e studiare e studiare senza un perché, a testa bassa, rinchiudendomi sempre di più in me stesso, nonostante i tentativi di mamma, che ogni tanto si sedeva vicino a me chino sui libri e mi afferrava la mano, e quelli di papà, che una sera mi raggiunse in camera e cercò di aiutarmi a suo modo, dicendo che era fiero di me, di quel figlio che sembrava aver retto all'urto del trauma e proseguiva inflessibile a costruirsi un futuro.

In realtà dentro di me l'urto aveva rotto qualcosa, solo che non lo davo a vedere. Il Mimì pieno di speranza e gioia per la vita, il ragazzetto buffo che credeva nei superpoteri e nella giustizia, nella forza della cultura, dei libri e della scrittura, nel rigore morale e negli eroi, non esisteva più, sostituito da un adolescente che non sapeva come sognare e che aveva deciso, forse inconsapevolmente, di incanalare la sua rabbia, il dolore, la delusione, nello studio, soprattutto per fuggire un giorno da quel luogo piccolo e ostile che si era preso tutto.

Con il tempo il dolore iniziò ad attutirsi, il ricordo degli spari perse consistenza, come il sangue sul viso inespressivo di Giancarlo, e riaffiorarono, invece, il suo sorriso, le sue parole, gli insegnamenti, le chiacchierate, le canzoni. Improvvisamente mi resi conto che lui era dentro di me, come diceva Jack London ne *Il Vagabondo delle stelle*, uno dei libri della mia infanzia: "*La vita prosegue, è il filo di fuoco che continua nella modalità della materia. Resta per sempre il ricordo, sino a quando durerà lo spirito, che è indistruttibile*".

E allora tornai ad aprire il cassetto nel quale avevo conservato l'agenda che mi aveva regalato e ripresi a sfogliarla con cautela, sperando che nel frattempo quella rabbia cieca che non avevo il coraggio di mostrare a nessuno in qualche modo andasse via. Mi diplomai con il massimo dei voti e partii per Roma, per lasciarmi alle spalle il passato e correre finalmente verso il futuro che sognavo.

Un giorno all'università mi imbattei per caso in un'altra citazione che mi stava a cuore. Ero in bagno e sulle piastrelle, al riparo in un angolo, in mezzo a un paio di numeri di gente che cercava sesso, la scorsi. Diceva: "*Nel momento stesso in cui dubitate di poter volare, cessate anche di essere in grado di farlo*". Una frase di Barrie sul mio amato Peter Pan, il libro con il quale era iniziato un tempo lontano il gioco estivo fra me e Viola.

Tornato a casa, aprii l'agenda di Giancarlo e riempii la prima pagina vuota con quelle parole che sentivo appartenermi. E così continuai a fare in seguito, per un bel po': riportavo sull'agenda i concetti più significativi dei libri vecchi e nuovi incontrati sul percorso, per dare un senso a quella che era stata la mia infanzia in loro compagnia, un senso a tutto quello che ci eravamo detti con Giancarlo.

Dentro di me sentivo che era giunto il momento di tornare a sognare, tornare a dare valore e forza alle parole, che per un po' avevo creduto nulla potessero di fronte alla cattiveria e alle ingiustizie umane e, invece, possono tanto, come sapeva bene Giancarlo e come diceva anche Rudyard Kipling: "*Le parole sono, naturalmente, la droga più potente utilizzata dal genere umano*". Le parole spesso arrivano a smuovere le nostre vite, a illuminarle come fanno i grandi amori, anche a scemunirci, come avrebbe detto papà, ci tendono la mano e ci tirano su per condurci lungo la strada che dobbiamo prendere e non abbiamo il coraggio di prendere. Da secoli ci raccontano le loro storie e ci permettono di entrare a far parte dei loro fantastici mondi, nidi nei quali possiamo rifugiarci quando arriva la sera. E poco importa se a volte trovano dei muri, se non sono riuscite a tenere in vita Giancarlo e non sono servite a cambiare le cose, se non ci evitano di cadere, l'importante è che ci aiutino ogni volta a rimetterci in piedi.

Infilo le mani in tasca e sbuffo una nuvola di vapore caldo dalla bocca. Sul muro di fronte a me c'è lui, Giancarlo, raffigurato con il solito sorriso, e poi c'è la Mehari, che ora se ne va in giro per l'Italia a raccontare ai ragazzi la sua storia, la terribile esperienza e l'amore che la legava a quel bel ragazzo pieno di vita. E poi, ancora, ci sono una macchina da scrivere e alcune frasi, citazioni di Mandela, Constant, Camus, Alda Merini, e parte di un testo di una canzone di Vasco, proprio lui.

L'uomo che stava arrotolando la saracinesca entra in quella che è ancora una salumeria e ricompare con una cassetta di legno fra le mani, la poggia appena fuori dal negozio e ci si siede sopra. Quindi appunta qualcosa su un foglietto che infila in tasca, si sistema la biro dietro l'orecchio e si ferma a guardare la neve cadere. Dopo un po' accosta la testa al muro e chiude gli occhi.

Proprio come faceva il padre tanto tempo fa.

Davanti a me imperversano i fiocchi e, sul muro, la frase di Vasco, lì dove un tempo c'era il mio nome: "*E intanto il mondo rotola e il mare sempre luccica, domani è già domenica e forse forse nevica*".

Mi sono avvicinato alla psicologia e ai rapporti umani qualche anno dopo i fatti raccontati, ma credo che la decisione sia maturata in me allora. Perché alla fine di quella terribile e magnifica estate capii che gli unici superpoteri a disposizione di noi poveri umani sono i rapporti che riusciamo a costruirci, gli amori, le amicizie, gli affetti. Sono la qualità di queste relazioni a fare la differenza fra chi è super e chi, forse, lo è un po' meno. Perché quella maledetta sera capii di essere solo un adolescente che si era trovato, per una serie di circostanze, ad avere a che fare con qualcosa di più grande di lui.

Capii di essere un ragazzo normale.

Come lo era Giancarlo, un ragazzo normale.

Mia nonna un giorno disse che non esistono eroi al mondo, solo persone che ogni tanto fanno una bella azione, la cosa giusta, e poi tornano a essere uno qualunque.

Giancarlo non è mai tornato a essere uno qualunque.

Mi avvicino al tetto di un'auto e raccolgo un mucchietto di neve nel palmo della mano, quindi copro velocemente la distanza che mi separa dalla salumeria e dall'amico di un tempo, il quale si accorge della mia presenza solo quando gli sono ormai davanti. Strizza gli occhi, corruga la fronte e resta a squadrarmi incredulo prima di aprirsi in un radioso sorriso.

"Ciao Sasà," dico allora e gli mostro la mano, "hai visto? Nevica neve!"

Nota dell'autore

Giancarlo Siani, giornalista pubblicista de "Il Mattino", è stato ammazzato dalla camorra sotto la sua abitazione, nel quartiere residenziale del Vomero, il 23 settembre 1985.

Per rendergli giustizia e capire il perché del suo assassinio ci sono voluti dodici anni e tre pentiti. Nel 1997 la Corte d'Assise di Napoli ha condannato all'ergastolo i fratelli Nuvoletta e Luigi Baccante come mandanti dell'omicidio e Ciro Cappucci e Armando Del Core come esecutori materiali.

Nel suo articolo apparso sulle colonne de "Il Mattino" il 10 giugno dell'ottantacinque, Giancarlo arrivò a ipotizzare che l'arresto del boss Valentino Gionta fosse stato possibile grazie a una soffiata della famiglia Nuvoletta, alleata dei Corleonesi di Totò Riina che erano interessati a spodestare il boss Gionta per porre fine alla guerra con il clan dei Bardellino.

Siani si tirò contro le ire dei fratelli Nuvoletta che, agli occhi degli altri boss partenopei e di Cosa Nostra, passavano come "infami", e ne fu sentenziata, perciò, la morte.

L'organizzazione del delitto richiese circa tre mesi, durante i quali furono eseguiti anche appostamenti e perlustrazioni della zona da parte dei sicari.

La sera del 23 settembre, Giancarlo era di ritorno dalla redazione del giornale, una squadra di almeno due assassini gli sparò dieci colpi da due pistole diverse, mentre era ancora seduto nella sua Mehari, subito dopo aver parcheggiato.

Aveva compiuto ventisei anni solo qualche giorno prima e quel pomeriggio aveva tentato invano di trovare un biglietto per il concerto di Vasco Rossi.

Questi sono i fatti.

Il romanzo, però, non è e non vuol essere un resoconto degli ultimi mesi di vita di Giancarlo Siani, né si propone il compito di rivelare verità o aneddoti privati. Non è un libro su Giancarlo insomma, ma un libro con Giancarlo.

È solo il mio personale omaggio a un ragazzo che ha fatto la storia senza saperlo e senza volerlo. Una delle facce buone di Napoli, che di facce buone ha sempre bisogno.

Tutto ciò che è raccontato qui è frutto della mia fantasia, anche se l'ambientazione è reale e la strada di cui narro è quella dove Giancarlo Siani ha abitato ed è stato ucciso.

Mimì e la sua famiglia, Sasà, Viola, Fabio, Matthias, Mauro, Pino, il signor D'Alessandro, Nicola Esposito, Morla, Alberto il parrucchiere, l'amministratore Criscuolo, i coniugi Iacobelli, gli Scognamiglio e la loro casa sono nati dalla mia immaginazione; Bagheera, donna Concetta, Red (anzi, Carassius auratus), Beethoven, Angelo e qualche altro personaggio di contorno, invece, vivono, o hanno vissuto, in un'altra storia, la mia, che si è srotolata a solo qualche chilometro di distanza da quella di Mimì.

La Mehari verde, ovviamente, è proprio quella che Giancarlo tanto amava e sulla quale perse la vita, e che ora, fra un viaggio e l'altro, riposa all'interno del Pan, il museo di arti contemporanee di Napoli.

Un'ultima cosa.

Su quel muro la scritta *ama* che fece Sasà non c'è mai stata. O forse sì, chi lo sa. Fatto sta che ora è sparita, assieme a quelle di tanti altri innamorati che si sono succedute negli anni, perché oggi la parete che in quell'infausta sera fece da testimone alla tragedia accoglie il grande murale sul quale sono riprodotte incessantemente le immagini di una macchina da scrivere, una “Batmobile verde” e un giovane giornalista dal volto sorridente.

Voglio credere che sotto uno di quei sorrisi brilli davvero e ancora la scritta.

Ama.

Ringraziamenti

Desidero ringraziare alcune persone. In primis Paolo Siani, per aver accolto questa storia con slancio, amore e con il solito garbo che lo contraddistingue. Ci siamo conosciuti proprio mentre stavo scrivendo questo libro, di cui lui non sapeva nulla. Qualcuno potrebbe parlare di coincidenze, a noi piace pensare che non sia così.

Grazie come sempre a Gianluca, per le sue dritte, i consigli, e per quel pianto finale.

Grazie a Federico Albano Leoni, che con i suoi studi sul rapporto tra parlato e scrittura ha ispirato lo strano amore di Mimì per gli annunci funebri.

Grazie a Marco, lui sa perché.

Grazie di cuore ai miei nonni, che con il loro smisurato affetto mi hanno aiutato a camminare più dritto nella vita.

Grazie a chi ha teso una mano al bambino che ero, e a chi mi vuole bene.

E un grazie enorme, infine, a tutti quelli che hanno contribuito con il loro lavoro a rendere migliore questo romanzo.

Indice